CONTENTS

Chapter I Fragrance
P001

Chapter II Under the Garden
P045

Chapter III The Origin
P093

Chapter IV Haunted
P141

Chapter V Discord
P205

Chapter VI Raining Again
P247

后 记
P308

流光森林
Ageless Woods
2

久远 / 著　Izumi / 绘

湖南美术出版社

I Fragrance

睁开眼,一片赤色。

她花了一点时间,才理解过来那是血,溅满了周围的教室地面和她身上。数个人影趴在她的脚边呻吟。她眨了眨眼,认出那是常常带头欺负她的几名同学。

教室外传来纷乱的足音。

"恺逊!你在做什么!"

大惊失色的老师们冲进教室,先是慌张地看向倒在地上的受伤学生,接着又惊骇地瞪向她。顺着他们的视线,她低下头,看见自己染上肮脏血迹的手中,握着一把血迹斑斑的匕首。

是祖父的。

在她昨晚又被欺负得伤痕累累地回到恺逊家,被应该是堂哥的少年皱眉盯着擦药时,老人默默递给了她这把匕首。

因此她就用了。

窗外是烦人至极的雨声。

"……啊啊。"

想清楚了来龙去脉,她轻轻喊了一声,对自己点点头。

原来如此。

怎么会忘记呢?

她蹲下身来,随手一挥,匕首直接戳进某个男同学置在地板的手背。

刀落血出。

本已被她刺伤的男孩再度发出杀猪般的痛楚号叫。

"……因为我是转学生。"

嘴角上扬，她笑眯眯地道。前倾着身体，她一头漆黑的发尾沾上了些许朱红血滴，像是随时会噬人的恶兽。

"呐，欺负我的理由就只是这样？不觉得很无聊吗？"

说着，她拔起匕首，换了个位置再次刺下。

男同学发出惊人的哭叫。即使如此，耳里的雨声没有止歇的迹象。

好烦。

"……恺，恺迩！"

"还不快放下刀！你以为自己在做什么！"

老师们见状，三步并作两步冲上前来，想制止她。

她眯起眼，拔出男同学手上的匕首，一手强拉起男孩，另一手顺势将匕首架在后者喉咙上。

"再靠近，我就割下去了。"

老师们瞬间止步。

他们用非常非常恐惧的眼神，望着年纪小小的她。

"喂！谁快去通知双方监护人，要是出事了追究起来——"

某位老师压低声音跟同事说。

"出事？……啊啊。"安静地唇角一扬，她对被自己压住的男孩附耳说道，"……你被放弃了呢。"

承受不了恐惧的男孩哭出声来。

就在这时，一双小小的手臂冷不防自后方抱住了她，连她的双肘也围在其中，试图困住她的行动。

"快逃！"

与那纤细手臂相衬的，是轻软的甜甜嗓音，带着一点急促对着哭泣的男孩低喊。

男孩连滚带爬地逃开她的身旁。

同时,她挣脱了来自后方的那双手,一转身,就反向把来人给压制在地面。

雨声不止。

杀红了眼的她带着满身血污,黑发盖住脸庞,手里的匕首已然扬起。

"请原谅大家吧。大家都是因为害怕转学生的传说,才会这样的。"

甜柔的嗓音在她身下静谧响起。

她在一瞬间怔忡定住匕首,往下俯视。

被她压制住的,是一个与她同龄,有着一头栗色柔软卷发的女同学。

"……没事的。"

仰视着沾满血迹,理应模样吓人的她,卷发的女同学,只是睁着琥珀色的纯净双瞳好一会儿,而后,不带任何惧意地微笑了。

"没事的。"

女同学安静道。

"不管追赶在你后面的是什么,不会追到这里来的……所以,不用再害怕,也不要紧的。"

她怔住。

而那位女同学,伸出自己洁净的手,握住了她实际上在发抖的双手。

染上鲜血,与语言、表情、行动都无关,反映了她真正的心情,剧烈颤抖着的双手。

在盛宴般的雨声之中。

捧住她那样不堪的双手,女同学甜美的嗓音,轻轻地,轻轻地响起,在危险之中仍奋不顾身的。

"如果你害怕无法控制自己,那么,就交给我吧。"

那个声音说。

"我会驯服你,也会束缚你。我不会让你伤人,所以,请相信我。"

她没有回答,却也无法挥下匕首。

沉默之中,她眼睁睁看着卷发女孩的手,自她的手往下移,直至用双手,反握住紧抓在她手中的匕首刀尖。

鲜血同时自她们两人的手上流下。

她冰色的瞳中,映入栗发女孩同样笔直的双瞳。

"我的名字是刻葛督·露朵。"

铭印的瞬间。

"——你愿意做我的朋友吗,恺迩·珞耶丝芬克?"

 ⌒⌒⌒

"!"

冷不防惊醒过来,原本趴在露天凉桌上假寐的珞耶"啪"地坐起身,胸前的锥形宝石项链因此划出一道墨蓝光弧。

心跳加速,感觉得到衣下各处细密的冷汗,一如头上细细密密的雨声。虽然如此,却没任何一滴雨水真正落在珞耶身上。

都被荆棘园上空的过滤防护罩给挡掉了。

"……总算醒了。"

含着少许冰冷感的高贵咬字,坐在珞耶对面的旧贵族少年半托着颚,凝视着她。宝蓝色的袖扣映照出后者的绮丽轮廓。在少年的右手小指上,套着一圈樱红的宝石戒环。

"……"

珞耶无言地眨了眨眼,再眨了眨眼,才好不容易让失焦的视线恢复正常。

"黑璀?"

"不然你以为会是谁?我本来打算你再不醒,就要联络优非哥的。"

约说。他没有托颚的手,的确如言放在手机按键上蓄势待发。

"……你不会真的打给优非吧?"

珞耶不可置信地问,得来的是约一记冷眼。他按桌站起身。

"没有,但下次可能会。"

"……黑璀,等一下。"

偏了下头,珞耶出声叫住作势要离开的约。

"你要去哪里?"

"泡茶。"

约稍稍蹙起细致的眉头。

"不是用我家方式泡的茶,我喝不太习惯。"

"……"

珞耶沉默一瞬。

欸,黑璀家,你们的教育真的没问题吗!把小孩子养得这么挑嘴真的可以吗!

"怎么了?"

"不,只是以前每次碰到这时期,你向来都跟优非一样啰唆,今天意外地干脆……"

珞耶表情古怪地把手探向约的额开口:

"确定没发烧?"

"……没有。"

无奈阖眼叹了口气,约忍耐了一会儿才后退半步,避开额上珞耶的手套触感。

"碧碧雷儿,接下来就交给你了。"

向甫从洋馆里走出来的羽见丢了这么一句,约便径自走回洋馆。

珞耶先低头看了看自己的手,再顺着约的背影方向看去,便看到已走近的碧碧雷儿,穿着一身淡蓝洋装,以端正的站姿,在纯白凉椅前止步。

"珞耶克,汝醒了。"

碧碧雷儿稚嫩的音质里是一贯的严谨。

在年幼的羽见身后,一幢灰砖洋馆矗立,在远方两旁的荆棘灌木夹道下,周围是如融化了雪水般的大片平坦碧色草地。再往外看去,能看见将整片草地与灌木,恒定包围在中央的石砌围墙。墙上带着水汽的荆棘蔓藤爬生。

位于镜厅之内的原人类保护区——荆棘园。

今天举办了延宕许久的欢迎茶会,目的是庆祝珞耶加入特别科。

本来应该更早办的,但第二圆心城市大使馆爆炸事件至今快满一个月,却仍余波荡漾。最重要的,是羽见·瑰柯,与金休、卓古甯两名除羽师,都在爆炸案中身亡。因此事件受到不小冲击的特别科，自然没有马上办欢迎茶会的兴致。

"珞耶克，汝没事吗？"

不可思议地看着再次低头端详自己手掌的契约除羽师，碧碧雷儿问道。被问者稍稍眯起眼睛，才放弃地甩了甩手。

"……嗯，果然没效了呢。"珞耶说。

"耶？"

不解其意，碧碧雷儿皱起眉头。珞耶只是嘴角微微上扬，摇头。

"没事，只是某件事过了时效而已，幼小的圣母。"

碧碧雷儿先是一怔，随即不只眉，整张脸蛋都皱了起来。

"是那埃多嘴说的吗？吾讨厌那个外号。"

"是吗？我倒是觉得挺名副其实的啊。是谁取的？"

被这么问道，碧碧雷儿又是轻轻一顿，才垂下了碧绿的双瞳，和不属于夷蒂诺人的长长睫毛。

"……以前与吾定下契约的除羽师。"

不过那个人已经不在了。她低声说。

下一刹那，一只手轻拍了拍她用缎带束起侧马尾的头。碧碧雷儿本能地将身子往下一缩后，才醒悟过来那是珞耶的手。

"……珞耶克，吾不是三岁幼儿。"

碧碧雷儿微愠低语，却也没挥开珞耶的手。

或许是因为珞耶戴着手套，若有似无拉出的距离令人感到安心的缘故。

"嗯，我知道，所以只是我单方面在跟自己的契约羽见撒娇而已。"

又拍了两下年幼羽见的头才收回手，珞耶笑眯眯地回答完，

I Fragrance

不知不觉又眯起眼睛,仰望天空道:

"不过……唔,下不停的雨啊,难怪会做噩梦……"

像是要呼应她的话,高空的雨声持续。

适逢换季,这一周从早到晚,雨势几乎没有断过。近乎透明的细碎雨丝,没有强烈到需要撑伞,只是执拗地持续下着。

过去被称为夷蒂诺的这座城市,时序已转入带着相当寒意的秋了。

要不是在温度与空气都经过严密调整的荆棘园,大概也没办法像这样举办露天茶会吧。

"还要六天……"

低语完转回视线,珞耶打了个呵欠。

"话说回来……碧碧雷儿,你手上拿的是什么?糖果盒?"

她指向年幼金发少女用双手捧着的华丽硬盒。盒身主要由黑和深紫组成,表面点缀数不清的亮片金粉,是相当注重奢华感的设计。

"不是,是巧克力。"

认真纠正,碧碧雷儿将硬盒放在凉桌中央摆饰着的插花篮旁边。

"是那埃与开罗联名送来的。彼等二人尚有工作在身,不克参加茶会,所以用礼物代替。"

她刚刚就是为了拿这个,才暂时又回到洋馆内。

"巧克力?"

珞耶好奇地打开外观奢华的硬盒,只见铺着软绒的内里中,排着两列葫芦形状的黑巧克力糖。在打开盒盖的瞬间,一阵奇异的陌生香味同时扑鼻而来。甘醇如酒,却又混着宁淡花香,仿佛会迷醉人的无名香气。

没有预期的珞耶跟碧碧雷儿都一怔。

"是株杏最新上市的新系列巧克力。"

拿着托茶盘,约也在这时从洋馆走了回来,开口说明:

"如果我没记错,这种巧克力是现做的,保存期只有短短数日。尽快吃掉比较好。"

"株杏?那个快倒店的老字号糖果商?"闻言,珞耶翻过盒盖,"啊,真的,有株杏的商标。"

"系列名叫'醉花间'……还真是奇特的取名方式呢。"

坐在桌子对面的茗似乎也被勾起兴趣,绕过桌子端详着硬盒的外包装,开口说道。

茗一身古东方风格的幽丽袍裙,吹弹可破的象牙白肌肤,比夷蒂诺人的肤色稍暗一些。偏硬的中长黑发发顶,夹着环状冠饰,冠两旁的垂穗在茗走动时,偶会叮当作响。发线下,则是深邃如星的同色墨黑瞳孔,领口内清楚可见嵌在茗纤细颈项的一圈剔透樱红宝石。

身为现存资历最长的羽见,茗的岁数虽比在场众人都大上一截,但外表却依旧犹如冰清玉洁的十五岁少女。

"奇特?怎么说?"碧碧雷儿问。

"因为巫嘉语中有意思非常类似的名字。"

茗稍稍倾斜着头颅,右手沾了冷掉的茶水,在桌面写下几个众人看不懂的巫嘉文字说道:

"写出来的话就是这样。如果我没记错,在过去的原东方文化中,这名称是用来指某种类型的诗歌。"

巫嘉是第七圆心城市的旧名。在静寂之日后,九座新人类城市虽然改以数字为称,但旧名仍作为人种与语言的名字而沿用下来。

巫嘉的创始者来自古老的原东方,因此其人种与文化也都承袭了浓厚的原东方风格。

"……啊啊。"珞耶被提醒地点头附和,看向黑发黑瞳的茗,"这么说来,茗小姐的血统,应该跟现在的巫嘉人很雷同吧。"

对此,茗只是微微一笑。

"不,我是原人类……真要说雷同的话,同为新人类的珞耶克大人与巫嘉人,应该更类似才是。"

珞耶不由得眨了眨眼。

"……耶?"

"我想,会取作'醉花间',应该不是偶然,而是为了噱头,刻意模仿巫嘉语取的偏异国风名字吧。不过,是拙劣至极的模仿就是了。"

似乎没注意到珞耶的愕然,茗继续说完结论。

走到桌边的约瞥了茗一眼。

"茗,你不喜欢这种巧克力?"他不动声色地问。

"不,您误会了。"茗回复的微笑十分平静,"我只是觉得,这很像是那埃大人会买的东西而已。"

"……是吗,那就好。"

约不置可否地垂下红茶色泽的漂亮瞳眸,把托茶盘放在桌上开口:

"总之,你们闻到的香气,就是这次加在新系列中的秘密新成分。基于商业机密的理由,株杏没有公开,但从成品切面来看,大概是把某种果实磨碎后加在巧克力里。由于香气独特,一推出就受到热烈好评，短短时间内就让株杏公司的业绩起死回生……这种巧克力很昂贵的，就算是两人联名送，应该也要花不少钱吧。"

"很贵吗？"

答应转交巧克力时，完全没听两人提过这点的碧碧雷儿，稍稍吃了一惊问道。

约颔首。

"似乎是新成分的材料来源较为稀少，相对价格就提高了。目前还是限量供应，有钱也不一定买得到。"

"这样啊。"

踞坐在凉椅上，珞耶随手拣了一颗巧克力丢入嘴里，奇异的醇厚香味登时在口中化开。

"不过，黑璀，你怎么会对区区一介糖果商这么清楚？"

"因为那'区区一介'糖果商，是我父亲现在的政治募款金主……"

蹙眉睨了边吃巧克力边打呵欠的黑发少女一眼，约拿起托盘上的茶壶，倒出数杯色泽艳丽的蔷薇红茶，依序放在凉桌各人的位置上，再将本来就放在茶盘上的药草茶拿下，放在珞耶面前。

"这杯是你的，珞耶丝芬克。"

约绮丽的脸上面无表情。

"你不喝蔷薇茶吧，这杯里放的是柠檬草跟甜菊。"

"哦，多谢……"

在要入口的瞬间突然停手，珞耶把温暖的药草茶放回桌面，冰色的目慢慢眯了起来。

I Fragrance

"怎么了吗,珞耶丝芬克?"

约询问的语气听起来无比正常。

事实上,无比正常到很可疑的地步。

珞耶用力眯细眼睛。

如果没闻错,眼前这杯茶氤氲的热气中,除了柠檬和甜菊的清香,还另外掺了类似胡椒的淡淡苦呛香味。

珞耶缓缓抬起眼,与站在自己面前的青梅竹马对视。

早该猜到刚刚的爽快反应背后绝对有鬼。

"……黑璀,你放了野薄荷?"

她很镇静地问。

约的表情纹风不动,也很镇静地回答她:

"没错。"

"……你明知我讨厌野薄荷吧?"

"当然知道,顺道一提,我也知道野薄荷茶有帮助入睡的安定效果。"

既然都被拆穿了,约扫了睡眠明显不足的青梅竹马一眼,索性双臂环胸直接摊牌。

"竟然在茶会中途打瞌睡——你到底是熬夜多少天了?"

珞耶没说话。

早有预料的约发出"哦"的冷笑。

"不敢回答吗?算了,回答不出来也没关系,我也懒得追问你。总之,现在把这杯茶喝下去。"

"……"

珞耶盯着药草茶,但在她有动作之前,约已眼明手快地侧身站到她后面,用脚尖踩住她倾向后仰的椅子椅脚,把她定回原位。不悦清清楚楚地写在他的脸上。

"你是小孩子吗？快喝。"

"……"

"就算用怨恨的表情瞪着我也没用。还是你要我通知优非哥？"

约冷冷丢出恐吓宣言。

"……唔……卑鄙的家伙……"

虽然低声嘟囔，但屈服于威胁之下的珞耶终究还是伸手拿起茶杯，皱着脸，正想憋气一口把整杯热茶喝下去时，一个软木杯垫直直朝着她射过来。

遇到攻击的珞耶本能地偏过头，用空着的手指夹住丢来的杯垫，手腕微沉，循原向，但用更快的速度，把杯垫反掷回去。

"哇啊！"

被杯垫正面打中的对象登时惨叫。

"痛痛痛……啊啊啊啊我纤细的肌肤啊——"

"……"

众人不约而同无语了一瞬，才一齐看向声音传出的方向。

在他们视线的交点，是一团蜷缩在碧碧雷儿座位旁的布。精准而言，是一块全黑的披风，被由里向外，折叠包裹成一个漆黑不透光的乱布团。

"呜呜……我要毁容了，我奇迹般的美貌啊……"

藏在披风下的人影碎碎呜咽。

茗与碧碧雷儿先是互视一眼，而后很有默契地将视线转向一旁尽其可能站远的约。察觉到两人的视线，约立刻摇首拒绝。但茗与碧碧雷儿依旧死命凝视着他。

良久，屈服在两名契约羽见的视线压力下，约终于阖眸吐了一口长气。

"……息亚芦。"

压下想翻白眼的无奈心情，约走到黑披风旁，同时瞪了一眼对面桌上正在耸肩的始作俑者珞耶之后开口："我警告过你很多次了，爱惜性命的话，就不要直接攻击珞耶丝芬克，下毒或离间还比较有可能成功……追根究底，你攻击跟恶龙一样的那家伙做什么？"

这种摆明吃力不讨好的事，约还以为娇生惯养的息亚芦应该会自行避开才对。

"我……我才没有攻击她！我只是不能离开披风，又想吃巧克力，想叫她帮忙拿，才丢杯垫过去吸引她的注意力啊！"

缩在黑披风下的少年羽见振振有词。

闻言，约不禁感到非常疑惑。

"……你直接出声叫她不就好了？"

现场又没几个人，不至于听不见。

"哼哼哼，那样的话岂不是太平凡了。"黑布团很任性地蜷起道，"身心都无比纤细的我，自然要用跟别人不一样的方法啊！"

"……"

隐忍闭眼，约按住跳搐的额角，深吸口气，然后开口：

"息亚芦，今天是雨天，根本看不到太阳。要吃巧克力的话，自己从披风下出来拿。"

黑布团很明显地抖了一下。

"不，不行，就算你这么说，对纤细的我还是太危险了……

啊，对了！有人帮我拿过来就行了，约你——"

"不要。"

约一秒否定。

黑布团里的人像是受到了重大打击，披风角抖动的幅度顿时增大。

"什么！约，你不是我的契约除羽师吗！"

"很不巧，对我而言，你只是我三个契约羽见其中之一而已。"

而且还是他最不想理的那一个。

"竟，竟然边冷笑边说这种话……你是鬼，绝对是鬼！只有鬼才会这么无情啊，约！"

"错了，我无情是因为我是贵族。"

毫无愧疚地回话，约稍稍抬高线条尊贵的下颚，俯视着瑟缩的黑布团继续说道：

"当然，你想放弃也没什么关系。不过，息亚芦，你很想吃非常昂贵的新巧克力吧？"

"……"

黑布团安静了一会儿。

观望的众人屏息以待。

良久，黑布团开始扭动，终于缓缓地从中探出一颗头颅。

几乎褪去所有色素，偏银的灰色卷曲长发，自穿着宽松长睡袍的少年额头中分披下。肩膀清瘦的少年虽被散乱发丝遮住大半脸孔，但凹凸明显的轮廓，仍清晰指出他与其他羽见一样，并不属于夷蒂诺人的血统。在他的左眼斜下方，嵌了一颗心形的褐绿色宝石，与周围的皮肤密切贴合。

I Fragrance

少年用一对充满哀怨的金色细长眼睛朝布团外迟疑地转了一圈，而后迅速将头缩回黑披风中。

"不行！太刺眼了！"息亚芦发出尖叫。

"……息亚芦，汝根本还没出来，下结论还言之过——"

皱眉就事论事的碧碧雷儿还没说完，就被陷入惊慌状况的息亚芦打断道：

"不行，绝对不行！我会被阳光刺穿的！会融化的！外面的光芒太耀眼了，不是我应该在的世界！我是只能在黑暗世界里绽放的纤细花朵啊！"

"……"

在旁边听了很久，终于忍不住的珞耶默默举起了拳，眯起冰目转向凉桌对面的约。

"喂，我能不能干掉他？"

"我能了解你的心情。"啜了一口蔷薇红茶，约冷静的应答中听得出有深深遗憾，"……但最好还是放弃，对未成年人施以暴力是犯法的。他成年了就另当别论。"

"呃……你现在是在暗示，对成人施以暴力就不犯法的意思吗？"

"这你就错了，这是道德上的问题。反正息亚芦再过几个月就要成年了，那时再打不迟。"

"不，那个，我觉得你的道德跟法律观都大错特错了吧。"

"啊，息亚芦！"

碧碧雷儿的急叫突然闯入约与珞耶两人的对话。

只见死也不肯脱离黑披风的息亚芦，想直接缩在布团中爬上桌拿巧克力，却因为披风阻碍视线，一个没踩稳而重重跌倒。

材质轻薄的披风,因此被猛然用力掀起,扬起一阵微风,猝不及防地吹向尚立在桌边的茗。

茗的黑发扬腾,衣袖翻飞。

短促的一瞬间内,一股不同于巧克力的魅惑香气,自茗的袖内传出,翩然飘至坐在凉桌同边的珞耶面前。

瞬间,珞耶霍然站起,冰色的眼眸不敢置信地瞠大。

"……珞耶克大人,你怎么了?"

发现珞耶的僵硬神情,茗直觉想往后者靠近一步。

珞耶的反应却是抓起凉桌上的餐刀,抬臂,手中刀尖直直指向眼前的茗。

"别动!"

漆黑头发的少女低声厉喊,注视茗的神情极端险恶。

茗的步伐应声停住。

"珞耶克!"

注意力从跌倒的息亚芦身上转开,赫然发现对峙的两人,碧碧雷儿讶然失声:

"汝在做——"

然而,茗扬起绘着大朵花卉的袍袖,阻止了惊愕的其他三人。

她心知肚明地看向眼前杀气四溢的少女。

"你……闻到我身上的香气了是吗,珞耶克大人?"

约一怔,倏地扭首将视线投向青梅竹马。

"你——"用双手握住对准茗的餐刀刀柄,珞耶咬牙,像是花了极大气力才有办法阻止自己不往前冲刺,"是谁?"

"……羽见·茗。"

茗静静答。

"自有意识以来,一直都在第五圆心城市,在这座荆棘园里生活的复制原人类。而我的被复制体,来自古老的东方暗杀家族膳家……其族人,以男女身上皆有夹竹桃的香气闻名。"

"什么?"

约愕然出声道:

"那么,之前我们所碰到的那名巫嘉裔少年,难不成是你的——"

"是的,约大人。"

没有闪避约的询问,茗的态度是长久资历带来的洗练。

"那名少年,应该是我的后人。正确来说,那名少年的家族,是用与我族人同样的血缘改造过后的新人类家系。"

第七圆心城市采取的是门阀政治。在建立时,其创始者保留了当时的多数实力家系血统,移植到新的城市之中。膳家也是被挑选的家族之一。

"膳家的人无论男女,身上皆天生带有夹竹桃的香气。唯女子的体香比男子淡上许多,除非相当近身,不然很难察觉,加上我另有使用薰香的习惯……"

说着,茗直视珞耶。

"要不是珞耶克大人对此气味十分敏感,否则应该是无法发现的吧。"

"……膳家?"

珞耶声音低哑,像是粗砾从喉咙深处滚出。

"那么,害死我父母的那些人,也是膳家的人?你也——"

滴!

同时响起的辅助钟提示音，掩盖过珞耶喑哑的问句。

"——不是。珞耶丝芬克。"

趁着珞耶因提示音怔忡的空当，约快步走来将茗护在身后，向珞耶摇头。

"你眼前这个人是羽见，没有姓氏，也跟膳家没有关系。"他低声。

"……"

珞耶瞪视着约身后垂下眼睫的茗，身上的辅助钟像是要增加紧绷气氛似的，持续发出"滴滴滴滴"的扰人提示音。

"珞耶克！"

同样回神过来的碧碧雷儿也发出轻唤，仿佛母亲在恳求孩子的语气。

茗始终闭口不言。

"……啧！"咬了下牙，珞耶一转手腕，将餐刀甩回凉桌桌面。她很快将辅助钟拿出外套口袋，按下锁针开始通话，"……我是恺迤。"

"啊，珞耶克同学？"通讯官那无论何时听，都与周围气氛格格不入的悠闲嗓音立刻传来，"你跟约同学在一起吧？"

闻言，珞耶瞄向挡在茗身前的约，脸色隐约还是杀气腾腾。

"……是没错……"

"那正好。请你们两个立刻到镜厅门口集合，接送你们的警车已经准备好了。"通讯官流畅地报告。

"……什么？"

"呀，还是要说条子车，珞耶克同学你比较容易理解？就是一种在车顶上会放一个'哦咿哦咿'叫的东西，吵得大家很想丢鸡蛋过去的车辆。啊,不过这次来接你们的车是刑警开的,应该比较低调才对。"

"……不,我听得懂警车是什么……但条子来镜厅干吗?"

"刚才说过了啊,是接你跟约同学到警局去的。"开罗声音轻快,"——浮狐保护区的目击者,似乎已经找到了哦。"

⸺⸺⸺

"普鲁·西丝事件。"

开车的刑警从后照镜打量了下坐在后座的约与珞耶,开口说道:

"两个礼拜前,在浮狐保护区打工的女高中生普鲁·西丝,在保护区中,遭到突然凶性大发的浮狐群攻击扑咬致死。因为尸骨不全,只能从现场迹证来判断事发经过。"

在简称五心都,全名第五圆心城市的这座都市中,有着一座世界仅存的原生森林,人们称其流光之森。市内的原物种保护区,容纳着在静寂之日后,由于安吉蓝思森林群枯死,导致失去赖以维生的纯氧而陆续绝种,最后只能仰赖流光之森供应纯氧,在五心都苟延残喘的稀少原物种。

五心都的主要市政收入,便是来自于参观原物种的游客们。

市内的各保护区样式,因应原物种的栖息最适环境而各有不同调整。因温驯个性和美丽皮毛而得到广大人气的浮狐,其保护区则是建成半开放的平整草坪庭园,令浮狐能够在其中自由走动,并与游客近距离互动。

也因此,这次浮狐攻击女高中生致死的事件,才会引起社会上如此大的骚动。

"应该没有攻击性的浮狐却杀了人……在物育局工作的两位压力应该也很大吧。"

带着几许好奇,刑警看向隶属于物种保育局之下的两名未成年乘客,试探说道。

物种保育局特别科是传说中的秘密政府机关,其存在不但未对市民公开,内情也仅有少数相关人士知晓。刑警只知自己载的两人身份是特别科的独立调查员,拥有相当高的执法权限,但对其他资讯,例如:姓名、能力、任务内容,刑警完全一无所悉。

"不会。"

听到刑警的问题,穿着西装外套的少年没有抬起头,翻着手上的书,淡淡回答:

"保护区并非特别科的职责范围,只是这次的事发地点刚好在保护区内而已。感谢您的关心。"

"雨还没停啊……"

另外一边,穿着长外套的黑发少女,则是一脸厌恶地盯着车窗外的雨中街景,根本没注意到刑警的问题。

"呃,是,是这样吗……"

被两人的莫名魄力弄得自讨没趣的刑警,只能摸摸鼻子,朝右打了一圈方向盘。市警局尖顶的灰白壁墙出现在车头前方。

刑警将车在市警局门口停下。

"我们到了,请两位下车吧。"

约与珞耶依言自行推开车门。才刚下车,眼熟的两个身影就从市警局里快步走出。

"……那埃博士?典?"

愣了半拍才迎向来人,约有点诧异地问道:

"为什么博士会在这里?我听开罗通讯官说,只有负责残羽'花园'的三名除羽师需要到场指认……"

"应该是这样的。"

那埃苦笑拍了拍缩在自己背后的娇小女孩的头。

"但是帝瑟说市警局里成年男性太多,她不敢进去。还是我好说歹说保证全程陪同,她才总算点头过来的。"

"……对……对不起……"

认出约的声音,女孩从那埃的外出大衣下露出脸来,嗫嚅道歉。

从外表判断大约十三四岁,削得像小男生的贴顺短发,衬出圆滚滚的大眼睛以及偏中性的清俏眉目。女孩身上穿着宽松的立领大扣子外套与短裤,左耳耳垂上则戴着一支心形宝石的耳针。

宝石是褐到黄绿的渐层色,犹如一片温润的落叶。

"是息亚芦的回声石……你是息亚芦的契约除羽师?"

第一次见到短发女孩,珞耶不禁询问。女孩连忙应声:"啊,是……是的。我叫帝瑟·典,请多指教。"

女孩的音量有点小,但听得出话语中没有恐惧。

"……我是恺逊·珞耶丝芬克,碧碧雷儿的契约除羽师。"

歪了下首后,珞耶回答。

"典只怕成年男性,所以不怕你我。"猜到珞耶没说出口的疑惑,一旁的约解释完,转向绝对已经成年了的那埃,"不过,她不怕那埃博士的理由是什么?"

"……"那埃表情复杂地沉默一瞬,"……因为我看起来像女人。典，你有这么对茗说过吧，她都转告我了。"

"咦，茗姐姐跟你说了吗？"闻言，典一脸惊慌地用双手捂住脸，"对，对不起，我不是故意的……"

"……不，不如说因为是真心的反而更令人困扰……"

"咦，耶耶？那……那我该怎么办才好？"

"想问这句话的人是我才对吧，难不成要我去整形吗……唔，不，我没有生气……当然也没有生茗的气……好了，别在意别在意，我已经习惯被人这么说了。"

毕竟于心不忍，苦笑的那埃反过来安抚了一下慌张的典后，转向约。

"接着，这是你的，黑璀。"

"……辅助钟？"

约接下那埃递过来的圆形硬物，纳闷反问。

"嗯，本来就打算在茶会结束时交给你的。没想到突然被叫来警局，就在这里给你吧。"那埃说，"你之前的辅助钟，在救碧碧雷儿丢出去时，坏掉了吧？"

多重契约除羽师使用的辅助钟，与其他除羽师使用的不尽相同。在这段时间，约都是用一般常规的备用辅助钟代替。

"跟制式辅助钟相比，你的多加了两格可以放置回声石的绝缘隔间。只要把回声石放在隔间中，即使贴身带着辅助钟，被隔绝的回声石，也无法与羽见身上的主心石产生制约，或是与除羽师的脑波产生联结。"

向在稍前方带路的刑警点了个头，朝市警局迈步的那埃，将音量再放轻了些。

"换句话说，就是毫无作用。否则，随时随地都同时佩戴

复数回声石，对你的脑部负担太重。当然，只要关闭绝缘功能，放在隔间中的回声石就会重新启动，要分开放也是为了战斗时的方便考量。另外，装宝石屑的暗盒也因应增大了。"

"唔。"

听完解说，将手垂下至刑警视线的死角，约不引人注目地轻按了钟面上的一个数字，原本的钟面登时斜斜滑出一格，空间大小的确是可以容纳回声石。

约收回隔间，又再按了下怀表外壳，钟底的暗盒立刻"咔"地弹开，现出其中的宝石屑。冰糖般的形状大小，皆与普通的宝石屑相同。唯一有差异的，是放在约辅助钟里的宝石屑，颜色混合了三种色泽。

樱红，褐绿，墨蓝。

正好是约拿到的三种回声石颜色。

"……这是？"

约抬眼望向前方的博士。

"你专用的宝石屑。同时混用三种宝石制成的，总和重量跟普通的宝石屑一样。当然，对身体的负荷也是一样的。"

那埃简单地比划了下。

"之前你刚加入特别科时，身上只有茗与息亚卢的双重契约，加上时间尚短，所以那两个礼拜给你用的宝石屑还是科里备用的，让你自行选择要使用谁的宝石屑。但一旦契约增到三人以上，用原来标准模式的宝石屑机动性会不足。"

约再次低首瞄了一眼新拿到的辅助钟，蹙起细丽的眉道：

"……宝石屑有六颗？"

一般而言，都只有附最高安全分量的四颗而已。

"对,这是有原因的。"

在被典紧捉着大衣衣角的困难状况下踱入警局内,那埃话中的警告之意很浓。

"听好了,宝石屑当初在制造时,本就将回声石的因素考虑进去。虽然用同一种宝石作为原料,但毕竟不完全同质。也因此,在除羽师本人身上没有佩戴相对应回声石的状况下,就算服用宝石屑也无法产生效果……也就是并不会对脑部,或是奇叶,造成额外负担。"

"意思是……"约会意反问,"假设我身上只有茗之石,就算吞下这颗宝石屑,也只能发挥三分之一的力量?"

"对。身上只有一颗回声石时,这种混合宝石屑的效果等于普通宝石屑的三分之一,不论是提高的回声率,或是对脑部造成的负担也是。当然,喙术也只能用相对应的。以你的例子来说,仅戴着茗之石时,即使吞下这颗含有碧碧雷儿之石成分的宝石屑,也还是不能使用'月食'。"

那埃说。

"月食"是约与碧碧雷儿定契时产生的喙术能力,能在一定时间内夺取有意志个体的时间。

"然而,要注意的是两颗以上的事。当身上佩戴两颗以上回声石时,这颗宝石屑虽也只能发挥出三分之二的效力。但是,除羽师却要同时承受两颗回声石的联结效果。以此类推。"

"那么……"

珞耶不太认同地抬眉说道:

"也就是,虽然能使用的喙术种类比其他除羽师多,但在达到同等回声率的前提下,多重除羽师身体承受的负担,会比单一除羽师多吗？"

"没错。"

那埃正色看向静默不语的约继续说道：

"当然，只佩戴一颗回声石时，你的情况与其他除羽师都完全相同。但当你试图同时使用多种喙术时，就必须将身体加倍的负担这点也考虑进去。配给的宝石屑会多于四颗，也是这个原因。对你而言，最高的安全分量一天仍是四颗，没有变化。但是，因为只佩戴一颗回声石时，非对应的宝石屑不会造成负担，让你吞一颗宝石屑的效果等于变成只有三分之一，很快就会代谢完了。相对的，佩戴新的回声石时，之前服用尚未代谢完毕的宝石屑，对脑部的刺激会一次累加……你在使用时，要自行计算拿捏。"

"……我知道了。"

淡声回答的约刚把辅助钟收进外套，前头隔着一段距离带路的刑警就在走廊上止住步伐，挥手叫那埃等人跟上。

"普鲁·西丝事件的目击者就在前面的侦讯室内。"

大概是怕侦讯室内的人听见，刑警小声向众人说明。

"是根据特别科提出的外貌叙述找到的。不过由于本人完全否认，才会请各位过来指认。"

"完全否认吗……也对。若愿意出面作证，一开始就会跟警方报案了吧。"那埃叹口短气，"目击者的名字知道了吗？"

"是，请等一下……"

刑警翻阅自己的手册进行说明：

"叫莎邬托特·安济荷，是普鲁·西丝在保护区打工时认识的朋友。杜萧学院高中部的学生，这学期才刚转进去……学业成绩很好,杜萧学院的昂贵学费,似乎也是靠着申请到株杏企业的奖学金,才有办法支付的。"

"杜萧?"

听到这两字,珞耶本能地皱了下眉。

"是,资料上是这么写……"刑警纳闷,"请问有什么问题吗?"

"没什么,只是我们两个也念那里而已。"

快了珞耶一步回话,约看向眼前的侦讯室门。设计古朴的门板上半部嵌着方形玻璃,透过玻璃,可看见侦讯室内的人影。

是个女孩子。

斜斜背对着门的方向,抿着唇的女孩站得挺直,对外的窗户反照出她的面容。垂至肩下,蕴含天鹅绒般光彩的深色内卷长发,没有多余刘海遮住的额头,以及一对理性的薰紫色眼睛。

她面无表情地盯视着窗外花台。

张大了瞳,约下意识地举手掩住口,呕意自体内深处涌上。

"……约?"

站在那埃后方,把约的僵硬清楚地看在眼里,典露出讶异神情。

"那么,由于特别科的各位不宜亲自出面,由我进行问讯。还请各位在侦讯室外观察。"

向众人交代完后,刑警进入侦讯室,重新关上门,往凝望窗外的女孩走去。

就在这时,一个人影自侦讯室对外窗户投身跃进。玻璃爆裂,人影在反射室内灯源的镜片碎光之中着地。

是个穿立领外套的短发年轻男人,年纪看上去顶多三十出头。男人一站起，立刻横臂朝正想拔枪的刑警脸部挥去。

男人的手肘重重撞上刑警的鼻梁，后者连惨叫的时间都没有，直接昏死往后倒下。男人旋过身，伸手去抓愣在原地的安济荷。过程不过数秒。

最先反应过来的是珞耶。

她一翻掌，弹开手心中的辅助钟暗盒，把一颗闪耀着墨蓝锐利寒光的宝石屑仰喉吞下。中间几乎毫无停滞，珞耶再从袖中翻出一颗西洋棋，让其燃烧，扬手射去。

西洋棋的棋身燃起冰冷的雪白火焰，极快飞掠半空，穿破门板，速度完全不减地朝门板后的男人射去。

"——呜！"

眼前突然逼近燃烧的棋子，年轻男人直觉地放开安济荷，抬臂打掉射向自己的西洋棋。

珞耶又是扬手将数枚西洋棋射出。

自从上次在大使馆体会到西洋棋的好用后，她随身都会带着几颗棋子以备不时之需。

穿着外套的男人被接续飞来的雪焰棋身逼得往后退了数步。

抓住这个时机，珞耶冲上前，用力推开已然变得破破烂烂的侦讯室门，撞入室内。

"……虽然很像，但那个人也同样不是你母亲，黑璀。"

奔过呆立在门前的约身旁时，珞耶低声。

随着透冽嗓音，少女一头的漆黑长发飘扬而起，漾出冰晶般的香气，仿佛周围的沉闷空气也一并冻净下来。

约愣了一下，才发现自己虽然还有些不适，但已经没那么想吐了。吸了一口寒冷的空气，他跟在那埃与典的后面，奔入侦讯室。

"——是你！"

进入室内，看清男人长相的那埃一声轻呼。

像是同时也认出那埃，男人厌恶地咬了下唇，像是在弹琴似的微动手指。自男人指尖立即飞出两条玫瑰金色的线，极细，几乎一闪眼就会隐没在环境本有的光线中。

玫瑰金的细线往前飞伸，卷住了安济荷的腰。

男人以精准的手势反手回拉。

"……呜！"

安济荷发出轻声惨呼，整个人被挣脱不开的强韧细线拖倒在地。

男人正想将安济荷拉得往自己更近一些时，摆在侦讯室中央的笨重铁桌，突然被人高高举起，快速旋转一圈，登时毫不留情地撒手朝男人掷去。

"……还有其他除羽师在吗！"

不顺地啐了声，男人甩手，松开绑住安济荷腰部的玫瑰金线，再一次像是弹钢琴般地变换手势，与其指尖相连的细线登时十条齐出，在男人的面前组成线网。

铁桌直接撞在线网之上。

十条玫瑰金线同时发出"啪啪啪"的响音断裂，但铁桌也被线网给反弹回去，斜斜飞向很有自知之明，乖乖站在侦讯室角落观战的那埃。

望着重量惊人的铁桌朝自己砸来，体力很差也缺乏逃跑技术的博士脸色直接发青。

"呀啊,那埃博士!"

见状的典小声叫了一下,急忙一踏地面。顿时,中性的清俏少女整个人像是毫无重量般,轻易在空中翻了半圈,落在那埃与铁桌中间。

她伸出双手往下一探,毫不费力地同时拎起那埃的衣领与铁桌桌脚,而后轻盈着地。

"没受伤吗,博士?"

单手将铁桌端正放回地面,典担忧地问着脸色还有些白的那埃。

"没,应该没……"但精神方面的创伤很大,不论就哪方面来说。那埃硬生生地把这句话吞了回去。

约则快步上前,扶起倒卧在地的安济荷。

"你站得起来吗?"他低声问。

"……"

像是还没理解过来目前身处的情况,安济荷只是有点呆滞地颔了颔首。

同时,大概是判断情势对己不利,寡不敌众的年轻男人躲开珞耶的雪焰之后,干脆放弃胁持安济荷的意图,不再恋战地转身出窗逃逸。

望着男人逐渐远离的背影,原地的珞耶迟疑了一下,不知该不该追。

"拦住他,恺迩!"

那埃连忙喊。

"啧,很麻烦耶……"

嘀咕了声,珞耶跳出破窗之外,跟随逃走的男人轨迹,一路攀爬悬空花台往上追去。

"帝瑟，跟我来，我们得通知警方后再从其他路线追。"那埃迅速下达指令，"对方的目标是目击者。为免他又回头袭击，你留在这里警戒，黑璀。"

约跟典都点头。

"呼。"

小小喊了一声，典把昏死的刑警背了起来，随即跟着那埃从门的方向离开侦讯室。隔着墙壁也能听见在走廊上响起的两人那急促的奔跑声。

以防万一，约滑开辅助钟，取出混合三色的宝石屑吞了下去。

"……你在吃什么？"

清淡中带着微微错愕的问句在一室寂静之中响起。

约转头，见到留着内卷长发的目击者女孩，正用一双理性的薰紫眼睛，不太能释怀地盯着行为突兀的他。

"那是冰糖？"

"不，是维生素。"

说谎说得毫无罪恶感，约阖起辅助钟，双手环胸，背脊往后靠上墙壁。

"你也坐下吧。这几天那家伙睡眠不足，反应跟着迟缓，不知道还要等多久才能抓到人。"

"……这几天？"

听不懂的安济荷莫名其妙地反问。

"对。"

约往外瞄了下阴雨濛濛的天空，而后转回，视线垂下。从头到尾,他的眼神都避免直接与安济荷的相交。

"每年都是这时候。"

换季的时节。

不等安济荷再度开口发问,约手上的辅助钟就响起优雅的小提琴弦音。约浅蹙眉,低头接了起来。

"是我……通讯官吗?对,已经确认过了,与我在'花园'看见的人物相同,警方没有找错人……我怎么会知道她不肯作证的理由。再说,这跟我的工作无关吧,交给警方就……"

只见辅助钟那端的通讯官不知长篇大论说了什么,本来摆明想置身事外的约听了一段时间,脸色开始变化。

"不,'燃烧自己照亮别人'的意思绝对不是浇自己一桶汽油然后点火……不,所以这不是人体燃烧能不能产生足够亮度的问题……"

接下来是一段长长的沉默,最后约用指按额,认命地阖下双目。

"……我晓得了,我答应会问她,先挂了。"

用接近逃难的速度按掉通话钮,约揉了揉眉,才首次看向试图在满室狼藉的侦讯室中,腾出个空位坐下的安济荷。

"没办法,调查权似乎因为刚才的袭击,即刻起暂时移转到特别科了……那么,就开始侦讯吧。"

他很不情愿地说。

"侦讯?"

听到这两个字,安济荷的反应第一次出现明显的波动。她看向眼前容姿高贵的少年。

"等等,你应该不是警察吧?我不觉得你有权——"

"我是公务员。"

约从上衣口袋掏出一颗像是透明骰子的物体。在骰子的中央,宛如琥珀里的昆虫镶嵌其中的,是一根淡黑的长形鸟羽立体纹样。

约将骰子轻轻抛到安济荷面前的桌上。后者睁大了眼,喃喃道:

"……鸦骰……"

鸦骰是发给不能公开证件资料的个人,证明其为第五圆心城市政府效命的证据。鸦骰上没有任何个人资料,一切以骰子本身为凭。

只要是市民,大抵都知道鸦骰是什么东西。

"……你真的是警方的人?"

将视线从鸦骰移回年纪实在太欠缺说服力的绮丽少年身上,安济荷的语气还是有些许怀疑。

"你可以选择不相信,这也不是你被找来这里的目的。"

根据原本计划,约跟特别科的其他人只要在侦讯室外,确认安济荷是他们要找的人之后,就可以离开了,根本无须在安济荷面前曝露自己的身份。

"你唯一需要做的,是诚实回答接下来的问题——以在浮狐保护区现场的目击者身份。"

约蓦地抬起脸,望向安济荷。后者一怔后,微不可察地移开目光。

"呐,你实际上都看到了不是吗?普鲁·西丝不是死于浮狐的攻击,而……"

轻念出被浮狐群囫囵吞食的少女姓名,约说:

"——是被人类杀死的吧?"

～～～

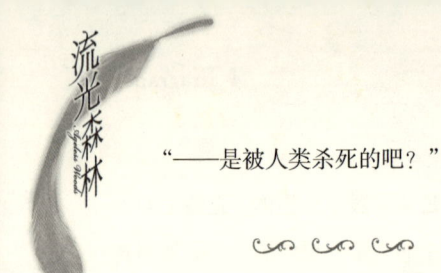

"……衣莱小姐,请把枪给我。"

自称是物育局长,额间的深刻皱纹仿佛岩石打凿而成,有力的表情与其说是文官,不如说更像是军人的年老女性,用和蔼却铿锵的声音,对她这么说道。

她没有回答。身下的椅子狭小且硬得令人不舒服。

想要回家。

雨音哗啦哗啦地敲在窗户玻璃上。

"衣莱小姐,请把枪给我。"

极有耐心地坐在她面前的年老女性,以同样的语调和速度,重复了一遍先前说过的话。对明显只是个孩子的她,也依然使用了平等的礼貌称谓。没有多余的滥情及慈爱,年长女性的说话方式令应对变得相对轻松。

但低着头的她还是保持缄默。

就在这时,会客室的门被推了开来。

一个老人站在门口。

一身笔挺的铁灰长西装大衣,光亮的皮鞋,体型偏高的年老绅士取下了华发上的方帽,向会客室内的年老女人稍稍弯颈致意。

"敝姓恺迩……我是衣莱夫妇的家属。"

重新抬起头,老绅士说。

年老女性站起身来,向老人回了一个深深的鞠躬礼。

I Fragrance

"我是衣莱夫妻两人的上司……这次的事,物种保育局全体也深表遗憾,还请您务必节哀顺变。"

老绅士轻摇了个头,将视线转到始终坐在原位,没有动弹的她身上。而后徐步走进会客室。

"爷爷,相关手续我已经办——"

跟在老绅士身后进来,同样衣冠楚楚的少年,在看见她后,像是一个字也说不出来似的,只是直愣愣地盯着她。

那也是无可厚非的。

因为她的衣服上满是血迹。

从绑匪囚禁她的地方被救出来后,她没换过衣服。

枪也仍牢牢握在她手上。

咚。咚。

随着皮鞋鞋跟敲地的清脆声响,拥有迷人风采的年老绅士,缓缓走近她的身边。

她没有抬头。

即使老人背后的少年用混杂惊骇与不忍的神情注视着她,她依旧没有发出任何声音。

老人在她面前站定。

"你好,珞耶。"

用平静得令人联想到光滑大理石表面的声音说。

听到这个名字,她第一次产生了反应。

"爷爷!"

衣冠楚楚的俊秀少年紧绷地轻叫了一声,但在同时,她已经双手举枪,指向了近在咫尺的老人胸口。

毫不隐瞒的凶烈杀气。

"……原来如此。你不希望我用这个名字称呼你吗？"

与孙子不同，对于她突如其来的威胁举动，丝毫不露惧色的老绅士，只是平稳微笑了一下，将右手抚在胸前，向她稍稍低身。

"这是我的疏忽，请接受我的道歉。那么，使用'珞耶克'可以吗？这应该是你名字的通用昵称。"

没有回答，她安静地警戒着。

老人微微一笑，不顾少年的制止，朝她又走近了一小步，同时也缩近了自己与枪口之间的距离。

"第一次见面的人这么说，你可能会感到无法信任吧。不过，我是与你血脉相连的祖父哦，珞耶克。"

在老人说完时，身后的少年难以察觉地偏移开视线。

相反地，她则抬起了头。

祖父？

像是察觉到她的困惑，老人的唇维持着优雅弧度，小幅度颔首。

"衣莱是你母亲的姓氏，珞耶克。不过，从今天起，你的名字就是恺迩·珞耶丝芬克了。"

身形颇高的老人单膝跪下，让自己的视线与坐着的她平视。脸上还挂着迷人的微笑，老人被皱纹包起的眼睛深处，却蕴含霜屑般的冷光——

"……市政府与警方无法保护的，从今天起，由'王冠'来保护。"

"恺迩先生——"

一旁的年长女性皱起仿佛有着力道的眉，想要说什么，却因老人的严峻表情而住了口。

就在这时，幼小的她总算开了口。

"……回家。"

站在老人斜后方，比她大了几岁的少年讶异地看着她。

"我想回家。"

血，雨，以及现在应该闻不到，却还是萦绕着她周身的，夹竹桃的气味。

"可是，已经回不去了对吧。"

没有看向会客室里的其余三人，毫无表情的她，很轻，很轻地，说着：

"——因为他们两个人都死了。"

她的父母。

会唤她珞耶的父母。

下一刹那，她突然被单膝跪下的老人轻柔拥入怀里。古龙水的香气，一下子冲淡记忆中沾血的夹竹桃气味。

窗外的雨仍在下着。

而老人在哭。

从现身迄今一直显得游刃有余的老人，其带着温度的泪水，浸湿了她沾满冰冷血迹的上衣。

啊啊，这个人真的是她的祖父吧。

透过那个温度而确认的真实。

"……"

在老人的怀里，她安静地，安静地，一滴泪都没有流地，缓慢放掉了那把对她纤小的手指来说，仍过于沉重的枪。

她的双手终于直到这时才开始颤抖。

仓皇脱逃的男人踮脚一跃,伸手攀住头上的花架,翻身跳进较高楼层的窗户内后,暂时休息地喘了一口气。

眼前是冷清的走廊,追捕男人的警察们似乎还没查到这层。

"幸好。"男人喃喃,"总之,趁现在没人看见的时候……"

"啊啊,是这样吗?"

一记凌厉的手刀突然旁切下来。

男人倒吸口气,在间不容发之刻勉强避开。他迅速转身,看见拥有一头漆黑长发的少女立在眼前。

"……竟然闪开了?"

没有收回并拢横斩的手,珞耶难掩惊讶。

男人没有浪费时间,转身就朝另外一个方向的走道跑去。

"啧,给我站住!"

不及深思,珞耶连忙追了上去。两颗包裹在雪白火焰之中的西洋棋,挟着令人哆嗦的冰寒气温,自她手上飞出,一上一下朝男人迅速射去。

短发男人旋身,右手一扬,两条玫瑰金线各从不同指尖窜出,分头并行,打掉了燃烧的西洋棋。

但下一秒,珞耶已经借隙冲上前来,戴着手套的右手成拳,朝男人的脸挥至。

男人在被击中的前一刻后仰身子,再次以快得超乎珞耶想象的速度躲开她的攻击,同时扬起左手。自他的左手指尖,立刻又窜出另一条金线,从珞耶没有注意到的方向,诡巧缠上后者右足，捆紧，同时向下用力一按。被细索绑住的珞耶整个人立刻被倒吊悬起。

一瞬间倒流的血液全冲到脑部，令珞耶头晕眼花。

男人拉紧金线。

"唔！"

珞耶忍住昏晕，勉力撑起身体，反手够住男人绑缚自己足踝的金线，使力回拉，导致两人间的细线越加绷紧。

"……焚烧吧。"

眯起冰瞳，珞耶用气声道：

"'煌白雪'。"

语声一落，自她碰触玫瑰金线的掌下，立刻爆出亮白的星星火花，不到一眨眼就烧断了纤细的金线。

在绷紧的线断裂的一瞬间，往外弹开的反作用力同时朝两端的两人涌去。

珞耶借势一个翻身，跃至更高的空中处。相对之下，没有心理准备的男人则是被反作用力推得往后踉跄了好几步，直直退到墙边。

反弹至高空的珞耶用力一扯自己的外套，数枚扣子应声脱落，落入她的掌心。她抬手，扣子借着从空中往下射的速度，铮铮数声，穿透男人全身衣角，应声没入男人周身的墙面，将他暂时钉在墙上动弹不得。

珞耶在男人眼前落地。

一旋身，她的手抽走插在男人裤子口袋的钢笔，单手撬开笔套，便将还渗着一滴墨水的锐利笔尖，抵在欲挣扎的男人蓝灰色的眼珠子下方。

"……好了，到此为止。不然我就刺下去了。"

皱眉掩住自己的呵欠，珞耶对男人宣言。

她拿着笔的手没有一丝晃动。只要男人轻举妄动，眼球随时会被笔尖刺穿。

男人僵住动作。

"啊，很听话呢。那么，从实招来吧。你闯入市警局的理由是什么？该不会是二心都的间谍……"

珞耶的话没有说完。

她的眼光自男人的脸庞，稍稍偏斜到后者衣领的位置。

男人的发尾被其中一枚扣子钉住后扯之后，已经可以看清楚了，在其像是围巾垂坠的衬衫领子上，侧别着一枚心形的宝石耳针。

发出暖润光彩的宝石，蕴着如同落叶般的褐绿颜色，淡淡的植物清香扑鼻。

息亚芦的回声石。

瞪着那颗小巧的绿色心形宝石，珞耶沉默下来。

这么说来，她是有怀疑过就算自己因为睡眠不足而表现失常，也不至于在有宝石屑提高回声率的状况下，还追不上一个普通人……而且对方使用的玫瑰金线，仔细看看，好像也不是她本来以为的随身轻武器，而是更非现实的……

"别杀了他，恺逊！"

在眯起眼睛的珞耶背后，远远传来气喘吁吁的那埃的呼叫。他和典的身后，还有一大群闻讯赶来抓人的警察。

被分心的珞耶一瞬间放松了握着钢笔的手。

抓紧这个机会，男人五线齐出，缠住珞耶的手掌，限制其行动，自己则背对着窗口方向，往外跳坠出去。

"唔，糟了！"

珞耶一怔，立即反握住玫瑰金线，白焰倏地窜出，很快烧断全数金线。然而，翻跳出窗的男人已然不见踪影。

"逃走了啊……"

眺着底下空无一人的花台，珞耶有点不甘心地喃喃。

"恺迩！……人呢？"

那埃与典快步跑到珞耶身后。后者耸肩。

"逃了。"

"什……又让他逃了？"

那埃的语气无比苦涩，典也缩起了窄小的双肩。

"'又'？"

张大眼睛，珞耶瞥向失望之情明显的两个人，扬起眉道：

"那家伙是你们认识的人？"

"……唔，这个，该说是认识还是不认识呢……"那埃苦笑，搔了搔自己束到脑后的柔顺直发，"我想你刚刚也察觉到了吧，那个人是除羽师。"

"对，我看到他的回声石了。"跟典别在左耳的宝石耳针一模一样。

"嗯，只不过……"

那埃迟疑了一下，而后赶在后方的警察进入能听到他们对话的范围之前，压低声音迅速告诉珞耶：

"那个人不只是除羽师……他是拒绝履行除羽师职责的逃犯。"

II Under the Garden

中空凉亭的六角，立着羽毛雕饰的柱子，黑白相间。

凉亭四周是修整过后的温和翠地。在凉亭盖下，本该是与柱子同色的底台，却出现了一片被熏染成绯红的草地。

突兀的，迎风摇曳的小小灯笼状金色花苞，犹如翩然飞过的蝴蝶遗留下的璘粉，一株株在绯红草尖点缀发光。

其中，那株最大最饱满的花苞中央，垂直立着一根被淡淡光圈围绕的黑色长形鸟羽。

"静态残羽'花园'——顾名思义，外表是长满笼炬草的花圃。"

在凉亭一段距离外便止步，手上拿着可丽饼的开罗歪着首开口：

"笼炬草的花苞是金色的长灯笼状，有生长笼炬草的草地，则会被其根部的色素感染呈现朱红。笼炬草不会开花，直接在花苞内形成有着刺激性香味的果实。果肉在萃取后，广泛被应用在各种药品上……啊，不过我事实上根本看不到残羽，是根据约同学的描述推测花圃中的植物应该是笼炬草的。加上我是领死薪水的公务员，就算有误差也算仁至义尽了，不需要太计较。"

跟在她身后的三人一阵表示消极抗议的死寂。

"咦，怎么了？没有看到残羽吗？约同学的报告上，写着残羽的位置就在浮狐保护区六号凉亭里啊？"

望着眼前纯然黑白，既无金花也无红草的空旷凉亭，开罗用一手食指轻戳着自己侧腮说道。

II Under the Garden

"……看到是有看到啦,又金又红的,我娇贵无比的眼睛都快瞎了……"

看着凉亭中的缩小版花园,用黑披风把自己包得密不透风的息亚芦敏感地压紧脸上面具问道:

"但是这股气味是什么……铁锈?不对……血?"

站在息亚芦身边的典虽然没有抱怨,却也悄悄憋气,改用嘴巴呼吸。

"啊,你们嗅到念了吗?"

开罗不以为意地看了下表。

"根据报告,这残羽固定会在推测到的普鲁·西丝遇害的时间带出现。一旦出现,只要距离凉亭不是太远,通常都能感应得到其核心念——这些,之前跟约同学还有珞耶克同学一起来调查过的典同学,应该也很清楚吧?"

"是,是的。"

典在用嘴巴呼吸的状况下困难答道:

"除了血,还有汗,呕吐物,及金属的气味……"

人类在瞬间的强烈意念,一旦粘附到永乌鸦的羽毛,便会被冻结,以永恒化的具体形象出现,此形象称为残羽。

能看见残羽的只有少数人,而羽见不只能看见残羽,还能进一步察觉残羽的核心念。当除羽师透过回声石,与羽见身上的主心石联结时,能暂时借用羽见这项察觉能力。

每位羽见的感知领域并不相同。

息亚芦拥有的是嗅感。身为息亚芦的契约除羽师,典也是透过嗅觉来接触残羽的念。

"会重演的花园吗……不过,为什么是这座凉亭?"

被异味熏得头晕脑胀，息亚芦整张脸皱成一团地指着黑白亭子发问。

"六号凉亭是普鲁·西丝的陈尸场所。啊，精确而言……"

打开可丽饼的外层包装纸，开罗轻快补充道：

"是她的头颅，半只右手，及左脚掌，还有全身上下各处碎骨被发现的地方。考虑到这点，会闻到血味也是理所当然的吧。顺道一提，虽然你跟典同学很难受的样子，但我什么都闻不到，真是可喜可贺，可喜可贺。"

说完，无视息亚芦与典两人黑掉的面色，开罗非常助兴地拍了拍手。

"……受害人身体的其他部分呢？"

站在一旁聆听的碧碧雷儿，在面具下蹙眉回问。

浮狐保护区内虽也有基本的空气净化设备，但不如荆棘园能完全过滤病毒，因此息亚芦跟碧碧雷儿都还是戴着面具。

幸好在普鲁·西丝遇害后，浮狐保护区暂时关闭，因此不会有其他游客对两人指指点点。

"哎呀。"

开罗咬了一口自己带来的可丽饼。

"警方的报告是没找到。一言以蔽之，就是被浮狐群吃了吧？"

"……"

"从你们一脸欲言又止的表情看来……"

察觉到三人无言的反应，开罗慢半拍地眨了眨眼，思索了下后，歪头看向自己手里完全没被血腥话题影响，以一如往常的飞快速度消失的可丽饼。

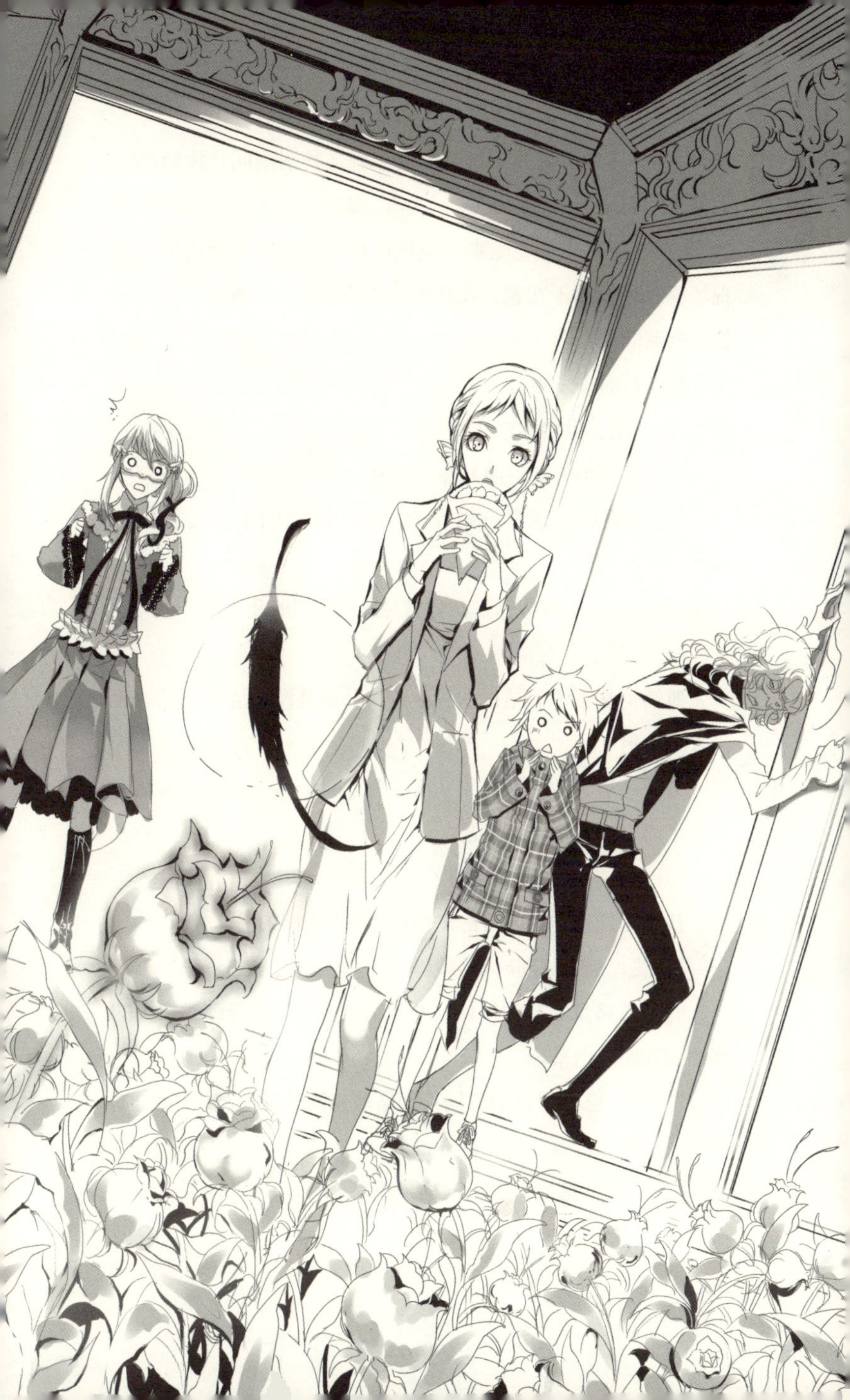

"……是想要我分一口给你们？可是我刚刚问，你们都没人说想吃啊。"

"现在还是没人想吃啦！应该说你怎么可以带食物来凶案现场啊！就算你不在意，我纤细无比的一颗心光看也会承受不住的啊啊啊啊！"

息亚芦激愤发难。

"……唔，虽然你这么说……"

开罗困扰地将头歪向另外一边说：

"可是心脏应该要挑强壮的才对。纤细的不是会很早死吗？"

"你，你……你你你你，竟然对这么纤弱的我下诅——"

"……"

典悄悄从震惊到结巴的息亚芦，及还是没搞清楚状况的通讯官身边退开。

另外一边，数不清是第几次无言以对的碧碧雷儿，则是无声叹了口气，直接切入正题：

"开罗，吾可以睁开眼睛了吗？"

从刚刚到现在，碧碧雷儿一直是闭着眼睛的。

"只要你准备好随时都可以。"

直接忽略息亚芦的抗议，开罗稍稍偏首，旁分细发辫上的蝴蝶发饰跟着滑落。

"不过，已经看过的约同学跟珞耶克同学两人都提出警告。你要看的话，最好要做心理准备哦。"

"……吾不是第一次当羽见，开罗。"碧碧雷儿的低沉回答中带了点恼怒。

II Under the Garden

"可是有两年的空白期吧?"吞下最后一口可丽饼,开罗不经意地回答。

"……"

虽然不甘心却无话反驳,碧碧雷儿深吸一口气,而后睁开双眼。

在金与绯红的花园撞入眼帘时,几乎是同时的,一支杆状阴影往她的头顶轰来。

急速接近的杆形阴影,在碧碧雷儿的视野中不停地放大,直到视野无法包含时,眼前突然变成一片黑暗。

像是瞬间被拔掉插头的电视屏幕。

屏幕上的黑暗先是完全的静止,彻底的凝结。而后,悄悄地,震颤了下。

再一下。

眼前的事物再次缓缓变得清晰。

视野开始做小角度的转移。

一开始映入眼中的是人的手。

倒卧地面的自己的手。

滚落在那只手旁边的,是一支铁杆的拖把,末端还有些湿淋淋的,但看不太清楚那液体的颜色。

无色的水,或者绯色的血?

不确定。

困惑。

视野这时再次震颤了下。

另外一只手突然横亘过视野,捡起了那只拖把。而后,再次倒拿举高,朝碧碧雷儿的眼前逼近。

视野忽地一个翻转,眼角余光掠见落空击地的金属杆顶。视线再次迅速往下,照见了撑地爬起的自己手脚。

马上,两旁的碧色草地急速晃动着后退。

视野角落能看见紧跟追来的拖把杆子。

然后,又是一次突如其来的黑暗。

再次能看见眼前事物时,在自己趴地的双手指尖,沿伸出大摊的刺目血泊。

金属影子再次用力敲下。

自己的手无力地抬起,想要挡住拖把,但没有成功。

拖把的铁杆敲了下来。

视野变得半黑,像是坏掉的故障屏幕。在一阵上下震颤后,血泊中多出了形体难以辨认的呕吐物。

啊啊,是被殴打的自己吐出的。

没有触觉。

没有听觉。

没有嗅觉。

没有味觉。

仅仅只凭视觉,便能理解的这个事实。

铁杆挥下了无数次。

视野开始往前移动。

不如刚才那样的快速且全面,只是盯着近在眼前被血与呕吐物弄脏的翠绿草地,缓慢且艰辛地,半公分,半公分,往前挪动着。

每次移动,被打得不成形状的双手都用力得浮出青筋。

双脚已经没有知觉,只能靠手,因而紧贴着地面挪移的视

II Under the Garden

野中，几乎是被窒息般的青绿灌满。而后，在模糊的景物中，看惯的黑白花纹出现在手的前方。

摸索往前的双手爬上了凉亭底座。

费力地，费力地，进入了被黑白柱子围绕的凉亭之中。

视角抬起。

某个人站在凉亭外的前方。

天鹅绒般的内卷长发，薰紫色的眼瞳，朝着自己，线条内敛的面庞上，此刻满是惊骇。

自己的手，想要向那个人求援地举了起来。

那个人却没有动。

于是，很勉强地，将手举得更高。铁杆的阴影在这时，如同要把所有视觉一口气夺走似的，最后一次挥舞而下。

"！"

碧碧雷儿瞬间喘了一口大气，从浓重的血色中回过神来。

"……你看到'花园'的念了吗，碧碧雷儿？"

望向脸色苍白的年幼少女，就算什么都看不见，大概也猜得出来发生了什么事的开罗问道。

碧碧雷儿颔首，单手按着心跳仍异常剧烈的胸口。

如果这残羽的确是普鲁·西丝临死前留下的……

"也就是说，普鲁·西丝是先被人殴击致死后，其尸体才被浮狐群吃掉的……"

做出结论，碧碧雷儿望向早就看过相关报告的通讯官。

"出现在凉亭外的那个人就是目击者？"

"对。"

开罗点了点头。

"至少警方是这么认为的。那女孩应该是在离凉亭一段距离的地方，无意间撞见了谋杀过程……我们给警方的目击者外貌叙述，就是根据念的影像所制作的。"

"警方锁定凶手了吗？"

"有，对方似乎是盗猎的惯犯。"

开罗从套装外套中拿出掌上型电脑，敲了几个键后，把嫌疑犯男子的资料展示给其余三人看。

"据其他员工表示，这个人之前也是保护区的工作人员。但自从染上毒瘾后，入不敷出，为了拿钱买毒，便开始偷偷盗剪浮狐的皮毛……"

在五心都，由于拥有稀有的原物种保护区，盗采与盗猎案件跟着层出不穷。这类销赃也占了五心都黑市的交易大宗。

其中，浮狐向以虹彩般的美丽皮毛著称，静寂之日前，甚至也以皮毛得到了原人类王室的喜爱，被圈养在王宫之内，是有名的王族象征动物。浮狐保护区会采用草皮庭园风格，也是考虑到这点。

浮狐的皮毛珍贵性与装饰性被视同宝石，即使只有一小撮，也能卖出高价。

"盗猎原物种在五心都是重罪，视情节甚至可以判到死刑。这人后来虽然当场被抓到盗剪，但念及之前的同事之情，当时的管理人只是开除了他，没有将他送交执法单位。然而，毒瘾难解，此人之后屡次假扮游客，进入保护区盗剪浮狐皮毛。虽然好几次又被逮个正着，但同为员工的普鲁·西丝频频帮其求情，其他人只好网开一面……普鲁·西丝遇害的那天，虽然六号凉亭附近区域没有设监视器，但保护区出入口的监视器，的

II Under the Garden

确有拍到嫌疑犯在与普鲁·西丝死亡时间差不多的时段进出的画面。"

"那么,难道是那家伙又想犯案时,被普鲁·西丝撞见了,恼羞成怒对后者起了杀意?"息亚芦问。

"警方只是如此推测。不过,残羽或是念都不具有法律效力,这点你们也是晓得的。"

残羽的核心是念。然而,人的意念太过难以捉摸,无法确认其为事实或是幻想。并且,只要没有化成实际行动,不论是多污秽的念,实质上都不构成犯罪。

"眼下没有完整的尸体,疑似犯案凶器的拖把据推测也被弃置在员工垃圾区,被不知情的其他员工当做废物回收处理掉了,很难直接采证。也就是,要正式将这个人视为嫌疑犯展开调查,就需要比念更确实的证据——例如,目击者的证词。"

所以才需要那个名为莎邬托特·安济荷的女孩。

"只不过,没想到她会在市警局接受问话时遭到袭击……"边说着,开罗边阖起掌上型电脑,"啊,这就是人家说的'最安全的地方就是最危险的地方'?"

"……不,我觉得微妙地有点不同……"

息亚芦面具下的表情复杂。

"……而且你没说反吗?"

"总之,因为念的资料已经都搜查完毕,浮狐保护区又计划在近日内重新开启,因此必须尽快回收残羽才行。"

开罗看向怯生生站在后面的典说道:

"这部分是由典同学负责?"

"啊,对。因为约跟珞耶克接了护卫的任务,回收由我一个人来就可以了。"

典慌忙说完后，张开双手，当下将脚边当做庭园造景一部分的大石头给轻松抱了起来。

典的喙术能力是"千重"，能够变化自身以及与其相连的物体重量，因此就算抱起比人还重的大石头，也不见她的脸蛋上有任何吃力的表情。

"……嘿咻。"

小声念了一句，典走到凉亭里，对准残羽放手让石头掉了下去。

承受不住石头的重量，笼炬草的金色灯笼状花苞同时被压断，而每道损伤都反映在垂直立于花园中央的黑色鸟羽上。

几乎是立即的，裂痕满布的黑色鸟羽碎裂，光圈消散，金与绯红的花园也随之逸去。

"这样应该就可以了……呃，不过，为什么开罗姐姐你们会在这里呢？"

来执行回收工作，却在保护区前被通讯官与两名羽见抓住，以至于最后四人一齐进来保护区的典，很困惑地看向理应待在镜厅内的其余三人。

"回收残羽时，通讯官跟羽见并不需要在场啊？"

平常还可以说是观光，但事发后，保护区内的浮狐群现在都被暂时隔离了，再说今天也不是假日。典百思不得其解。

"因为茗很可怕。"

面对疑问，开罗理所当然地回答。

典愣了下。

"茗姐姐，很可怕？"她为什么觉得自己有听却没有懂？

"嗯,非常。"

对于开罗郑重其事的说辞,两边的息亚芦与碧碧雷儿,都一脸心有戚戚焉地点头表示同意。

"典同学,你要记住。"

开罗拍了拍还在发愣的典的肩膀,语气是难得的正经——

"要死的时候,死那埃博士一个人就够了,顶多帮他买个保险,说不定还可以分到保险金。说到这个,你要不要加码投保?"

"……咦咦咦?"

像是雪一般的,数也数不清的黑色羽毛,从空中宁静飘下。王城中的住民们,都在永恒的时光中沉沉睡去。

公主,魔法师。

以及——

"龙。"

少年冷净的声音突然响起。

珞耶吃惊睁开眼,下一秒,盖在她脸上的绘本被人拿了起来。被黑色羽毛覆盖的王城图像远离了,取而代之的是青梅竹马蹙眉的脸庞。

"虽然露只是玩笑说说,但我有时候真的会怀疑你就是,恺逊·珞耶丝芬克。"

"……黑璀?"

维持原本平躺在校舍屋顶的姿势,珞耶怔讶张口。

"竟然在屋檐上睡着，你当真把自己当成龙，睡再熟都不会滚下屋顶吗？要补眠的话给我回家睡去。"

双臂环胸，约俯视着尚未完全从惊怔状态中回复过来的青梅竹马，冷冷评语。

"我又不是故意的，不知不觉就打起盹……不对。"

总算清醒，珞耶坐起身来，伸了个懒腰。

"为什么黑瑾你会知道我在这里？"

"我问过你班上同学了，说你们班上节是自习课。"

在说下句前，约先安静了一下才出声。

"……你又被排挤了吗，珞耶丝芬克？"

所以才会在自习课时，一个人独自躲到校园的这处僻静角落。

珞耶见问，转开了视线，看着天空笑了一笑。

"……嗯，算不算是排挤呢？"

"什么？"

"真要说，单纯只是畏惧不敢接近而已。"

眯起冰蓝双目，珞耶不在意地耸了下肩，双手抱住膝头。

"因为担任锁链、牢笼和驯服者的某人已经不在了。所以，大家不想跟我共处一室，这也没什么好奇怪的。"

"……"

约正想开口说什么，小提琴的声音却在这时响起。是辅助钟。

"黑瑾——茗？"

在听出辅助钟另外一头的对象时，约的声线出现惊讶的起伏。他向珞耶无言地打了个手势，示意后者噤声。

II Under the Garden

"……不,那三个人没有躲到这里。再怎么说这里也是人来人往的学校,他们应该也知道自己太过醒目,一下子就会被怀疑的……"

在听到对象是茗时,珞耶交在膝前的双手握得更紧了些。

"……如果他们跟我联络,我会再通知你。好,那就这样。"

不一会儿就结束对话,约收起辅助钟。

"哪三个人?"

珞耶问。

约的反应是翻了个白眼。

"开罗通讯官、息亚芦跟碧碧雷儿。他们为了躲茗,从镜厅里落跑了的样子。刚才茗气冲冲地打来找人。"

辅助钟理论上是公用网络,向来谨守公私分际的茗竟然会透过辅助钟联系私事,可见是真的气疯了。

"哦……"

珞耶神情明显不自然地中止话题。

约瞥向她。

"……流着膳家的血,不是茗的错。"他低声道。

"我知道。"

交起的双手握拳,珞耶没有抬起头。

"我很明白……就是因为明白,才会感到这么烦躁。"

她以同样低平的音量回答。

"……"

蹙眉盯着黑发少女好一会儿,终于,约呼口气,才一脸放弃地在珞耶身边的屋顶席地坐下。把大小可以放进口袋随身携带的绘本还回珞耶手边,约红茶色的眼睛,看向前方被青郁校树围绕的操场。

"绘本，是露的吗？"

他问。

屋顶上的风大，两人的制服衣角不时被吹翻而起。珞耶手边的绘本也被吹开，书页沙沙作响。

"……嗯。"

望着操场上走动的学生身影，珞耶停顿片刻，才轻轻应声。

"去医院探望奶奶时，奶奶拿给我的。"

她口中的奶奶，指的是露朵的祖母，同时也是物种保育局领导人的刻葛督局长。因为打小认识，珞耶与约都跟着露朵喊后者奶奶。

在教堂爆炸中受伤的刻葛督局长，日前已经康复出院了。

"是初版哦，现在已经很难找到了。据说供人借阅的，只剩我们学校图书馆里还有一本，其他的都流入私人收藏了。"

说着说着，珞耶打了个呵欠，然后立即用手掩住。

"不过不觉得很不可思议吗？在我们小时候那么受到欢迎的书，现在却很少人记得这本绘本，明明也才经过几年的时间而已。"

"……没什么好奇怪的吧。"

垂下被刘海遮住的视线，约安静回答。

"人类的喜欢或不喜欢，本来就是一瞬间能改变的。只要，那个时机过去的话。"

"……"

珞耶的动作稍稍一顿。她瞥了自己戴着手套的手一眼，但随即嘴角上扬，回复正常的飒朗笑意。

II Under the Garden

"啊啊,说的也是呢。"

"我也是。"

约忽地说。

他的视线始终直视前方,没有看向珞耶。珞耶用手指把被风吹乱,遮住视线的漆黑长发拉回耳后,却依然看不清约的表情。

"从今以后,会一视同仁的。"

只有耳中少年的声音,几乎是毫不费力就清楚地听见了。

"在石祠一切就都已经结束了。从现在开始,你与其他人对我来说都一样。这样,你就不会再感到困扰了吧?"

那并不是问句。

在察觉到这点的瞬间,珞耶睁大了眼,扭头看向身旁的青梅竹马。少年的侧脸太过遥不可及,像是随即都会失去。

她不自觉地伸出了手。

一头栗色的短卷发发梢忽然轻轻拂过约的身后。

淡微的少女馨香。

"!"

像是被人从头顶浇了一桶冰水般的当头棒喝,珞耶猛然缩回手,站起身退离约一步。

"……珞耶丝芬克?"

发觉她神色有异,约讶然跟着站了起来。

秋意浸染的日光在少年身后旋舞,光影折射。珞耶眨了眨眼,却没有再瞧见方才出现在约身后,轻飘飘的卷发少女身影。

沐浴在阳光中,珞耶却不禁沁出冷汗。

"珞耶丝芬克?"

得不到她的回应，纳闷的约再往珞耶靠近了半步。但后者立刻反射性地往后避开。

约见状僵住。

"……好啊，那就那么做吧。"

改把曾经伸出的那只手抱住自己，珞耶想办法把身躯轻微的发抖压下，暗地咬了咬牙。但她的语气维持平静如常。

"我们都回到一开始的时候。早就应该这么做了。"

阴影仅有短暂的瞬间闪过约的面上。

而后，他平静地偏转过眼，也往反方向退了半步，两人之间的距离更行拉开。

"既然都有共识，那么，言归正传。"

约再回头时，已是冷冷的睥睨眼神。

"……说真的，你打算翘班到什么时候？特别科叫我跟你负责护卫目击证人的安全，但你昨天一整天都没出现，把所有的工作都丢给我一个人了吧？"

"……"

珞耶很心虚地看向上方。

约阖眼吐了口气。

"我现在懒得跟你计较。总之，我方才收到安济荷的短信，说她放学后被找去校长室。算一下时间，面谈现在应该差不多结束了，去校长室吧。"

约转身，走向通往楼下的阶梯。

"——我不喜欢莎邬托特·安济荷。"

他身后的珞耶蓦地单刀直入说道。

约回过身来，看到珞耶正弯身把绘本揣入外套口袋。

"我不喜欢她,这就是我翘班的原因。"

"为什么?"

"看到了,却假装没看到。可以作证,却全盘否认。"直起身来,珞耶的黑发飞扬飘动,"……我不想豁出自己的生命,去保护对他人的死亡漠不关心的人。"

"你并不了解她,珞耶丝芬克。安济荷可能有她这么做的理由,再说了,普鲁·西丝的念是否真实也难以确定。"

"你也不了解她,黑璀。"珞耶眯眼,看向微怔的约,"……你我都心知肚明,你会对她怀有好感,不是因为安济荷本人,而是她长得跟你母亲相像的关系。"

珞耶是正确的。

无法反驳,约沉默了一会儿,才低声肯定:

"……是,没错。"

珞耶无声挑眉。

"可是,即使只是因为长得相像,我也想尽全力保护她……就这次,一次就好,我想为我母亲做一件事,即使我明白她并不是我母亲。"

约将右手的手指收入掌内,看着楼顶交互的光影逐渐消退。蕴含雨气的乌云,开始在两人头顶的天空累积。

换季雨。

"仅仅一次。这样做也不行吗?"

约问。

珞耶则瞪着他。

"狡猾。"

良久,她才啧了声。

"你都说成这样了,我也不可能再固执己见啊,搞得我好像反派一样……知道了知道了,去校长室就可以了吧。"

珞耶嘟囔着揉了揉自己的头发,跃下屋顶边缘,跟上约往楼梯迈开的步伐。

"确定吗?我不想强迫你。"

"少装无辜了。"

没有缓下步子,珞耶清凛的嗓音中有着不满。

"……如果你说,我就会去做的。以龙的身份。你是非常清楚这一点,刚刚才会在我面前这么说的吧?"

闻言,约轻轻耸了下肩,看着快步超过自己的少女背影。

被称为青梅竹马的存在。

在彼此之间累积起的时间,即使渐行渐远,也暂时如同百足之虫。到完全尸僵风化前,还需要一段日子。

现在的话。

"我不晓得你指的是什么。你多心了吧?"

把这些思绪全都沉回心底,他用轻描淡写的表情回答。

◦○◦ ◦○◦ ◦○◦

等到警方冲进她所在的房间时,她在一片血泊之中木然地看着。

房间的窗子没有关上。

倾盆的大雨些些打了进来,闪电的白光照亮了她手上的枪。

鼻间尽是血的腥涩,雨的潮湿,和夹竹桃的香气,三者无限缠绕成气味的漩涡,席卷了她小小的躯体。

II Under the Garden

不管怎么用力呼吸，都呼吸不到新鲜空气。

肺部犹如火烧般疼痛。

可是，她没有哭。

一滴泪都没有落下。

在警方的人控制现场以前，她只是一直犹如要窒息似的站在房间中央。

站在她父母，与绑架她的犯人们的，尸首之中。

⁂

到校长室时，面谈尚未结束，约跟珞耶只好伫立在校长室外的走廊等待。

"……也就是说，因为那名脱逃除羽师，茗小姐把大家都给骂了一顿吗？"

听完约说明刚刚与茗交谈的内容，珞耶提问。

照那埃博士的说法，前天在市警局袭击安济荷的男人，是在车祸中的死者。特别科感应到其奇叶晶片发出的讯号，把他带回镜厅，也成功与息亚芦缔定契约。

问题是，男人苏醒后，一听完那埃博士解释，就趁隙打倒在场的研究员们，溜了。

由于事出突然，特别科没有掌握到男人的任何个人资料，甚至连姓名都不知道。虽然已经要求情报室尽快搜寻，但在人手不够又不能大张旗鼓的困境下，寻人陷入僵局，没想到男人却自行出现在市警局。

"没错。"

约无动于衷地说。

"开罗通讯官是因为查不出男人的身份;息亚芦身为羽见,无法控制契约除羽师行为的失职;碧碧雷儿同为羽见,却默认息亚芦的行为;那埃博士则是竟然让人逃走,明显缺乏该有的警戒心……总之就是能骂的全骂了。"

以茗的资历,也的确有资格这么做。

"最后,好像大家都逃走了,只有那埃博士乖乖留下来被骂。"

"哇啊,好惨……"

对那埃的遭遇默默致上同情的珞耶,说完后突然想到另一件事——

"……等等,那家伙侵入市警局时有使用喙术,可是光靠回声石应该无法——"

"哦,那个啊。"

约冷嗤道:

"那个人在逃走时,顺便从毫无防心的那埃博士身上偷走一些宝石屑。应该是吞了那些。"

"……"

简直让人无法同情,活该被骂到狗血淋头吧。

"不过,如果契约者拒绝履行除羽师的职责,羽见也可以终止契约不是吗?"

先不管那埃的下场,珞耶不解地问道。

事实上,大多数的除羽师都是面对这个威胁,才愿意替特别科工作的。

"为什么那家伙还是保持复活状态?"

"……息亚芦不肯终止契约。"

交叠穿着短军靴的足踝,约换了下站姿继续道:

"他坚持既然订契前没问过对方意愿,自然也不能因为契约者事后不合作就杀死对方。不然跟诈欺犯没两样。"

珞耶讶异地眨了下眼。

"那个任性的息亚芦?"

"虽然任性,但心中有自己的一把尺吧。"

约淡淡地说:

"息亚芦其实也只是太过害怕而已。他的被复制体发色是浓郁的咖啡金,是他以羽见身份觉醒后,接触到阳光才快速褪色的。"

变成一头灰色长发之后,息亚芦从此在室外一定会用披风把自己遮住,就怕不只头发,连身体的其他部分都会产生病变。

安吉蓝思森林群的死去,令少了缓冲的自然环境变得更加严酷。虽然不是每个原人类或是古血都会出现症状,却也不能否认如息亚芦这般比较敏感的个体存在。

"……"

珞耶无言地瞥向约整齐的短发。

在学校走廊的照明灯下,几乎像是能透光的深茶色发丝。与其说是浅色,更像是色素褪去后的通透。

约敏感蹙眉。

"干吗?"

"啊啊……没什么。"

珞耶息事宁人地耸了下肩开口:

"我只是在想,你近几年发色变淡,好像也很少染发了。"

明明小时候很常因为染发哭得稀里哗啦的。"

一说完，绮丽的贵族少年立刻射来一记足以杀人的凌厉冷冻目光。

"……我绝对没有哭得稀里哗啦，而且也只有一次而已。你是故意的吧？"

"耶，没有吗？"

"没有。"

约瞪了铁定是刻意说错的珞耶一眼，隐忍阖目道：

"哭的人不是我，是露。"

总是笑脸迎人的露朵，只有在那一次，抱着他抽噎得上气不接下气。哭到她的整张脸跟他的全身衣服，都被泪水糊得凄惨无比，想忘记都很难。

"不，哭的人是你哟，黑曈。"

笑了一笑，用气音说的珞耶转身看向校长室。

"露只是代替你哭而已。我当时也在场，所以很清楚。"

约一怔。

就在这时，校长室的门被由内向外推开，两人等待的安济荷走了出来。身后还跟着安济荷的导师以及一个坐在轮椅上的老人。

因为袭击安济荷的是除羽师，考虑到责任归属及应付能力，在找到安济荷成为目标的原因前，其护卫暂且由约与珞耶担任。

"……学真的不考虑转班吗？"

离开校长室时，导师正在跟安济荷说话，问句的下半段传入两名现任除羽师耳中。

"安济荷同学很优秀，由我这种人来教实在汗颜，也太可

II Under the Garden

惜了……"

中年的男性导师以手帕擦汗苦笑道。

"是老师太客气了。"

安济荷的语调是在维持基本礼节下的淡然。

"我要从芮多桑老师您身上学的还有很多，我很期待接下来的课程。"

"是……是吗？"

中年教师有些困窘。

"可是我听说你跟班上同学的相处情况不是很理想……"

"关于这点，我不认为转到其他班会有任何改变。"

安济荷的神态依旧平静，令人读不出她实际的情绪。

"而且，开学已经一段时间，突然转班引来的争议恐怕更大。老师应该也是这么觉得的吧？"

"说，说的也是。"

一时语塞，芮多桑老师只好打消让安济荷转班的念头，向一旁坐在轮椅上的老人低首致意后，就慌张赶去上下一堂课了。

安济荷转身，与老人低声交谈起来。

"……啊……"

眼神远远瞥过老人，站在走道另一端的约诧异地睁张了眼。珞耶莫名其妙地望向前者。

"你认识？"

"不认识，只是看过照片。"约蹙眉，"他是之前我提过的株杏企业总裁，株杏·庇纳。这周周末，会跟我父亲一起出席浮狐保护区的重新开放听证会。"

"为浮狐保护区说好话？"朝安济荷走去，珞耶错愕，"你父亲不是新秩序党党魁吗?"

新秩序党是激进左翼派,原物种保护区关闭应该正巧投其所好才对。

"谁知道?"

跟上珞耶的步伐,约冷冰冰地说着,双手交环。

"当天除了记者,还会开放有兴趣的一般市民参加……浮狐不是人气很高的原物种生物吗?说不定是为了抢妇女及年轻族群的选票,我父亲才决定出——"

"……札……主……殿下?"

颤抖的苍老语声打断了约的冷言冷语。

坐在轮椅上的老人中断了与安济荷间的交谈,不甚确定地,抬头盯着来到近距离内的绮丽红眸少年。

"什么?"

没听清楚的约讶然反问。

"株杏爵士,他是黑璀家的少爷,您认错人了。"

站在轮椅旁的安济荷,赶紧轻声解释误会。

"你说,黑……璀?"

老人的脸色微微变了,迷惑地瞪着约的五官,正要再开口,却随即揪着自己胸口,饱含苦痛的呻吟自老人的唇中逸出。

"呜……呜呃!"

"株杏爵士!"

安济荷脸色大变,连忙扶住差点从轮椅上跌下的老人。老人的嘴开开合合,孱弱的胸膛困难地剧烈起伏。

"振作一点,株杏——"

"让开!"

II Under the Garden

约突然一把推开安济荷，弯身扶住面色逐渐发紫的株杏总裁。他身体倾前，让总裁能听见自己紧急却仍压低音量的问句——

"药在哪里？"

"……"

无助地喘气，老人用无声的震惊目光投向少年。约没有放松手的力道，强硬地瞪了回去。

"没有时间了，我问疫苗在哪里！不知道症状何时会发作，应该随身有带着才对吧！"

"等——"

"……在……轮椅下……面的暗袋……"

看不下去的安济荷还不及阻止，株杏总裁已经给了答案。

约没有浪费时间迟疑，立刻弯身伸手摸索，很快把暗袋中的针筒袋给拿了出来。拆开外层的真空防菌包装，约熟练地将针筒内的暗金液体注射入老人的手臂。

几乎是立即的，老人无法呼吸的症状开始舒解，脸色也逐渐恢复该有的红润。

"……珞耶丝芬克，烧掉这个。"

约没有转身，将针筒递给背后的珞耶，低声要求。

看了约僵直的背影一眼，挑眉的珞耶没有开口询问。她暗暗吞下一颗宝石屑后，接过空针筒包在掌心，在株杏总裁看不见的死角握拳，雪白的火苗瞬间窜出又立刻熄灭。

周围的温度下降了细微的一两度。

"——总之，先送株杏爵士去医护室吧，麻烦你们帮忙。"

沉默了一瞬，同样做出现在不宜追问的判断，安济荷向约与珞耶说完，自己首先快步走下阶梯，似乎是想先用手机联络医院。

一只等待的手从暗处伸出，从背后用力推了没有预期的紫眼少女一下。

"呀！"

安济荷尖叫。

最先做出反应的向来是两人中警觉心比较高的那个。珞耶见状立刻快步奔上前，一手撑住安济荷，一手反臂去抓那只推安济荷下楼的手，却反被推了一把。

因为失眠本就有些头重脚轻，珞耶当下重心不稳，脚步踉跄，抓着安济荷往后倒去。

逃离的脚步声逐渐远离转角。

随后追上的约，反射性地伸出手朝珞耶探去。

——小约。

卷发少女带着哀伤的甜甜呼唤。

说要一视同仁的是自己。

"！"

约下意识地咬紧了唇，原本要伸向珞耶的手硬生生转弯，改从后头拦住安济荷的腰。他的另一手，则是用力推开了珞耶扯住安济荷的手。

珞耶的瞳孔不可思议地张大。

少了珞耶的重量，约顿时勉强稳住安济荷，令后者不至于滚下楼梯。

珞耶在黑发飞舞中只身坠下。

因为太惊讶了，她只是睁大着眼，一直凝视着留在上方的少年，任凭身体被重力拉往下方。直到背脊斜斜擦撞过墙壁，猛然爬过的巨大钝痛，才让珞耶短喘口气，回神过来。

没有听见辅助钟的警示音。

代表在她体内，刚才为了烧毁针筒吞下去的宝石屑，还没有代谢完毕。

深吸口气，珞耶用指甲刮过墙壁，抵消了一点自己下坠的速度。倚赖回声率带来的体能，她以墙为支点一按，整个人在半空后翻了一圈，如同龙收起翅，最终在阶梯底端安静蹲伏着地。

珞耶抬起头，对上欲言又止的约的眼瞳。

他的手仍拦腰抱着安济荷。

珞耶身侧的手悄悄握拳。她咬了下牙，看向青梅竹马开口：

"……说出口吧。"

没有出言质问刚刚后者的行为，漆黑长发的少女仅是单刀直入地挑明。

"只要你说，我就会服从你的意志——'公主殿下'。"

那是，为了露还是为了我？

这个问题，在露朵已经不在的此时，也已经失去意义了。

约闭了闭眼。

"……去追犯人，珞耶丝芬克。株杏爵士跟安济荷由我负责。"

"好。"

没有其他词语，珞耶清冽地吐出这个字后，一眼都没有再看向约或安济荷便转身飞快追了出去。

枪滚到了愣住的她脚边,冷硬的金属光芒令幼小的她不由得往后瑟缩了一下。

"开枪!珞耶!"

用全副身躯缠住绑匪的母亲背对着她高叫。

注意到她,露出凶狠脸色的绑匪想冲过来,却被母亲奋不顾身地用力抱住。

绑匪一拳一拳地揍进母亲腹部。

"快动手!"

母亲的尖叫,与撞击血肉的闷响,一同奔进她的耳里。

"只有你,至少你要活下去,珞耶!"

她头晕目眩。

眼前的世界正在偏斜。

可是她捡起了枪,用发着抖的双手握住枪柄,对准了绑匪的头。

父亲倒在不远处的房间地面。在上次的拷问之后,父亲已经不会动很久了。她知道她只能靠她自己。

"滚开!"

绑匪吼道,最后一拳打中母亲的脸。母亲属于学者的文弱身躯飞了出去,后脑狠狠撞上桌角,而后颓倒,连哀叫都没有发出。

除去母亲这层屏障,绑匪的目光终于锁定了她的脸。

同一时间,她扣下了扳机。

绑匪的身体往后倒去。

II Under the Garden

"你——"

她动作未顿,抬起手腕,又朝听到枪声赶回房门的两名绑匪各开了一枪。一人胸口中弹当场死亡,另一人却只是手臂擦伤,龇牙咧嘴地朝她冲来。

她眯起眼睛,对准那人的嘴连续轰了数枪。

大部分都落空了,唯有一发子弹打中那人喉咙,大量血花喷出,伴随着浓郁到令人想吐的夹竹桃香气,溅了在下方的她一身。

那人在够到她之前颓地。

"……啊……啊……"

瑟缩在房间角落,与绑匪一道的黑发小男孩惊吓地看着她,口中流泻出不成句子的呻吟。

"……滚。"

用枪口对准男孩,她听见自己的声音,如此陌生。

毫不留情。

犹如窗外的倾盆大雨。

"不然就杀了你。"

下一瞬间,那男孩夺门而出。

握着枪的她成为房间中唯一的活人。

ꙮ ꙮ ꙮ

"校医说应该没有大碍,不过还是送到医院观察一下比较保险。"

约拉起帘幕进来时,坐在病床边的安济荷开口道。

病床上的株杏总裁脸色已经完全恢复正常了，宁静规律的呼吸，看上去只是单纯睡着而已。

"是吗？那就好。"

约淡淡回应，似乎对这结果不是很意外。醇金色的怀表自他手心滑回制服外套口袋。

"珞耶丝芬克说她追丢了对方，会再在周围绕圈找一下，但希望不大……你完全没瞧见袭击者的脸吗？"

安济荷摇了摇首。

"不是上次闯入市警局的那个人吗？"

"……虽然不能排除，但我觉得不是。"

约侧头，思索了下这可能性后否决。

"上次那个人的行为中，对你没有如此清楚的杀意……再说，真要动手，应该有比把你推下楼梯更为确实的办法才是。"

例如使用喙术。

"……那么，或许是新的欺负手法吧。"

安济荷的语气太过客观，反而让约怔了一下，不知该接什么。

"不过，你不用去找恺逊同学吗？"

安济荷抬头看了约一眼，随即又像是觉得这样的情绪表现太明显，重新低下脸庞说道：

"不管袭击我的人是谁，让她一个人去追都不太好吧？"

"暂时不用。真有什么状况，珞耶丝芬克会联络我。况且放你一个人是本末倒置。"

"但是刚刚……恺逊同学应该受伤了。为什么你要那么做？"

II Under the Garden

终于按捺不下疑惑,安济荷问。

"不那么做,你们两人都只会伤得更重。"

暗中勉强自己松开口袋中,近乎痉挛握着辅助钟的指尖,约重新环顾了空荡荡的医护室。病床边的盆栽发出植物特有的清香,或多或少盖掉了一些刺鼻的药水味。

"你会被珞耶丝芬克的重量拉得一起掉下去。少了你当累赘,珞耶丝芬克的反应也会更灵活。"

当时的约做出了客观的正确选择。

珞耶也晓得这点,所以没有质问约。

然而,两人之间不可逆的伤害仍然已经造成了。

在方才与珞耶的对视当中,约清楚了解到双方都知晓的这个事实。

"……校医人呢?"

逼自己不再去想,约问。

"出去支援了。听说初中部发生数名学生坠窗的意外。"

流畅回答他的问题,安济荷没有改变坐姿。

杜萧学院是五心都有名的贵族学校,从幼儿园到研究生院都有设置。

"又是意外?"

约忍不住蹙起细致的眉心。

"开学才近两个礼拜,我们学校发生的意外事故会不会太多了一点……昨天大学部校区内才发生了连环车祸不是吗?简直跟……"

直觉说着的约说到一半,才突然惊觉地住了口。

安济荷的神色却没有变化。

"跟转学生会带来不幸的传说如出一辙——你想说这个吧。"她安静道,"没关系,我自己心知肚明。再说,就算你不说,也已经有其他很多人说了。"

约沉默须臾。

"……你今天被找去校长室,也是为了这件事?"

"我自己觉得还好,但芮多桑老师……就是我的导师,似乎认为欺负情况过于严重,希望我能转班。不过校长说,大部分的杜萧师生都还是认为这传说是无稽之谈,要是真的转班,反而只会助长迷信,并让欺负转学生的行为正当化而已。"

稍稍垂下被长发遮住的侧面脸庞,安济荷道:

"芮多桑老师教过传说中那位留下诅咒自杀的转学生本人,所以比较认真看待吧……株杏爵士是以我的监护人身份出席的,因为我是孤儿。"

约不禁一怔,松开交环在胸前的手,转头望向坐在床边的安济荷。后者仅是用一对太过透彻的眼眸,观察着床上的老人。

"株杏爵士是旧贵族,但与及时抛弃王族,明哲保身的黑璀家不同,在静寂之日后,株杏家也跟着一起没落了,家族传统长年来的奖学金制度也成为不小负担……直到'醉花间'上市,才总算让株杏企业免于倒闭。"

旧贵族虽是新人类,却因过去的祖先曾经对王族或整个城市在各方面做出贡献,因而受勋,进而拥有能够世袭的贵族阶梯以及特权。

静寂之日后,旧贵族的地位也变得尴尬。

一方面因倾向王族的印象而受到批评,另一方面,大多旧贵族却也在城市发展历史上扮演了重要推手,加上原王族倾灭不过也只是十一年前的事。对于大部分的第五圆心城市市民而言，不管在感情上或是文化上，旧贵族仍是夷蒂诺文化中不可割舍的一环。

"呐……"

轻轻说着的安济荷，与其说是说给约听，更像是在跟自己确认——

"你不觉得，株杏爵士呼吸不过来的症状……很像是那恶名昭彰的病毒不是吗？"

"什……"

"——就跟在静寂之日前，令高高在上的原人类城邦安吉蓝思陷入恐慌中，编号666的那个病毒，很像。"

安济荷转过头，薰紫的眼瞳定定锁住了无处可逃的旧贵族少年。

"我说得没错吧，黑璀同学？"

约整个人僵住。

"不要担心。"

像是得到了自己期望的答案，安济荷平静地转回头。

"没有株杏企业的赞助，许多像我一样的孤儿或穷孩子别说筹学费了，甚至连生活都会有问题。就算是为了自己，我也会谨言慎行。"

看着安济荷如肖像画般没有表情的侧面，约沉默了良久，才总算呼出一口长气，放松绷紧的肩。

直到现在他才意识到自己全身都是冷汗。

"……我了解了。"

"你要相信我？"

"要是我不相信,就只剩把你灭口一条路可走。"约轻轻往后靠向墙壁说道,"不过很可惜,我暂时没有犯下杀人罪的生涯规划……这么说来,那天在侦讯室,你在看什么?"

"……是?"

安济荷第一次露出诧异的神情,瞬间眨了眨眼,像是不太懂约的意思。

"在那个男人破窗而入之前,你原来不是一直盯着窗外吗?"

因为那画面与回忆中的母亲身影过于相像,约当时还以为自己看见的是早逝的母亲。

"你当时在看什么?"

闻言,安济荷的眸中浮上淡淡的困惑。

"……为什么想知道?"

"咦?"

这次诧异的人换成是约。

安济荷直直地凝视着他。

"我问的是,为什么你会想知道关于我的事情呢,黑瞳同学?"

"……因为很像。"

发型。眼睛的颜色。神韵。

虽说在看到念时已经有心理准备,但在市警局看到安济荷本人时,约却还是因那份相像度而受到冲击。

"——你与我的母亲,非常非常的,相像,莎邬托特·安济荷。"

约轻声道。

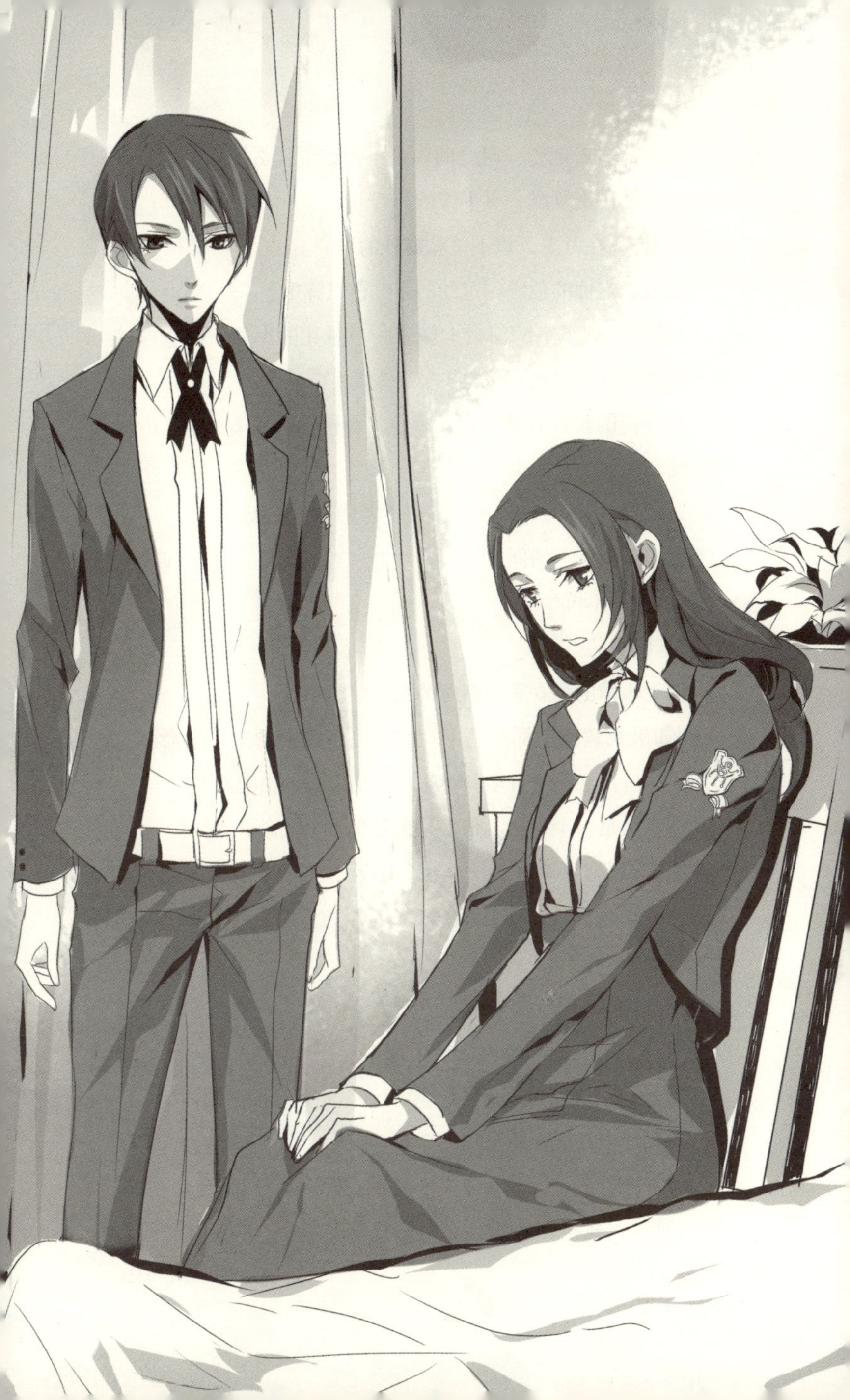

安济荷看着他,一时之间像是不知该说什么回应,过了一会儿,她才用恢复成一贯平淡的声音开口。

"……我在考虑,该不该救窗外的鸟。"

她说。吃惊的色彩闪过约的茶红色双眸中。

"那时,侦讯室的窗台上躺着一只垂死的小鸟。我想应该是不慎撞到窗户玻璃,从空中掉下来的。"

安济荷的叙述有条不紊,理性,却也像是抽离了个人的主观感受。

"我看到了那只鸟。所以,我在考虑该不该救它。"

闻言,约有一瞬间怔忡。

"该……不该?"

"鸟吃虫。"

面无表情的少女丢出断然的三个字。

"如果我救活了那只鸟,在那只鸟多出来的未来生命加总时间中,应该会吃下许多只本来可以活下去的虫吧。"

一只鸟是一个生命。很多只虫是很多个生命。

"人类普遍喜欢鸟,厌恶虫,但这并不能改变生命的绝对数量。救活一只鸟,便会有大于一这个数量的虫死去。唯一能改变的——"

安济荷凝视前方,仿佛那日垂死的小巧鸟身出现在眼前般续道:

"——是单一生命的价值。唯有这么不客观的准则而已。"

再单纯不过的加减乘除。

所有的生命,所有的选择,包括了安济荷自己的生命在内。

"所以,我正在考虑自己对这只鸟的喜爱。换言之,我在计算一只鸟对我的价值,是否超过很多只虫加总起来的价值。超过的话,我就会救这只鸟。反之,我会坐视这只鸟死去,换取很多只虫活下来的未来。"

"等等……"约讶然蹙眉,"这种说法,不论对鸟或对虫而言都不公平吧?"

"不公平?"

"当然。不管是鸟或是虫,都是彼此独立的个体不是吗?拿不同的生命,同时放在天平上比较,实在太奇怪了。"

身为活着的生命,鸟有鸟活下去的权利,虫亦然。

因此,凝视着鸟的时候,只要想着鸟的权利就好;凝视着虫的时候,只要想着虫的权利就好。

不该被同时称重的彼此独立个体。

或者该被称为生命的尊严。

"……可是,黑璀同学,如果有朝一日,你被迫必须同时凝视着鸟和虫呢?"

沉默一会儿,安济荷开口问道。她的语气比起质问冷静许多,却依旧犹如质问般的锐利。

"假如,定价的天平已经摆在你的眼前呢?"

"不,所以我并不认为所谓的天平存在——"

"是存在的。"

安济荷用略显强烈的语气,迎向约讶然的目光。

"当你选择了凝视的对象时,其实天平就已经倾斜了,黑璀同学。只是你自己没有察觉而已……这个世界中并不存在独立的个体,一切都是息息相关的。"

所以,我不愿意当目击者。安济荷说。

约错愕地睁大茶红色的瞳。

"……你说什么？"

"你没有听错。"

安济荷挺直了背脊，内卷的发流分成两边垂落。

"是的，我承认自己看到了西丝遇害的过程。但是我不会出面作证。"

"为什么！"约不能理解，"普鲁·西丝不是你的朋友吗？"

"因为先有错的人是西丝。"安济荷道，"你应该也知道了，杀害西丝的人是盗猎浮狐皮毛的惯犯……到后来，大家都已经懒得骂人了，只想把他交给警方，却只有西丝总是一脸认真地花上大半天跟对方说教，还拼命帮忙求情，保证不会有下一次……"

——只要好好说，不管是再过分的人，总有一天都会知错改过的。

面对屡次再犯的对方，善良的朋友却总是不泄气地如此坚持。

"欤，你知道吗？"

安济荷的声音平淡得令人震颤。

"即便如此，那个人最痛恨的却是西丝。对于我们，他总是低着头闷声不吭，唯独对西丝，却会用各种难听的字眼咒骂。"

比起摆明放弃的众人，不肯放弃救赎的少女，反而更挑动了犯人本身的羞耻心。

羞耻心无法抹灭，于是憎恨起唤醒羞耻心的起源。

"西丝被杀的那一天，那个人也是来保护区偷剪浮狐皮毛的……却被在附近清扫的西丝发现了。"

当时是冷门时段，保护区中的游客稀少，没有人在六号凉亭区域。安济荷是因为西丝久久不回工作岗位，觉得奇怪才会去找前者。

于是看见了因西丝的劝说恼羞成怒，夺走西丝手上的拖把，并狠敲后者后脑致死的盗猎犯。

"那家伙在杀死西丝后，仓皇逃离现场。他一走，浮狐群很快聚集过来，开始对西丝的尸身……"

叙述到这里，安济荷的语声忽地停顿了下，像是无法以适当的词语继续说下去。她轻皱了下眉，才又换了口气继续道：

"之后我也很快离开了凉亭……说实话，我无法了解西丝的心情。明明就是个人渣，却还是不愿放弃，一直不断主动接近对方的西丝……或许在我心中，也有一部分认为，西丝是自作自受吧。"

安济荷低声坦承。

约下意识睁大了眼。

"那是——"

"嗯，我很清楚。是犯罪的人不好，被害者不论做什么都不应该有责任。"

安济荷抬起头，聪敏过人的双眸直直射向想反驳的约。

"……可是，那是理想论吧？实际上，诈骗案也好，强暴案也好，大家都偷偷在心里想着，被害者也必须负一部分的责任不是吗？"

杀人案也是一样。

为什么天底下人这么多，只有被害人被杀呢？那一定是因为被害人做了什么会让自己被杀的事吧。

"这种话,大家都不会说出口……但一定都在心底深处偷偷想过。因为,我们人类,感情上并不接受毫无理由的噩运。"

所有都是因缘。

所有的一切都是息息相关的。

所以,一个人被杀了,就一定存在一个人被杀的理由。

"……你是因为觉得整起事件该归咎于普鲁·西丝的天真,才不愿意出面指认凶手?"约问。

"不是。"

出乎意料地,安济荷否决了。

"不管西丝被杀是不是她自己的责任,若只有这点,我身为目击者,出面指认凶手是我的义务。"

"不只这点?那又是为了什么?"

"价值。"

安济荷安静地说。

"……因为,西丝选择了犯人。"

在一次又一次原谅犯人的同时,对于未来可能被犯人所害的那些无辜人们,等于是被西丝弃之不顾。

"所以,我也要舍弃西丝生命对我的价值,而选择其他的。"

"……其他?"

约问。

窗外,天空乌云满布。

"你选择了谁?"

对于这个问题,视线放在株杏总裁身上的安济荷,沉默了一段时间。

很长的一段时间。

II Under the Garden

"……秘密。"

等到她再开口时,她只是轻轻说了这一句。

几乎像是祈望的微弱语气。

"要我吐实,除非用更大的价值让天平倾斜吧,黑瞳同学。"

⸻ ⸻ ⸻

"嗯,果然认不出来啊……"

结束与约的联络,人在校舍顶楼的珞耶单手阖上辅助钟,徒劳无功地眯着眼,俯瞰底下鱼贯走出校舍的众多师生。

杜萧占地广大,人员众多。刚刚珞耶追的犯人,就是混在穿堂的师生人群中消失了踪影。

犯人若要离开这栋校舍,就会经过珞耶眼皮底下。不过,犯人也有准备,刻意选穿宽大许多的蒙头外套,让追逐者光靠背影难以判断身形。

"看这样子,大概也早把外套脱下,丢在哪层厕所的垃圾桶里了吧……"

又观察了走出校舍的人们一段时间后,珞耶嘟囔着,放弃地直起身来,打了个呵欠。

头顶上,厚重的云层遮住天空,雨丝开始细细绵绵地降了下来。

"……还有四天……"

到时就会放晴吗?

无法确定。

雨势不大,不过仰头凝望天空的少女一头漆黑长发仍是濡湿了，像是暗色的兽鬃。

远方是发着淡光的灰色森林。

——珞耶。

盖住她的双耳，母亲的声音喓喓私语。

——你是珞耶哦。

突然，一片亮光掠过沉默的少女眼角。

"！"

把注意力从流光之森上抽回，珞耶本能地朝着光芒的源头看去。

只见在对面栋的初中部校舍，大型的圆格花窗破了一半，一个侧面面对珞耶的人影，穿着杜萧高中部的制服，正从花窗里探手出来，试图摇晃另一半还完好的彩绘玻璃。

在花窗的正下方，是低头忙碌处理受伤学生的校医们。

彩绘玻璃的晃动逐渐剧烈，映出如水波般的七彩流光，在细雨中柔化开来。

当珞耶理解过来眼前的情况时，穿着制服的侧面人影也出手推了玻璃最后一下。半面剩余的大型圆窗自建筑物剥落，往下砸向毫无察觉的校医及学生们。

"——啧！"

不及考虑，珞耶自站着的校舍顶楼往前全力一跃，准准地踏上正在坠落的圆窗。

在跳的同时，她将辅助钟暗盒弹开，吞下盒中剩余的宝石屑。等一落到圆窗上，珞耶立刻弯身将没拿辅助钟的那只手，贴在圆窗表面。

大片的雪色烈焰登时轰地爆出，在高度的回声率支撑下，

II Under the Garden

极快速地从珞耶触碰的区域爬行向外,沿着最外一圈的玻璃边缘燃烧而起。几乎是一眨眼,圆窗便已烧成不成形的灰屑。

见到圆窗玻璃被毁,那个露出半身的学生人影停滞了一下下,随即没入校舍阴影处。

失去立足点的珞耶失速坠往地面。

"……啊啊,小姐,你真的学不乖耶。"

莫名的风旋霍然袭来,将烧毁的玻璃形成的大量灰屑刮吹清净,只留下无色的雨。

一只有着夹竹桃香气的手及时拖住下坠的珞耶。

瞳孔放大,珞耶的脑中瞬间一片空白。

雨丝敲打在她身上。

"在考虑别人的安危之前,至少该先想好自己的退路,才是聪明的一般人哦。"

隐隐有着外城市的口音,悠闲的少年嗓音温和地说道。

珞耶无法呼吸。

仿佛回到幼时的那个自己。

滴滴!

就在这时,她始终握在手上的辅助钟响了起来。珞耶无意识地按下通话锁针,另一端立刻传来约不解的探询:

"喂,珞耶丝芬克?"

没有预期的,熟悉的青梅竹马的声音。

"……"

珞耶慢慢眨了眨眼,看向手里的辅助钟。

"你是溜去哪里了,怎么还没回到医护室?……喂?不要装死,快回答我,珞耶丝芬克……喂喂?"

约的语气中,听得出刻意想装作若无其事的僵硬。但是,无论如何,是约的语气。

约的声音。

"……"

夹竹桃的香气没有散去,但呼吸的能力回来了。

没有阖上辅助钟,任凭那端的约困惑发问,珞耶闭上眼,换了口大气。

而后,抬起脸,眯起冰目盯着拉着自己手的人问道:

"——为什么你会出现在这里?"

她没有隐藏自己的杀气。

"嗯,又见面了。今天天气真好呢,是我喜欢的天气。"

用一边被刘海遮住的眼睛与另一边没被刘海遮住的眼睛看着珞耶,修长的巫嘉少年微笑着,言不对题地回答。

以少年为中心的风眼,周围旋绕着陀螺状的巨大气旋。

强大的风呼呼刮过珞耶的脸颊,有些烦人地刺痛。珞耶必须勉力,才能在狂风中睁开眼睛。但少年却像是怡然自得地立在风中,衣角与墨色的发尾被风撩起。

"小姐,听说你最喜欢的也是雨……啊。"

少年面带有趣的神情,低头看向自己与少女相触的指间,冒出一颗颗寒冷的白色火花,像雪粒。

不用细看,也知道掌心的轻微冻伤正在扩张。

"真倔强。你不怕我松手把你扔下去吗,小姐?"

"……废话少说。"

珞耶咬牙,从两人手中冒出的雪色火花登时更激烈了些。

"你这家伙不是应该死了吗?竟然穿着我们学校的制服出

II Under the Garden

现在这……以鬼魂而言也太没品位了吧？"

"啊，你说这个？"

巫嘉少年低头拍了拍身上崭新的制服，脸上是孩子气的浅浅笑意。

"因为我是新来的转学生。这么说来，我大了你一届，算是学长呢。以后还请多多指教，小姐。"

"……多多指教？"

珞耶仰头瞪着少年。而后者微笑。

"是啊，你应该也已经发现了吧？能让死人复活的办法，至少，在这座城市，就只有一个而已哦。"

"……"

说不出话来的珞耶，眼神徐徐移到少年的右耳耳廓。在那之上，穿着一个细细的樱红半透明圈环。

看上去像是耳环，但珞耶晓得那原先该是戒指才对。

就跟约戴在右手尾指的宝石一样。

茗之石。

"我的名字是膳晴久，喙术能力是'空之目'。"

黑发之下，修长少年的黑色瞳孔因微笑而浅浅缩起。

"……从今天起，正式以除羽师的身份加入第五圆心城市，物种保育局特别科。今后还请多多指教了，小姐。"

III The Origin

"……会被骂哟。"

单手端着刚盛的热咖啡,那埃站在自己的研究室门口,苦笑说道。

坐在那埃座位上的人影闻声,连椅子一齐转过身来。

"全特别科会为这种小事碎碎念的人,只有那埃大人而已。我还不至于不争气到会害怕那埃大人责骂的地步……话说回来,若这是那埃大人的命令,我自然会遵守。"

双手交叠在纹饰幽雅的裙摆上,茗正视博士的黑瞳中,如潭的平静里,带有一丝丝难以察觉的挑战。

她的面具放在一旁的写字桌上。

"……"

那埃的苦笑加深了。他随手关上研究室的门,拉了另外一张椅子坐下,打开去盛咖啡前尚未处理完的资料夹。

"当然不是命令。羽见是站在协助特别科的立场,并非从属特别科的私有财产,因此我无权对协助者下令——关于这点,我应该已经跟你重申过很多次了,茗。"

"……"

沉默地凝视着表情认真的博士一会儿,茗神色未变地转回椅子。

"既然不是命令,那么,就请那埃大人勿出言干涉我个人的意愿。"

"呃,话也不是这么说……"

"莫非那埃大人想出尔反尔?"

"不，那个，我这不是在命令……虽然不是命令，但还是戴上过滤面罩吧。研究室里的空气虽然比镜厅的开放空间或是室外干净，但毕竟不比荆棘园，不能说完全没有风险……你就当做这是我对你提出的协助请求好了。"

那埃说。

茗又沉默了一下下，才轻叹口气，拿起面具遮住自己轮廓古典的脸。

"……果然只有那埃大人会碎碎念。"她在面具下低声说。

九年前跟九年后都一样。

"大半夜不回家，妄想靠喝咖啡就能提振精神，实际上却仍是以较差效率在加班的无谓行为，也是多年如一日呢。"

"咳！"

那埃登时被热咖啡狠狠呛到。

"哎呀，能及时做出如此对号入座的反应，不愧是那埃大人呢。"

微微侧首，茗优雅微笑着说。

"……咳……我说你啊……"

难掩狼狈地坐直身子，那埃连忙抽了数张面纸，擦掉溢出杯外的咖啡渍。

"你也是，半夜不回洋馆，出来荆棘园做什么？"

尤其是下午一场大发飙后，他还以为体力耗尽的茗会早点歇息。

"我也想回洋馆。"

茗一边回答一边熟练地操控那埃的电脑。

"然而要是知道我坐在洋馆起居室等着他们，息亚芦跟碧碧雷儿就不敢回来了。"

那埃怔了一下。

"……你刻意让他们晓得你不在荆棘园？"

"根本不用刻意，还有两个人留在洋馆里不是吗？"茗敲着鼠标，发冠侧边的垂穗盈盈如水波摇晃，"缇思缇大概已经睡了，但海帕一直偷偷盯着我的行动，应该是一确定我走出洋馆，就马上联络那两个人了。"

失去瑰柯后，现下的荆棘园内存有羽见五名。

碧碧雷儿，茗，息亚芦，海帕，缇思缇。

身为五人中资历最久的羽见，有时候茗会以为自己是一群小孩的长姐。顺道一提，硬要选的话，茗毋庸置疑，会把"二姐"这个称呼颁给年纪最小的碧碧雷儿，由此可见其他三人不可靠的程度。

"总之，开罗大人也就算了，息亚芦跟碧碧雷儿一直在外游荡，各方面来说都并非正面的事。"

浏览着电脑屏幕，黑发下的茗的面庞上，没有什么特别的表情。

"等他们安心回到荆棘园，我再回去。"

"……"

看着茗犹如稚龄少女的面影，那埃停顿了一下，而后撇开视线。

"……瑰柯的事不是你的责任，茗。"

"不。"

茗的否决来得立即且确实，像是拿笔画出一条笔直的分界线。

III The Origin

"是我疏忽了。我没有让瑰柯分清楚羽见跟一般人的差异。我们是原人类,而那埃大人与特别科其他人是新人类,两者之间不会相同,自然也不会有一致的永恒。要是瑰柯能够认清这点,就不会做出那种连累特别科诸位的愚蠢之事,真的非常抱歉。"

不是歉意,而是敌意的语调。

茗真正怪罪的,是没有与瑰柯保持距离,让其迷惑的特别科人员们。对茗而言,只有同样生为原人类的众羽见,才是她必须保护的同伴。

这些那埃都很清楚。

所以他换了个话题。

"你在看什么?"

那埃的下颚示意地朝茗正在看的网页点了一下。

从他的角度,只看得见挂在网页最上头的插画,是一名以侧面示人,巧笑倩兮的少女,一头拥有美丽虹彩毛皮的浮狐蜷伏在她膝头。

画的名字是"侍女与浮狐"。

浮狐本就是原人类王室的代表性宠物。这幅画,据说是王族某位公主的侍女,在宫内与浮狐玩耍时,被宫廷画师捕捉神韵绘下的肖像画。

因为画师的用色十分精细美丽,不管是侍女脸上亲昵的神情,或是浮狐美丽的皮毛色层,表现得都相当传神,令这幅画大受王室成员喜爱。静寂之日后,原画本身不知所踪,但复制画倒是流传甚广,变成描绘浮狐的作品中,人尽皆知的代表作。宣传网页会用这幅画当插图,也并不令人讶异。

茗应声。

"是浮狐保护区重新开放听证会的报道,似乎是在这个礼拜六举行,特别来宾暂时保密……抗议的声浪好像不小呢。"

名目虽为听证会,其实就是暂时在这一日重新开放浮狐保护区,一来向市民证明浮狐无害,二来也是测试市民对开放保护区的接受度。

"啊,嗯。"

那埃颔首,把自己知道的情报大略整理出来。

"事实上,从普鲁·西丝被发现遇害后,浮狐保护区就一直处于被警方暂时关闭的状况了。在特别科介入以前,因为没有线索,警方一直都把普鲁·西丝的死归咎于浮狐群。现在虽然改观,但基于详情不能向外透露,因此媒体跟社会大众还是相信凶手是浮狐。"

而争议出在要不要扑杀浮狐群上。

"一般,普通动物若是杀害人类,惯例的处理守则不都是予以扑杀吗?"

那埃转了下手中的圆珠笔,见到茗点头才继续说了下去:

"不过这次比较特殊。浮狐属于珍贵原物种,价值难以估计……"

所谓的惯例,虽然没有明说,实质上却是意指人命的价值高于普通动物。

因此,一旦动物伤人,便可解释成价值较高的一方有受到损害的可能,在这种状况下,选择销毁价值较低的一方来保全高的一方,是最合理且有效率的。

然而,因为是用价值在衡量,要是伤人的动物本身相当贵重，像是这次的浮狐，其价值甚至有可能高过人命本身的话，人们做出抉择时自然会犹豫。

"目前，主张应该遵循惯例的人，与赞成应该网开一面的人，各有各的支持群众……唔，虽然如果可以，我个人是想相信生命无价论就是了。"

习惯性地用资料夹敲了敲自己的手背，那埃一脸苦恼地说。

"……是吗？我倒觉得问题是出在会不会重演呢。"

听完，没有马上出声的茗想了一想后，冷不防双手交叠在裙摆上说道。

那埃诧异地看着黑发黑瞳的羽见。

"重演？什么意思？"

"主张应该保留保护区的人，认为普鲁·西丝的死只是一次偶发的不幸事件。然而，赞成废除的人，则相信普鲁·西丝的悲剧并非偶然。只要保护区继续开放观光，迟早会发生新的事故。"

茗顿了一下。

"换句话说，这些人争执的，其实是历史重来一次时，普鲁·西丝依旧会被杀的可能性有多高吧？"

"唔，这么说也是没错……不过现在看起来，已经演变成一场纯粹的政治口水战了。"

那埃苦笑回答。

茗扬起询问的凤眸。

"政治？"

"品冈·曼安基市议员。"

那埃摊了下双手。

"本来就是以反对将经费花在原物种维护上,而应以军事发展为重的左翼著名议员。他这次也是支持扑杀全部浮狐,甚至不惜废除全部保护区设置主张的灵魂人物。"

在基本上是以保护区观光收入为主的第五圆心城市,这样的主张可说是相当激进的。

"我记得这个名字……"茗蹙眉,"……好像是新秩序党的?"

"对,是新秩序党里的大老。"

那埃点点头,继续说道:

"真要说起来,可说是黑璀小少爷的父亲——担任新秩序党党魁的黑璀议员,在政坛上最强劲的竞争对手吧。因为同党,政治诉求也相近……加上现任市长跟执政党民意低迷,不少人推测下任市长不是黑璀就是品冈。"

不过,黑璀议员比品冈议员多出一个弱点。那埃说。

茗闻言,略略沉下脸来。

"……因为是旧贵族出身的关系?"

"嗯。"

那埃审慎地观察了下空了半杯的咖啡,最后决定暂时不去重添,就这样就着口啜着。

"即使是在静寂之日前,不敢明目张胆反对原人类王族厄芙洛戴一家,旧贵族也原本就是左翼势力想要打倒的对象……或者该说,过去与王族交往密切的贵族黑璀家,在静寂之日后,太过干脆地宣称跟王族一刀两断,并且加入政治立场完全不同的左翼势力,甚至自行成立了激进的新秩序党……黑璀议员此举,有人认为是改邪归正,也有人认为是忘恩负义,可说是一个褒贬参半，相当具争议性的人物。"

相对之下，品冈议员的背景就明朗多了。

"现在，黑璀议员又一反常态地支持浮狐保护区重新开放，备受左派支持者批评，品冈也大力挞伐，指责黑璀议员露出旧贵族的真面目。虽然也有声音替黑璀议员缓颊，说此举是争取中立与妇女选票……反过来说，要是这听证会有什么闪失，黑璀议员的政治生涯便会当场断送了。"

说到这里，一边说话一边浏览资料的那埃浅浅皱眉。

"……说真的，即使物育局方面为了是否扑杀浮狐而承受很大压力，理论上这些麻烦事也不是特别科该管辖的工作范围——前提是普鲁·西丝真的是被浮狐群杀死的话。"

如果一如残羽"花园"透露的，普鲁·西丝实际上死于人类之手，那浮狐群就没有被扑杀的理由。

但那也要有媒体与一般市民大众能接受的证据才行。

"换句话说，关键仍在那个名叫安济荷的目击者身上了？"

茗问。

那埃正要回答时，研究室的门却突然被人大力踢开，面色苍白的珞耶气急败坏地冲了进来，犹如海磐的漆黑长发飘扬。

"恺逊？"

"……珞耶克大人？"

没有回应错愕的那埃与茗，珞耶闭紧了唇，扬起手，一盏被雪白冷焰包覆的烛台随之疾射而出。

"呀啊！"

首当其冲的茗惊叫。

但几乎是同时的，另外一枚银针从相反方向凌空飞过，没入烛台支架之中。

下个刹那，处在冰雪般的火焰之中的烛台，虽然依旧猛烈燃烧，但本体却不可思议地静止住了，悬空浮在舍身护住茗的那埃眼前。

"……"

珞耶眯起眼睛，动作却没有停顿。

她迅速转身，数枚西洋棋立刻像是雪白的火种，自她袖中飞出，毫不容赦地朝着那埃怀中的茗射去。

然而，仿佛事先设想到她的攻击，来自与刚才同样方向的银针，先行刺入旁边的椅垫。

像是被操纵般的，椅垫快速浮起，在珞耶与茗中间摊开，挡住了飞来的西洋棋，两者在熊熊白焰中一同化为灰烬。

"啧！"

低啐了声，三番两次被阻挠的珞耶明显失去耐性。冰蓝双目扫向研究室角落的长镜。

"黑瑾，不想我把整间研究室烧掉的话，就给我出来！"

约应声从镜子后的暗门走了出来，茶色的整齐发丝透着流光。

他的右手尾指套着樱红剔透的戒环。

"珞耶丝芬克，你先冷静一下……"

约试着规劝。

"……冷静？"

珞耶仅仅嘴角上扬，眼中尽是寒气。挂垂在她胸前的碧碧雷儿之石，发出凄绝的墨蓝夜光。

"你也看到那个巫嘉少年死而复生了吧，黑瑾？你叫我在这种情况下冷静？你当真认为我有可能做得到？"

"……"

约无话可说。

"——羽见·茗。"

不再理会约。珞耶径自扭头，直直盯视因刚才的攻击，半跌坐在地上的女性羽见说道：

"特别科不会强迫羽见订下契约。换言之，你是自愿与那家伙订契的？"

"恺逊，你听我——"

"……若珞耶克大人口中的'那家伙'是指膳晴久大人，那么，没错。"

制止试着缓颊的博士，茗虽没有起身，却以不输珞耶的坚定眼神回望前者继续说道：

"晴久大人是我的契约除羽师。因为他的身份特殊，在订契后另外经过了一个多月的秘密观察期，但从今天开始，他已正式被第五圆心城市政府承认加入特别科，职权与珞耶克大人或约大人无异。"

"——在订契之前，你是否知道他协助二心都大使，企图毁了流光之森？"

珞耶再问。

茗停顿了一下下。

"知道。"

然后，她说。

"……那么，"珞耶用力握住双拳，"你也知道他引爆正在举行葬礼的教堂，造成大量死伤？"

茗这次的停顿长了一些。

当她再开口时，她的语气中已经带了豁出去的觉悟。

"是，我知道……我也知道晴久大人不只亲手杀死了珞耶克大人你，也与露朵大人的死脱不了关系。"

在晴久的尸体被送到契约厅时，茗已读过所有特别科情报室整理出来的相关报告。

"……既然如此，"珞耶咬了咬牙，才成功让声音迸出牙关，"你仍愿意与膳晴久订契的理由又是什么？"

茗看着全身因强烈的愤怒而轻轻打战的黑发少女，并不意外地垂下了视线。

"……在决定订契时，"她轻声，"……我已经猜到有一天，会被珞耶克大人你如此质问了。"

"那么你应该也早就想好答案了吧。"

自珞耶的口中发出的，是犹如深层的冰所雕刻而成的寒冽声音。

"理由是什么，羽见·茗？"

茗做了次深深的呼吸，面具后墨瞳的焦点摇曳不定。

"……因为，我认为即使是罪人，也应该有活下去的价值。"

珞耶先是一怔，但随即压低声音道：

"你说，罪人也有活下去的价值？这就是你的理由？"

被她的杀气压迫，茗不由得肩膀往后一缩，口头上却不让步：

"是，是的。"

"——别开玩笑了，羽见！"

低喊出口，珞耶在怒气之下直线奔向茗。见状的约连忙敲了下指做出反应。

"'月食'!"

他疾声。

呼应约的声音,月色的圆在珞耶脚下展开,想要捕获少女。

珞耶一个翻身跳起,避过下方月圆在边缘渗出的金色光华,绘本从她外套的口袋中飞出,掉落在地。

珞耶着地再往前跑。但约的右手立刻水平划出,银针的轨迹贯穿了那埃散落的资料夹。约扬指,资料夹依循他的意志凭空飘起,飞冲至珞耶面前。

"唔!"

被约操纵的资料夹行动灵活,来不及闪躲的珞耶索性伸出手掌,抵住资料夹。

纯白火舌即刻自珞耶的掌心与资料夹间窜出,将资料夹从中烧断成两半,没有阻碍的珞耶穿梭过资料夹的残骸。

伸出手,珞耶握住自方才便一直驻留在茗眼前,还有零星火花蔓延的烛台底座。然而,同时约也移动到珞耶面前,挡住身后的茗。

珞耶往前突刺的烛台前端,硬生生地停在约茶红色的双眼之间。

倒吸口气的声响传来。

"珞耶克,约!"

自荆棘园赶来那埃研究室的碧碧雷儿站在研究室门口,不可置信地瞠大碧绿眼瞳,严词斥责自己的两个契约除羽师道:

"马上停手!汝等这是在做什么!"

即使一字不漏听见碧碧雷儿的话,约与珞耶各自都没有从彼此的僵持中退开。

"……让开，黑璀。"

珞耶说。

面对眯细眼的青梅竹马，约绮丽的五官蒙上一层动怒的阴霾。

"——你知道我不能。"

"是吗？"

冷冷应声，珞耶抓着烛台的手肘抬起，但就在这时，碧碧雷儿扑到她的身上，奋力扯住她的袖子。

"珞耶克，不要——"

"放开！"

一声不留情面的断斥，珞耶把手放到碧碧雷儿扯住自己的手腕袖缘，一大片的白焰如同光束爆出，瞬间熔掉了碧碧雷儿袖缘的蕾丝。

碧碧雷儿来不及开口，便被爆风冲击得往后摔去。

"碧碧雷儿！"

约直觉跃出，及时接住被抛往反向的幼小金发少女。

"……呜……"

碧碧雷儿在约的怀中睁开眼睛。

冰冷的火焰只烧掉了她的袖口，没有伤到她本身，白皙的手腕上毫无冻伤的痕迹。但碧碧雷儿还是惊惶地瞪着前方。

"茗！"

她紧张呼唤。

只见趁着约退开，珞耶一把推开想抵抗的那埃博士，与半跪坐在地的茗直接面对面。

III The Origin

珞耶手上的烛台前端闪耀着不祥的金属光芒。

"罪人也有活下去的价值,所以无论有多少人的生命断送在罪人手上,杀死罪人都是不被允许的……你想这么说吗,茗小姐?"

珞耶嘴角上弯,清冷的目中却一点笑意也没有。

"别开玩笑了。那么,那些一直谨守分寸,善良所以弱小,弱小所以被杀的人们呢?"

"珞耶克大人……"

"回答我啊,茗小姐。那些人呢?被选择了罪人的你,轻易舍弃的那些人,他们被夺走的生命价值又怎么办?被杀的人的价值,与杀人的人的价值难道是相同的吗!"

如同雪白缎带的两条火焰沿着烛台表面迅速滑下,直取说不出话来的茗,珞耶用尽全身的力气厉声怒吼。

"——回答我,羽见·茗!被膳家人杀死的我父母,就没有活下去的价值吗!"

烛台逐渐化成灰烬,前端的火焰蔓上茗的乌黑发尾。

"恺逊,住手!"

那埃无济于事地叫。

但他的惊呼成功侵入约的知觉。离两个人太远,约慌乱用目光搜寻四下,却只瞧见地板上摊开的绘本。

露朵的绘本。

约很清楚他不能这么做。光他自己就不允许这种事。

但是茗有危险。那埃博士有危险。碧碧雷儿有危险。——如果他不阻止珞耶的话。

——小约。

卷发少女的声音像是恳求一般。

狠狠咬破自己的唇,用那痛觉当做支撑,约扬起戴着樱红宝石的左手,银针凌然地射入地上的绘本。约再抬手,短小的绘本便直接朝近距的珞耶飞去。

口中的血腥味令约想吐。

"茗,逃走!"

即使如此,他仍喊。

全副精神都放在茗身上,感知到有物体飞近的珞耶,没有回头察看,本能地反手用仍在燃烧的烛台挥掉后者。

在烛台划过绘本的瞬间,纸张燃烧的奇异声响,猝不及防地令珞耶抬起了眼。

绘本的书脊被白焰吞噬了一角,书页散开,露朵曾经翻阅过的画面一张张在珞耶眼前舞乱开来,沾染了雪白的火花,像是一颗一颗拖曳着光尾坠落的流星。

珞耶像是受到惊吓的孩子般僵在原地。

张大眼睛,她一动也不能动,只能眼睁睁地看着露朵的绘本,在自己的火花中逐渐燃烧殆尽。火花烧得并不快,却确实地带走露朵留下的痕迹。

趁着珞耶呆愣住,茗慌张地退到赶上前的约身后,碧碧雷儿帮忙用衣物拍熄茗发上的火花。

"谁……"

试了好几次,才困难地振动喉头发出的声音。被忙碌的众人孤立的珞耶,盯着飞散的绘本书页,仍然完全无法动弹。

觉得自己无助到濒临崩溃。

没有人在听她说什么。

III The Origin

"谁……快来灭火!"

她拼尽全力,却仍是几乎无声地低喊。

拜托!拜托!拜托!

如果是露朵,就会听见的她的呐喊。

可是露朵不在这里。

早就已经不在这里了。

一阵旋风快速奔过众人身边,瞬间笼罩住珞耶周遭。当风旋散开时,所有飘落至地面的书页上的火花都已被吹熄。

在珞耶身前,站着一只手悠闲插入裤袋的晴久。

"喏。"

晴久动了动手指,部分残缺的散乱书页便被微风吹起,飘到晴久手上,自行整理成一叠。他看着珞耶的黑眼弯弯如笑,无法判断其意图。

珞耶无言地盯着他。

巫嘉少年身上的夹竹桃香味令她窒息。

"只不过是区区一本绘本被烧而已,就让小姐你大乱阵脚到几乎哭出来吗?这本绘本当真这么重要?"

"……还我。"吞咽了好几次哽住的呼吸,珞耶终于哑声道。

"如果我说不要呢?"

晴久笑道:

"比起小姐破涕为笑的脸,我更好奇把整本绘本完全毁掉之后,小姐会有什么表情呢。"

"!"

脸色铁青的珞耶蓦地伸手,从一时大意的晴久手上成功抢走散页的绘本,另一手则带着无比的怒气揍向后者下颚。

第二次的偷袭失败了。

稍微偏头避开,晴久强制捉住珞耶击向自己的手。虽然隔着手套,血色仍是立刻自珞耶的脸上褪去。

"……啊啊,看样子五心都的人真的很容易激动呢。"

晴久歪首浅笑,过长的刘海遮住了他一边的眼睛。

"话说回来,你当真认为自己不是我们罪人这一边的吗,小姐?"

"……你在胡说什么?"

珞耶咬牙问。

"因为,在我或是茗的立场来看,小姐你就是罪人般的存在吧。"

晴久不在意地耸肩,耳上的樱红宝石微微发亮。

"或者,你比较喜欢我称呼你的本名?仅仅七岁稚龄,就杀了三个与我血缘相系的亲人的,衣莱·珞耶丝芬克小姐?"

在场的所有人闻言,都掩不住震惊的神色。

珞耶的手剧烈颤抖。

"……那是……真的吗?"

息亚芦迟疑的问句来自众人后方。

珞耶转头,只见慢了一步从荆棘园赶来的息亚芦跟典,站在研究室门口不敢进来。两人脸上都是不太确定的畏怯表情。

——没事的。

甜甜如糖的嗓音。

——我会驯服你,也会束缚你。

与恐惧的众人截然不同,在恐惧中,依然向满身血泊的她伸出手的。

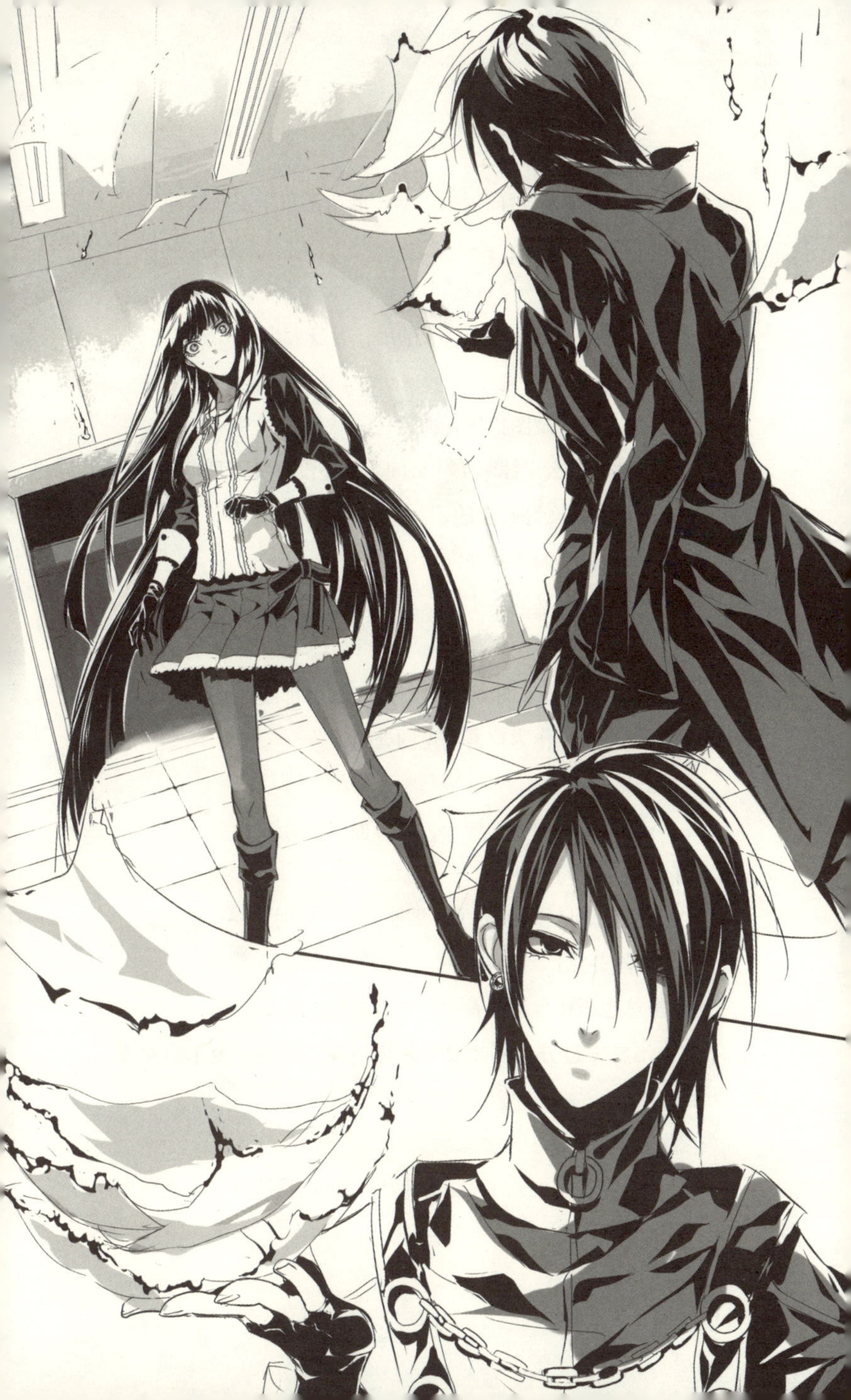

——所以，请相信我。

露朵的身影在眼帘内远去。寒冷的余温自手上残缺的绘本袭来。

珞耶闭上眼睛。

而后，她向下重重甩开晴久的手，转身大步迈出研究室。

"等等，珞耶丝芬克！"

约快步上前，试图拦住青梅竹马。

"你打算就这么走掉吗？什么问题都还没解决不是吗！"

"……没有什么好解决的。"

珞耶的声音空洞得犹如穴窟中的冷风。

约下意识松开她的肩头。

"……啊？"

"我说，没有什么好解决的。要怎么做都随便你们。还是要我缴回回声石，作为攻击羽见的处罚？"

"恺逊！"

一直态度温和的那埃博士，闻言也不禁动怒了。

珞耶嘴角上勾。

"我想意思是暂时缓刑了。需要的话，随时说一声就是。"

"珞耶丝芬克！"

约虽然想压住自己的音调，却忍不住还是提高了。

"你不要太过分。刚才要不是你逼我，我也不至于会拿露的绘本……"

"我逼你？"

珞耶的声音中混入了狼藉的情绪。她霍然转身，直直瞪向错愕的约开口：

III The Origin

"黑瞳·约,你认为刚刚你从我手中拯救了茗小姐的性命?所以不惜连露留下的绘本也要利用?你当真如此认为的吗?"

"我……"

"啊啊,是吗?"

自嘲一笑,珞耶突然伸直手臂,让仅剩部分的绘本清楚展现在约的眼下。

"——煌白雪。"

少女轻声念道,雪白火花自她的掌心与绘本相接的位置冒出,反衬得少女披散的长发更形漆黑。尾端的弯度被炎风吹得飘起,再次落下前,绘本便已被燃烧殆尽。

约瞠睁着瞳。

"……你听不见。"

烧掉承载着过多回忆的绘本,珞耶静静吐出字句,看着自己的影像如水影般,断折在少年的红茶色眼眸中。

但是,也已无动于衷了。

"露能听见的,你却听不见。毕竟,你不是露,黑瞳。"

转过身,珞耶跨开步伐走离。

这次约没有再拦她。

当珞耶穿过研究室外的息亚芦与典身边时,两人都不自觉地往旁退开。

决绝的珞耶没有停步。

"珞耶克!等等!"

直到看不见珞耶的身影了,碧碧雷儿才总算惊醒。她四肢并用地勉力爬起,慌忙追了出去。见状,晴久感到有趣似的弯起笑眼,"啊啊"了一声,也态度惬意地跟了上去。

研究室被死寂笼罩。

过了片刻，惊魂甫定的茗才摇摇头拒绝那埃的手，凭自己的力量站了起来。她看向沉默注视着地上绘本灰烬的绮丽少年，张开小巧樱唇：

"约大人——"

"不要跟我道谢，茗。"

知道契约羽见想说什么，约转开头，刘海遮住他的表情。

"因为我做了连自己都想揍自己一顿的事。我现在不想听到你的道谢。"

茗无言地闭上口。

"……约，你不追上去吗？"心中还因刚刚珞耶的凶狠模样而有点退缩，典怯怯地问理论上也算是与自己同组的少年。

"……追上去也没用的。"

守护公主的龙。

驯服龙的魔法师。

看穿魔法师的公主。

从一开始就决定好的，他们死路重重的铭印。只要少了一个就彻底地无计可施。

"能成功束缚住发飙的珞耶的人……"

张开手指，而后缓缓握住。约的语气太过安静，听来反而像是悼念。

"始终，只有露而已。"

☙ ☙ ☙

III The Origin

失去意识，手被绑在背后的双亲，被数名绑匪像是货物一样地摔在她的眼前。

"……"

她想尖叫，却被嘴里的布团阻挠，一个音都发不出来。

"一，二，三。"

她旁边比她高出好几颗头的桌上，带头的绑匪与其他同伙讨论起来。他们的桌上有着三片类似石板的物体。石板表面镂刻着她无法辨认的奇异文字。

"我记得，总共是四块吧？"

带头的转向其中一名手下，他们所有人身上的馥惑香气加起来，熏得小小年纪的她头晕。

"最后一块石板呢？"

"委托人先拿走了，另外还叫我们从衣莱夫妇那里问出密码后，把其他三块也一起带去。"

"呿。"

带头的绑匪失笑了声。

"真心急呢。或者，是怕我们拥有四块石板后，会想要占为己有？"

"说不定啊。"

其他绑匪也跟着笑出声来。

"这么说来，不知道这四块石板背后，到底藏着什么宝藏呀？毕竟雇用我们的费用可不低。"

"委托人既然不说，我们也没必要追问。不过……"

带头的人停顿了下，将眼神下移与无法出声的她对望，再缓缓将视线移到倒地的她父母身上。

她突然背脊一阵恶寒。

"从男的开始问吧。喂,拿水来。"

听从带头的人命令,其他人很快就提来一桶冰水,"哗"的一声往她父亲脸上泼去。

"……咳……咳……"

醒转的父亲神色充满痛苦。

她想转头不看,但身体被固定在椅子上,导致无法如愿。

"嗨,衣莱博士……啊,这么说来,你妻子也适用这个称呼。或者该称呼你恺迹,你会比较习惯?"

带头的人开口。

父亲没有回答,只是在环顾一圈后,悄悄把目光集中在打着寒战的她身上,嘴角努力挤出一抹微笑,像是要安慰她似的。

她的泪水盈满眼眶。

"嗯,哪个称呼都不合你意吗?那我就继续叫你喂好了。"

嘴上未停,带头的人向其他人打了个手势说道:

"喂,我就开门见山地说吧,石板的密码是什么?"

"……"

父亲还是没开口,视线却从她身上调开,移到绑匪的巫嘉斋面孔,仿佛是想找出绑匪的真正目的。但后者只是漫不经心地一笑。

"喂,别误会了。石板能开启什么,藏着什么,我们都没兴趣。委托人想要石板跟密码,付了钱,我们就会帮他把这两样弄到手。"

取起旁边人递来的铁锤,带头的绑匪面带微笑地挥舞了几下那看起来具有十足威吓力的凶器,然后眼眨都不眨地朝父亲右手拇指敲下。

令人不快的闷响顿时发出。

父亲惨叫。

"好了,让我们彼此都省点时间。密码是什么?"

父亲死咬着唇没有开口。

一旁的母亲依旧昏死。

绑匪扬起眉,铁锤再次敲下。又是另一根手指断裂。

父亲的惨叫几乎要震聋她。

"还是不说?"

搞不清楚是觉得好玩还是不耐烦的轻松语调,绑匪依序一一用铁锤敲断了父亲仅剩的手指。过程中,父亲昏过去好几次,但每一次都被冰水泼醒。

父亲发出的惨叫越来越微弱。

目睹这一切的她的眼泪流得太多太快,接近干涸。

"……啊,十根手指全敲断了。那么,在接下来换成脚趾之前,真的不肯说出密码吗,喂?"

"……"

神智已然不清的父亲,也不晓得有没有听见绑匪的话,只是呓语般地张开口,自喉头深处挖出了一点点嘶哑到难以辨认的低音。

"什么?"

绑匪靠近父亲倾耳。

"……珞……耶……"

然而,自父亲嘴里发出的,却是她的名字。

"……珞……耶啊……珞耶……"

父亲不断重复喃喃地念着她的名字。

绑匪像是没办法似的双手一摊,勾起薄笑,而后扬起铁锤。

她发抖不止。

在下一声敲碎父亲骨头的钝响发出之时,她终于紧紧阖上眼睛。

　　　　　　ⵛⵛⵛ

"开罗通讯官?"

正在清点的研究员看见从门外经过的年轻女性,讶异叫住后者。

"这么晚了,您到研究部门有什么事吗?"

"啊,你的发言真是深得我心。"

停步,开罗对丈二金刚摸不着头脑的研究员大大点了个头说道:

"再怎么说,像我这样的年轻女性,深夜时段带出场的费用是很惊人的嘛。要是不狠狠敲一笔加班费,就实在太说不过去了。"

"……那真是辛苦您了。不过,刚刚恺迩除羽师怎么了吗?突然冲进来跟我们要补充的宝石屑,把我们都吓了一跳呢。"

研究员心有余悸地问。

"嗯,应该是去找茗算账吧。"

歪首,开罗用食指戳着自己的腮说道:

"发现茗不在荆棘园后,大概会去那埃博士的研究室找人了。"

III The Origin

之前，收到洋馆里海帕的通风报信，开罗等人偷偷摸摸回到镜厅，还没按认证仪器，就刚好碰上来荆棘园兴师问罪的珞耶。一听见茗不在，珞耶二话不说就转身冲了出去，碧碧雷儿等人从随后赶来的约那里，听到事情的来龙去脉后，也都担心地追了过去。

"……呃，既然如此，您不跟着过去不要紧吗？"

冒冷汗的研究员看向明显在溜班的通讯官。后者很认真地颔首。

"嗯，因为今天我穿很多，所以不用凑热闹了。热情如火，会烧起来的。"

镜厅才刚修好不久而已，再加一笔火灾修缮经费会很吃紧。

"……"

"而且，刚才镜厅主电脑出现警报信息。"

开罗将闪着红色警示图案的掌上型电脑一转，令连线画面对着正在无语的研究员。

"有人侵入？"

"……啊，关于这个。"

研究员面露困惑，用笔敲击着清点册的页面开口：

"我刚刚也是听到小型警报才过来检查的，不过没看到科外人士。保险起见，我还是清点了一遍。"

上周镜厅变动了内部配置，不少科内人员因不习惯路径而误触警报。研究员猜想这次也是同样原因。

"嗯——"

开罗思考着偏了下头。

"那，有东西不见吗？"

"没有。"

研究员露出困惑的表情续道：

"……除了储放的宝石屑数量有些出入，其他都无异样。"

"宝石屑？"

"对，息亚芦之石的量比记录上的少。"

"息亚芦之石啊……会不会是被谁偷偷拿去当空气芳香剂用了？"

开罗提出猜想。

每位羽见都有专属的宝石，各自拥有不同的特性。息亚芦之石能像植物一般进行光合作用，其淡淡的植物香气，具有极小范围清净空气的效果。

"不，那个，我想应该不至于……对了。"

否定只有开罗才会想到的宝石屑用途，研究员顺便把另外一份报告递给前者。

"结果跟局里研究科做出来的一样。的确，浮狐保护区中的环境里，没有任何会刺激浮狐做出食人行为的因子。"

"笼炬草呢？有找到跟残羽之间的联系吗？"

开罗问。

她始终想不透为何普鲁·西丝死前形成的残羽，会以笼炬草花园的形式出现。研究员则对她摇摇头。

"没那么容易。最根本的问题，是我们没有笼炬草的样本可供比对。只从图鉴来判断实在太困难了。"

"一株笼炬草都找不到？"

闻言，开罗当真讶异地哎哎一声道：

"又不是限量巧克力，黑市也会缺货吗？"

III The Origin

"……黑市？"

听到问题很大的名词，研究员下意识地皱眉。

"那不是违法的吗？"

"嗯，是违法的。所以呢？"

毫无奉公守法公务员自觉的通讯官很无辜地回问。

"……请当我没提。但您为什么那么确定黑市会有卖笼炬草？我以为笼炬草在静寂之日后已经绝种了……"

"啊，没有绝种哦。"

开罗开门见山地说。

她的细发辫些微晃动，像是两条长长的蝴蝶飞行轨迹。

"之所以没有设专属保护区，是因为笼炬草的果实是666疫苗的主要原料，太过敏感，才在市议会的秘密投票中被否决了。"

第一次听见这件事的研究员张大了眼——

"针对666的疫苗？……难道是只有'古血'才能施打的……"

"没错，与对666病毒毫无抵抗力的原人类不同，原人类与新人类的混血后代，又称'古血'，只要定时注射疫苗，就能防止感染。可惜的是，这种疫苗虽是安吉蓝思的原人类科学家们研发出的，却对纯血的原人类无效。"

开罗一边以悠然的步调说明，一边开始飞快敲打掌上型电脑的键盘。

"虽然有传闻在静寂之日前夕，厄芙洛戴财团，也就是我们夷蒂诺过去尊为王族的一家，投入巨大财力与人力，研发出数量非常稀少的原人类用疫苗，不过也只是传闻而已。总之，对那些幸存下来的古血而言，疫苗可是活命的关键。"

在第五圆心城市，不管私自养殖或买卖原物种都是犯法的，违者会遭到严刑处置。

不过，无视这些法令，固定还是会有私人违法种植的笼炬草流入黑市。

"笼炬草是疫苗的原料。没有笼炬草，就没有疫苗。没有疫苗，古血就死定了，背后的经济逻辑就是这么简单——笼炬草的获利在黑市很惊人的。"

又连敲了好几个键，负责情报的通讯官耸肩说道。

"也是……"

研究员有同感地喃喃附和。

"古血在静寂之日后没多久就遭到全面清算，幸存者寥寥无几……就算活下来了，也得隐藏自己的身份，自然得经由黑市……是说，您从刚才就在做什么，开罗通讯官？"

"骇入'王冠'内部网路，我想看最近笼炬草的交易记录。"

"哦，骇……王冠！您说王冠？"

研究员当场尖叫。

"嗯，就是这几年试着漂白，但大家还是都知道它掌管了地下市场的王冠公司……哦哦，防火墙很坚固，不愧是业界老大。"

"是钦佩的时候吗，开罗·紫萝兰！快住手！马上住手！做这种事要是被发现了，镜厅会被砸……不，不只！我们绝对会被王冠的杀手干掉的啊啊啊！"

"前提是被发现不是吗？那只要不被发现就好了。"

没把研究员歇斯底里的喊声听入耳里，单手捧着电脑，只用另一手操作键盘的开罗的手指快速移动，趁隙拿起研究员买来当消夜的甜甜圈咬在嘴里。

"……啊,真的缺货耶。似乎是有人以极高的价钱一次垄断买进,导致市场上暂时没货了,连带疫苗供应也跟着出现短缺……"

成功骇进王冠系统,开罗很快浏览过内部交易记录。

"没有那位买家的名字……刻意不登录防止外泄吗?真谨慎。对了,你要看……哎呀?"

很好心地把电脑画面转给研究员确认,却发现后者已因过度惊吓而昏倒在地的开罗,歪了下首,正在思考接下来的反应时,听见两声叩叩的轻敲。

开罗顺着声音方向,看向对面的玻璃隔间之外。

浅亮金色的马尾束在侧耳,戴着华丽面具的幼小少女对她招手示意。

"……碧碧雷儿?"

把不省人事的研究员留在身后,开罗走出研究室与一身古式风格洋装的羽见会合。

"汝有没有看见珞耶克?"

碧碧雷儿劈头就问。

"没。"开罗诚实摇首,"珞耶克同学进行自杀攻击了?"

"……类似了。"

碧碧雷儿难掩自责地,垂下面具眼洞中清灿如晶的碧绿眼瞳。

"吾想追上珞耶克,但还是追不上。"

"……没有奇叶回声率提升体能,羽见本来就不太可能追得上除羽师哟,碧碧雷儿。"

"吾晓得。"

碧碧雷儿以非常细微的动作握紧了双手。放开,然后再握紧一次。

"……可是吾的除羽师们总是跑得很快,开罗……跑得太快了,不管多努力吾都无法追上他们。"

不管哪次,都离碧碧雷儿远去的背影。

"……唔,要我说,那也是两年空白期的后遗症哦!"

轻快开口,开罗把刚刚走出研究室时,顺便摸走的一整盒甜甜圈递到碧碧雷儿面前。

"要吃吗?"

"……咦?"

"放心,你还不到需要担心睡前进食热量的年纪……等等,这么说来,羽见的年纪到底是要从实际肉体年龄,还是从觉醒的时间开始算?"

"……"

碧碧雷儿先是有点怔住,过了一会儿,才淡淡失笑。她从盒中拣起一个撒了糖粉的甜甜圈,用双手指尖贴住纸袋捧着。

"……开罗,吾有事想问汝。"

"什么?"

"到底,以前珞耶克跟她双亲发生过什么事?"

低头盯着撒糖的甜甜圈,碧碧雷儿像是下定决心般地出声询问。

开罗眨了眨眼。

"……"

"汝应该知道吧,开罗。"

III The Origin

直接拆穿通讯官的沉默,碧碧雷儿没有停下问题:

"再缺人手,特别科都不可能让没有通过背景调查的人成为除羽师。汝身为通讯官,应该对珞耶克的背景有一定程度的把握,才会给予'通过'的结果不是吗?"

"……衣莱。"

半晌后,开罗说道。

碧碧雷儿困惑地抬起了脸。

"衣莱?"

"珞耶克同学的旧姓。恺逊是她父母双亡,被祖父收养时改的新姓氏。你没有觉得'珞耶丝芬克'这个名字太过常见,与大名鼎鼎的'恺逊'之间有着落差感吗?"

珞耶丝芬克的含意是"冰冷的宝石",在好几种语言中共通的常见女孩名字。

"但珞耶克同学的双亲,也就是衣莱夫妇,只是过着平凡生活的研究员。会为女儿取这个名字,也就没有那么意外了。"

"研究员?"

"嗯,衣莱夫妇各自拥有多个博士学位,本来就在政府工作。在物种保育局创立之后,两人都被延揽成为局里的高等研究员。"

"物育局的?"没料到会听见这熟悉名词,碧碧雷儿讶声,"他们做的研究与特别科有关吗?"

"不,应该无关。"

开罗摇头。

"特别科是在衣莱夫妇遇害后不久才成立的。应该说,是差不多从那时候开始,五心都内才开始侦测到残羽活动的迹象,特别科也因应成立。"

那是九年前的事。

羽见们原本是厄芙洛戴财团暗中推动的某项实验计划中的产物,后来计划中止,设备与实验体都被偷偷移到当时还被称为夷蒂诺的这座城市。

在残羽出现后,束手无策的第五圆心城市政府,求助于过去的王族专属工匠,并在后者的协助下,重新启动尘封已久的设备,进而建立了羽见与除羽师的机制。

那些设备如今仍留在镜厅的地下二楼。

"很可惜的,我也只知道到这而已。除了他们为物育局工作之外,更详细的衣莱夫妇研究内容我就查不到了。"

"连汝都查不到?"

"嗯,大概是为了防止骇客入侵偷取资讯,档案只有标明这项研究是最高机密,详细内容却付之阙如。这样的话,就只有相关人士的心证了。"

开罗歪首道:

"特别科虽然是特别的存在,毕竟跟高层还是有一段距离的。啊,这就是'所谓伊人,在水一方'的意思吧。"

"……啊?"

"是从巫嘉的古老诗歌直接翻过来的。表达双方距离非常遥远,乍看很近,实际上不管在水中怎么游,都到达不了对方在的地方。要我用巫嘉语念一遍吗?"

"那倒是不用……开罗,汝读诗歌?"

"当然没有,隐喻跟象征太多的东西我无法了解。"

对于诚实表现出诧异态度的碧碧雷儿,开罗也诚实地做出

III The Origin

了回答:

"我曾经听到那埃博士念过,就背起来了。"

"那埃?"

觉得这也是一个与诗歌连不起来的名字,碧碧雷儿皱眉问。

"嗯,那埃博士在加入特别科的初期学过巫嘉语。啊,正确来讲,应该是巫嘉语的前身,古老原东方使用的语言吧。"

碧碧雷儿越听越疑惑。

"为什么那埃要学巫嘉语?"

"嗯,为什么呢?"

九年前尚未加入特别科的开罗,想了想后,握拳敲另一手的掌心道:

"这么说来,好像是惹当时的茗生气了的样子,作为赔罪才开始学的。"

"耶?"

"……哎呀呀,'所谓伊人,在水一方'被解释成这样不会太不浪漫了吗?"

随着悠闲的语调,晴久自两人身后的转角踱步走出。

"好歹也算是情诗呢,那两句。"

他墨瞳的焦点从开罗,甜甜圈,地毯,一路逡巡,最后落在碧碧雷儿脸上。先是眨了一眨,才总算像是抒怀地弯起。

"……我想起来了。"

晴久笑容可掬。

"你不就是从背后对我开了一枪,让我当场毙命的小小羽见吗?好久不见了。"

"……"

碧碧雷儿无声警戒地退到开罗身侧。开罗先是不解地把头倾到半边，而后才恍然大悟地轻拍碧碧雷儿的肩。

"不用担心哟，碧碧雷儿。膳晴久同学是特殊例子，所以处置也跟一般除羽师不太一样。他的回声石经过改造，只要他有任何不轨行为，位阶与我相同或高于我的相关管理职，都有权利下令中止契约。而一旦契约中止，镜厅主电脑就可以不经过契约羽见，直接中断回声石与主心石间的连线，也就是强制令回声石进入绝缘状态。"

开罗打开掌上型电脑，语气轻快。

"再换句话说，只要我在这里敲下一个键，膳晴久同学就会马上死翘翘了。是很方便的拘束功能吧？"

闻言，晴久岔气似的笑出声来。

"没错，真的很方便。啊啊，五心都果然有趣的人很多呢。"

"……"

"怎么了吗？你似乎很不满的样子，杀死我的羽见小小姐？"

"……吾之名乃碧碧雷儿。"

虽然没有放松戒备，但仍是恪守礼仪地向晴久自报姓名后，碧碧雷儿才切入正题：

"汝方才所言是事实吗？珞耶克小时候杀了汝的三位亲人——"

"毫无虚假。"

晴久莞尔一笑，指了指自己的双眼。

"因为就发生在我眼前嘛，即使不敢看也看得很清楚。那是九年前的事，从小姐现在的岁数往回推，的确应该是七岁左右吧。"

"啊,这么说来,膳晴久同学的亲人们莫非就是绑匪吗?"一旁的开罗插嘴。

她看向不明所以的金发少女续道:

"我之前提过衣莱夫妇是隶属物育局的研究员吧?虽然查不到他们负责计划的具体内容,但他们遇害的理由,应该与他们的研究之间有着密切关系。"

"……难道衣莱夫妇被绑架了?"碧碧雷儿问。

"不是。"

开罗摇了摇头。

"被绑架的,是衣莱夫妇的独生女,衣莱・珞耶丝芬克。"

碧碧雷儿惊讶张目。

"绑匪们把珞耶克同学当做人质。以独生女的安危作为筹码,威胁衣莱夫妇帮忙他们取得机密文件——至于那文件实际上是什么不得而知——而衣莱夫妇在警方的指示下,假装配合绑匪要求,带着资料来到绑匪要求的会合地点,外围布下了大批警力,打算绑匪一现身就抓人。只不过……"

"绑匪没有出现?"

"不,出现了。不但出现,还成功用计把警方引走。等到警方发现上当时,衣莱夫妇与机密文件都已经从现场消失。虽然警方慌忙展开搜索……等锁定绑匪位置时,机密文件一部分已被转移到其他地方,衣莱夫妇也在绑匪的残酷拷问下丧失性命。"

"……那么,珞耶克是及时被警方救出来了?"

"可以说是,也可以说不是。"

开罗说。

她的说法太过模棱两可,令碧碧雷儿不觉揪起眉心。

"吾不懂。"

"会这么说,是因为等攻坚结束,警方冲入监禁人质的房间时,所有在场的人都已经死了。活下来的只有珞耶克同学一个人。事后,珞耶克同学不论面对谁的提问,都一概回答因太过害怕,不记得事情经过了。"

开罗一个细微的停顿,像是某种但书——

"……不过,碧碧雷儿,被警方发现当时,珞耶克同学满身是血,紧握着枪。经由弹道检测,证实她握在手里的那把枪,就是枪杀现场三名绑匪的同一把凶枪。"

碧碧雷儿并没有错过开罗语中的暗示。

但也没有被说服。

"可是,就算枪是相同的,也不代表开枪的人一定是珞耶克……"

"是她哦。"

一旁的晴久懒懒地搭腔。

"我不是说我看见了吗?"

"……"

气恼地瞄了巫嘉少年一眼,碧碧雷儿下意识地想否认晴久的话。

"吾还是觉得——"

"啊啊,排拒反应吗?"

像是已经感到厌倦,晴久不意外地点头。刘海下,孩子气的笑眼依旧未收。

III The Origin

"也对,这很正常,大家都是这么做的。"

碧碧雷儿一怔,扭首瞅向巫嘉少年。

"……什么?"

"因为,杀人犯很可怕吧?"

晴久笑笑地说:

"即使是出于自卫而杀人,在外人看来,忍不住还是会觉得理智上可以认同,感情上却无法接受。事实是,一旦要亲手杀人,不论下手的对象是再罪大恶极的人渣,大部分的人都还是会犹豫再三,甚至放弃。"

对方死了也不会良心不安,但由自己的双手来执行,情况就变得完全不同。

"虽然小姐刚才对茗说的并没错。但实际上,就算是生命毫无价值的罪人,被杀死的瞬间也会对凶手本人造成负担。生命的价值是理智决定的,生命的重量本身,却是人的感情一部分。"

大部分人都无法扼杀感情。

因此,对于那些能够扼杀自己的感情,不论是出于好的还是坏的理由,杀死别人的人,人们自然而然会退避三舍。

"不是出于恶意或厌恶,而是出于畏惧……小姐在学校好像也被排挤得很惨呢。"

晴久耸了耸肩,看向碧碧雷儿继续说道:

"别介意,你的反应很正常。只不过你杀了我,所以我本来以为你会有一点不同罢了。"

杀手少年的语气随和,在他的视线下,碧碧雷儿却感觉自己像是被责备了一般,忍不住想要缩起身体。

而且她不认为这是错觉。

"……那么,吾该如何是好?"

压抑咬住唇,良久,碧碧雷儿才低低发出这个从两年前延宕至今的问句。

"告诉吾……吾该怎么做,才能追上吾的除羽师?"

她已经不想再重蹈覆辙了。

"也对,让我想想……嗯,首先……"

慢条斯理地说着,晴久晃了下手指,开罗手上甜甜圈盒里的巧克力甜甜圈,就被一股细小气旋卷起,一路飘到晴久手中。

"啊!"

开罗登时轻叫抗议。

"你真的相信刚刚不出面阻止的话,小姐就会下手伤害茗吗?"

无视通讯官,老实不客气地在巧克力甜甜圈上咬了一口,晴久悠闲地踱步走开,渐远的声音中带着笑意。

"——不如,就从扪心自问这个问题开始吧,小小的杀人犯羽见?"

　　　　　∽∽∽∽

——珞耶。

夹在深夜的雨声之中,仿佛听见露朵带着些许叹息的甜甜唤声。

"……"

快走在镜厅走廊上的珞耶倒吸口气,停下步伐,抚着隐隐发痛的胸口。

方才的怒气还未全部散去,但已经没有那么强烈了。

相对的,也仍然暂时不想看到特别科其他人的脸。

珞耶再次起步往镜厅外走。

一根玫瑰金线从暗处突然窜出,收放之间,朝着珞耶的手腕缠去。

"!"

惊讶的珞耶当下只能直觉反应。

她侧身往旁边地面一滚,避开金线,手同时随便抓起一个立在墙角的雕饰,朝金线的来源丢了过去。

暗处应声响起一个痛叫。

"呃!……痛痛痛……"

痛叫没多久,又是连续的呻吟。

完全搞不懂发生什么事,直起身的珞耶挑眉,索性将手贴到壁面。细小的雪色火花沿着壁纸跳接燃烧,发出的火光照亮了四周。

"……痛死我了,这地方到底怎么回事……"

只见穿着样式简单,材质良好的立领外套,深褐色的头发在短发中算是略长的,拥有一对蓝灰色眼睛的年轻男人,额头一片红肿,在珞耶面前不远处扑倒在地。

他的脚边是一地被打翻的褐绿宝石屑,温润的色彩像是一颗颗濡湿的心。

"……"

珞耶无言片刻。

男人显然是被她丢出的雕饰砸到后,转身想逃,却壮烈撞上因镜厅幻象而肉眼不可见的墙壁,才会变成这副凄惨模样。

"……可恶,你这小女孩的眼里充满对我的不屑吧!"

注意到珞耶的无语,显然颜面无光的男人徒劳无功地咆哮。

"……没有啊……应该说离那么远,你应该根本看不清楚我眼里的神情吧?"

珞耶眨了眨眼,提出合理的质疑。

对象是约或露朵的话,大概还可以凭对她过往的认识,判断出她当下的反应,但这个陌生男人是不可能做到的。

"废话少说!"

男人不悦地啐了一声,指尖的金线再出,如鞭朝珞耶打去。

珞耶连步伐都懒得移动,反手一抓,握紧,煌白雪的炽烈白光便把线束烧尽。她再用靴尖一踢地毯,抓起边缘,一抖一展,雪白的火焰如同地毯的滚边,沿着毯面闪耀迤逦。

眨眼间,男人便身陷曦白焰圈。

急速下降的气温令男人不由得打了个哆嗦。

一簇一簇的冰冷圈状白焰,细小犹如一吹即熄的蜡烛火苗。但男人与珞耶双方都清楚,只要珞耶一个念头,这些火苗瞬间就能变成足以冻结人类血液的燎原大火。

"话先说在前头,没有地图的外人是走不出镜厅的,趁早死心比较好。"

一手随意叉腰,珞耶瞄向男人脚边散落一地的息亚芦之石,大概能猜出后者此行用意。

"你是因为上次从那埃博士那里抢到的宝石屑用完了,才又回来镜厅偷吗?"

"……"

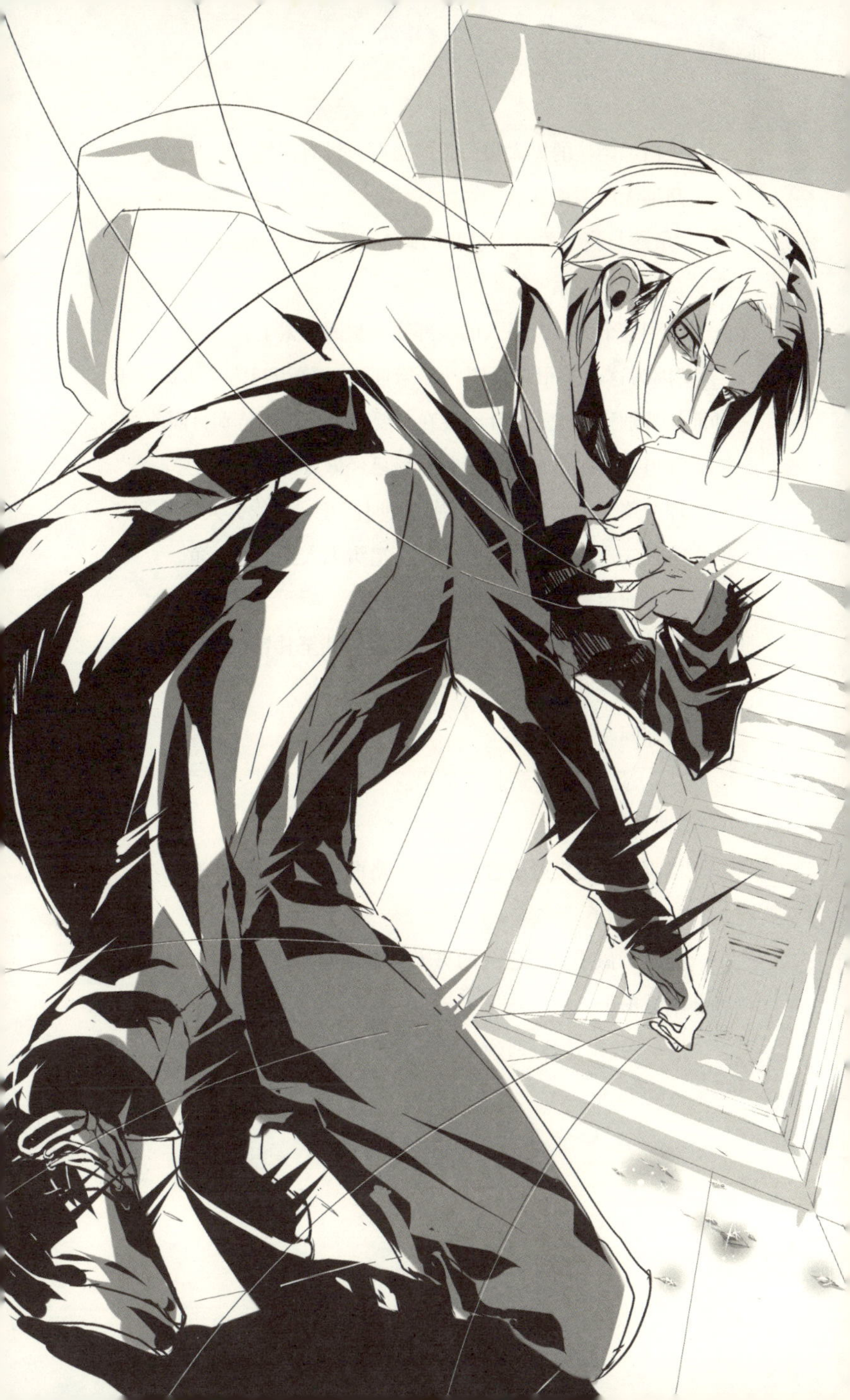

被白焰困住的男人狠命瞪向珞耶,没有回答。

珞耶无所谓地耸肩。

"虽然与我无关,不过我的确有点好奇……你跟莎邬托特·安济荷是什么关系?"

听到这个名字,男人的脸部线条瞬间绷紧了。

"因为这不是很奇怪吗?"珞耶说,"你当初为了不做除羽师而从特别科溜走,为什么现在又要特地出现在特别科面前?"

在男人侵入市警局前,就应该已经做好心理准备了。

即使珞耶他们当天不在现场及时阻止,光凭男人以除羽师的能力触法这点,特别科便一定会追缉男人到天涯海角。

某方面而言,这跟自投罗网没两样。

"攻击安济荷的原因究竟是什么?甚至甘冒引来特别科的风险?"

珞耶问。

"……是我女儿。"男人低语。

"耶?"

乍听见完全没考虑过的解释,珞耶不由得一怔。

"你听到了。"

同时,似乎隐忍已久的男人,在她的雪白火焰中,义无反顾地呐喊出声:

"——我说普鲁·西丝是我女儿!"

༺ ༻ ༺ ༻

窗外雨声大作。

III The Origin

宿舍房间的门铃乍然响起。一向浅眠的安济荷立刻被惊醒。她坐起身,先是看向床边指着清晨时分的时钟,迟疑了下,才下床,披上薄外套,小心翼翼地朝玄关走去。

"……谁?"

"是我,黑璀·约。"

透过门板传来旧贵族少爷的冷净嗓音。不知为何,却显得有点低弱。

"我有事情找你,请你开门,安济荷。"

"黑璀同学?"

难掩讶异,安济荷依言打开房门。

"这么晚了,你怎么会……黑璀同学!"

一看清门外全身被雨水淋得湿漉漉、凄惨模样的少年,安济荷不禁失声叫了出来。

"发生什么事了?"

"我是擅自闯进学校宿舍的,没有时间解释了……"

浑身打了个冷战,约茶色的发丝全都被水珠的重量往下拉,他的面庞雪白得毫无血色。

"我去找了,但是找不到……他们说,被人借走了……"

"什么?"

对约说的一头雾水,安济荷摇了摇首,决定先采取最理性的行动。她在玄关转过身说道:

"总之,你全身都湿了,我先去拿毛巾再——"

后面传来的碰撞声响令安济荷瞬间止住步伐。她连忙旋身,只见约似乎已经无法自行站立,咳嗽着,背倚着墙滑了下来,跌坐在地上。

安济荷慌张迎上前去。一碰触到少年,后者冰凉至极的体温,立刻令她忍不住缩手。

"这种温度……你到底是淋了多久的雨!"

"……一晚上……我没有算确切的时间……咳咳……"

像是在忍耐寒冷,约再次打了个冷战,用低微到几乎要听不见的音量回答。在说话的途中,又短暂咳了几次。

安济荷完全不能理解。

"一整晚?为什么要做这种事?"

"……我跑遍,所有,在这时间还开着的书店与图书馆……"

"书店?"

"……后来,才总算想起来……珞耶丝芬克跟我说过,我们学校的图书馆里还有一本……"

抬起头,约陡然抓住弯身蹲在自己面前的安济荷的手指,像是即将溺水的人抓住浮木。没有防备的安济荷被他扯得身体往前倾斜,披在肩上的薄外套也跟着滑落半边。

"记录上的借阅人是你,莎邬托特·安济荷……所以,我来找你……咳!咳咳!"

一阵剧咳加上发抖,体力超支的约忽然闭上了眼睛,脖子软绵绵地往前倾倒。

"黑璀同学!"

吃惊之余,安济荷紧张地扶住少年前倾的身体,却让自己也后跌变成跪坐姿势。约身上满是冰冷的雨水,寒气沁来,连带安济荷也跟着发了个抖。

"等等,黑璀同学,我不懂你的意思。你说的是哪本书……"

"……"

阖眼的约没有出声。

安济荷向下望着面无血色的少年侧脸,束手无策地对自己轻叹了口气。

"……昏过去了吗?"

总之,要先联络能够处理状况的人。想回到房间里拿手机,安济荷的手施了点力,试着把约从自己膝上推开。

"……我不是……"

在安济荷的手碰到约的头发时,后者突然出声。

安济荷讶然止住了手。

呓语?

"我做不到……"

倒在安济荷膝头,用破碎的声音嗫嚅的约,看来神智已经不甚清醒。

"魔法师……只有一个……我无法成为……露……再努力……我都无法成为露……公主是不能……成为魔法师的……"

断续语句中的关键词,令侧耳倾听的安济荷迷惑地直起了身。

魔法师与公主……这么说来,她的确前几天心血来潮,从图书馆借了一本在她童年时大受欢迎,她却没有多余的钱购买的绘本。

安济荷再次看向面前的旧贵族少年。

他要找的,是那本绘本?

为什么?

再说了,虽非当期新书,但以这本绘本的知名度,也不至于在所有的书店里都找不到——

"可是,我该怎么做……怎么做……龙才不会离开……"

打断安济荷的思绪,约的呓语犹如低吟的水底泡沫,轻轻浮上,而后破散。不清楚来龙去脉,却依然能探知的痛的轨迹。

"……我……真的……不知道……"

"……"

沉默了一会儿,安济荷放弃了原本起身的打算,把手轻轻放在约的发顶,安慰般的。他发上的水汽濡湿了她的指。

"……对不起,我也不知道该怎么做。对不起,黑瓘同学。"

她轻声回答。

窗外的雨始终没有停过。

IV Haunted

他的母亲总是望向窗外。

望向那座在曾经的荣光中静寂的城市。

连在葬礼上,母亲的遗照也不是正面面对镜头,而是侧对着,用熟悉的遥远眼神看向镜头之外。

当被珞耶拉着的他,气喘吁吁地冲进仪式已经结束的葬礼会场时,人去楼空、白花零散的灵堂上,就是这张遗照,代替已经被送走的母亲棺木,迎接着他。

看着那张遗照,他怔在会场门口,一时间不知该不该进去。

"……露。"

他身边的珞耶不安地喊着朋友名字,小声问道:

"大家呢?"

听到声音,在会场里等待的卷发小女孩转过身来,用双手紧紧握住裙摆,全黑的简单洋装已经有点皱了。

"……对不起。"

啜嚅的露朵噙着泪,低下头来,向他们两人用力左右摇晃了一下。

"我有请谬姑丈再等一下,但姑丈拒绝了。"

黑璀·谬是他父亲的名字。

"……啧,还是没赶上啊……"

珞耶难掩懊恼地喃喃。

"……"

他松开了珞耶握住自己的手,缓缓抬起头来,看着挂得比自己个头高出太多的遗照。

IV Haunted

虽然母亲没有看向自己,却觉得母亲的凝视浮在四周,谴责着连母亲的葬礼都来不及出席的他。

他不知道自己该摆出什么表情。

木然地,他垂下眸光,却看见落在自己颊边的发丝。

不是茶色,不是黑色,而是茶黑相间。

他的父亲不喜他以本来发色出现在公开场合。今天也在他打算搭车前往葬礼会场前夕,叫人把他带去染发,不把发色染淡前不准在葬礼上出现。是珞耶闯了进来,把染发到一半的他强行带走的。

可是还是来不及。

"……"

继续仰头盯着遗照中的母亲,他一言不发。

不知道自己该说什么。

该做什么,该摆出什么表情,该说出什么字句,才能被母亲原谅?

才能让母亲回过头来看着他?

他不知道。真的不知道。

他觉得自己快要融解了,失去所有的形体,就在这个地方。

细小的脚步声突然短促奔近。

他闻声低着脸回头,刚好瞥见满脸都是泪水的露朵,快步跑过来用力抱住自己。

那力道大到他差点要往后踉跄。

"……露?"

好不容易稳住脚步,他眨了眨眼,还不太能回神,却仍然努力挤出声音:

"……不要哭了。没关系,没事的,露。"

露朵却什么话也没有说,只是拼命摇头,拼命哭泣,却始终不肯松开抱住他的双手。他的上衣逐渐被露朵温热的泪水浸得湿透。

他又沉默了片刻,深吸口气,再度尝试开口:

"露,听——"

这次,珞耶冰冷的手心盖住他的眼睛。他气息一窒,没有再说下去。

"你,还在这里哦,约。"

带着些许沙哑,珞耶用气音说。

"——只要我跟露还在,你就会在这里,黑璀·约。"

温热的泪。

冰冷的手。

从两端轻轻抓住他的知觉,仿佛执意不让他消失的两位青梅竹马。

他安静了很久很久。

这段时间,珞耶没有缩回手,露朵也没有停止哭泣。她们仅仅一直陪伴着他,他的龙与魔法师。

"……谢谢。"

最后,他用极低极低的声音说。

ဢ ဢ ဢ

"……黑璀同学,如果可以,能请你不要盯着我的侧脸看吗?"

IV Haunted

没有改变阅读姿势，视线甚至没有从书页中抬起，安济荷平淡地对坐在图书馆阅览桌另一边的约要求道：

"有点干扰，我无法专心。"

"……啊。"

听到声音，只手支颊的约眨了眨眼后才反应过来，把目光重新投在自己面前摊开的绘本上。画着龙、公主，与魔法师的绘本封面，已经被太多人翻阅过而显得破旧。

是初版的绘本。

在从清醒的他口中得知缘由后，安济荷找出来拿给他的。

"如果是觉得当我的护卫太无聊，随时都可以停止。"翻过书页，安济荷淡淡说，"我个人并不介意。"

"不，只是突然想起以前的事……"

约蹙了下眉，淋了一夜雨带给他的头痛后遗症还没有完全退去，幸好似乎不会演变成更严重的感冒。

"……还有，昨天晚上是我失态了，抱歉。"

"小事而已。不过你找到绘本后打算做什么？那应该是学校图书馆的公有物才对。"

"我已经跟校方协商买下了。以学校图书馆的立场，并不在乎书籍本身是否为初版。"

加上黑瞳家的名号在这时候也很好用。

"另外，在确定你不会再被袭击前，我不可能中止你的护卫任务。"抬眸，约望向安济荷，"就算是为了替昨晚的事情道谢……我不会让你出事的，即使要以我自己的性命换取。"

闻言，安济荷总算抬起头来，若有所思地瞥了不明所以的约一眼。

"应该不只是为了昨晚的事吧……我跟你的母亲真的有这么像吗,黑瑾同学?"

安济荷突然问。

听到问题,约一瞬间露出吃惊的神情后,才阖眸吐口短气。

"……说实话吗?"

"为什么你会认为有说谎的必要?"

"一般人不会高兴跟死人有相像之处的吧。而且我母亲还是——"

约一凛,及时收住即将脱口而出的话。

"是'古血'。你想说的是这个吗?"

然而,安济荷却不带迟疑地帮约把话说完。

约顿时僵住。

"别担心,我说过会谨言慎行。"

安济荷的视线又回到书本上。为了奖学金,薰紫眼睛的少女的确非常认真地在念书。

"我只是用猜的,但从你的反应来看,我想我猜对了。"

"……猜的?"约愕然。

"从昨天你帮株杏爵士打针的熟练,不难猜出你大概有认识的人拥有相同症状。然而,你的父亲,黑瑾·谬议员是有名的左翼政治明星,如果不是关系极度亲密的人,绝对不会让自己的儿子接近古血,甚至帮其注射疫苗。"

安济荷说。

约转开视线,沉默注视着图书馆的墨绿厚重窗吊片刻。不均匀的光线像是在青苔湖底流动的水。

"……所以才猜是我母亲?"

IV Haunted

"不仅仅如此。黑瑾同学,你小时候有亲眼见过王族吗?黑瑾是大贵族,应该会有谒见的机会才对。"

听见安济荷这么说,约蹙起绮丽的五官。

"……或许有吧,我不记得了。"

"不记得?"

"我家里的人说我五岁时发了一场高烧,烧退后,之前的记忆变得很模糊……认真说起来,我唯一记得的只有一幕。"

很多很多,数不清的黑色羽毛,自王城城墙的上空飘了下来。

犹如绘本一般。

"……不过,为什么要问这个?"

下意识地再瞄了一眼自己面前的陈旧绘本,约反问。

"因为眼睛都是茶红色的。"

"咦?"

"这是夷蒂诺创始者——厄芙洛戴·星怀的照片。"

安济荷将正在看的历史教科书倒转,递到少年面前。

"我们现在所生活的第五圆心城市,其人种、语言、社会制度,都是由这个人一手决定的。厄芙洛戴·星怀同时也是夷蒂诺的第一个王。我们今天所称的原人类王族,其实都是他的子孙。"

安济荷道。

"虽然未经证实过……据说厄芙洛戴·星怀本人,带有早已灭亡的安吉蓝思原住民的血统。由于包括流光之森与永乌鸦在内,都是属于安吉蓝思原住民传说的一部分,因此,也曾经有谣传星怀本人是强大的灵媒,说他继承了族中巫师的血脉,受到永乌鸦的祝福,拥有能够光凭意念就冻结时间的能力。"

约低目看向书上的照片。

黑发的创始者手上戴着一枚宝石手环,精致而深邃的混血轮廓,深茶红色的眼瞳有力地望向镜头。

"黑瓐同学,你应该知道这是什么吧?"

指着创始者手腕上的宝石手环,安济荷问。

"知道是知道……"

约蹙起眉心,不解目击者的用意说道:

"不就是大名鼎鼎的'亘久之环'吗?"

同样取材自安吉蓝思的原住民传说,是厄芙洛戴王族打造来当做自己家徽的象征。既是家主之证,同时也是夷蒂诺王之信物,只有厄芙洛戴家主能佩戴。

宝石手环本身的上下缘以金环圈起,环中间,则是由六颗形状与颜色皆相异的宝石组合而成。宝石与宝石之间无法密合的空洞,则是直接镂透。

即使在照片里,手环仍然流散出多彩的瑰丽宝光。

银白,墨蓝,樱红,褐绿,淡橘,靛青。

除了大小不同,不论形状或颜色,都与镶嵌在羽见们身上的主心石如出一辙的宝石。

宛如王族的印记。

"没错。然而。除了仅家主拥有的亘久之环,要辨认一个人身上是否流有纯正的厄芙洛戴血统,其实还有另一个办法。"

娓娓说明,安济荷将历史教科书移回自己面前。

"黑发与深茶红色的眼瞳。正统的王族成员,必然会遗传到这两者,也可说是王族最醒目的特征……就跟创始者一样。"

IV Haunted

约无法掩饰自己的惊讶。

"黑发……与茶红色的眼瞳？"

"对。为了在安吉蓝思的安全起见，王族普遍都不常现身在市民面前，也少有照片流传，大部分对王族的外貌叙述都来自曾经谒见过他们的人。因此，若非特别注意这段历史的人，也大概不会晓得。"

安济荷的个人嗜好是研读历史，因此才会知道这点。

"黑发在夷蒂诺人中虽然常见，深邃得足以称为红茶色泽的眸色，却并非如此。据说这两样特征的遗传能力非常明显，即使是旁系血亲，偶尔还是会出现这些特征……"

说到这里，安济荷安静抬眼，看向对面吃惊的约。

"就跟黑璀同学，你的眸色一模一样。"

"什……"

约本能地愣了一下，才总算会意过来安济荷的暗示。

"等等，难不成你认为我母亲与原人类王族有血缘关系？"

安济荷点了点头。

"旧贵族的家系中本就容易出现古血，正是因为与原人类交往较于密切的缘故。上次株杏爵士不也是误认……"

"——不可能。"

不等安济荷说完便斩钉截铁地否决了这个揣测，约冷漠地阖上绘本。

"你知道我父亲有多痛恨原人类王族吗？说是贵族，其实也只不过是过去的祖先曾受过勋而已。骨子里，仍是被差别看待的新人类。"

据家里其他人偷偷告诉约的说法，心高气傲的黑璀议员，年轻时曾数次因不良于行而被王族羞辱。当时迫于情势只能忍气吞声,但议员一直牢牢记恨在心里。

"我母亲的确是古血,但要是她有王族的血统,我父亲绝对不会娶她,甚至让自己的孩子也变成王族远亲的。再者,别说在夷蒂诺的王族地位了,就连在安吉蓝思,厄芙洛戴也是权倾一时的家族,连侍女或佣人都坚持至少要是拥有二分之一以上原人类血统的'正古血'……我不认为他们会跟他们根深蒂固认为比自己劣等的新人类通姻。"

约将绘本放进自己制服口袋,站起身来,走到后面一区的书架,想要找其他书来看。

他们所在的图书馆楼层没有其他人在。旧书惯有的沉香淡淡散在柜架与地毯间。

"总而言之,那是不可能的。你——"

半张少年的脸霍然出现在另一侧的书架后,隔着数本倾斜的书,张大了血丝满布的眼,与蹙眉冷淡说到一半的约对望。

完全没有心理准备的约愣住。

下一刻,那半张脸一个狰狞,伸手一推,架上的书便全朝约的方向砸下。

"唔!"

约直觉地架起双肘护住头脸。

数不清的书本连续砸击在他身上,带来烟火散陨般的纷乱痛觉。

"黑璀同学?"

听到书本掉落的声响,安济荷也站起身往这边看了过来。

"!"

IV Haunted

没有回答安济荷,一等书本落地,约立刻飞快绕过书架,只见穿着学生服的人影被前方另一层书架遮住半个人影,正快速消失在转角。

约再追了过去。但转角之后是走道的尽头,明明是死路,却没看见任何人影。

追逐落空的约怔在原地。

"……怎么可能……"

人不可能凭空消失。

至少,活人是不可能做到的。

那么,鬼魂呢?

"……转学生?"约不觉喃喃自语。

同时,安济荷也快步走了过来,掏出手帕轻压在约的手背。

约看了少女一眼。

像是自己也觉得有些尴尬,少女稍稍垂敛下与他母亲非常雷同的薰紫眼眸。

"你受伤了。"她简短道。

"……谢谢。"

瞄了下手背被尖锐书页割出的细小伤痕,约心不在焉地应了声,目光始终还是流连在眼前无人的走道尽头。

"发生什么事了?"

"刚刚有人……不,还不清楚……"

比起继续回答安济荷,约略为迟疑了片刻后,转而问道:

"安济荷,你对杜萧的转学生传说知道多少?"

安济荷眨了眨眼,一时间像是不太能反应过来约的问题的用意。须臾过后,才缩回拿着手帕的手,拉出距离站直了身。

"很久以前,一个转学生在上学九天后,受不了同侪恶意欺负,从杜萧校舍顶楼一跃而下。跳下来时因为撞到建筑物边缘,身体被扯成了两半,只有沾满主人鲜血、写有班级座号的学生证还安然无恙……从此,只要有转学生跟那名转学生拥有同样的班级跟座号,九天之后,本只是蠢蠢欲动的转学生冤魂便会完全苏醒,并借由新的转学生当替身,为全校其余师生带来灾难。一旦诅咒启动,除非杀死新的转学生,无论用任何手段都无法阻止。"

校园传说本就大多难以证实出处,但当安济荷初次听闻这则传说时,却不由自主地感到森森寒气。

为了在这传说中对转学生赤裸裸的恶意。

"所谓的'灾难'一词模棱两可,没发生事情就算了,一旦发生了什么,不论大小事都能被有心人推到转学生身上……虽然这本来就是传说的特质,但到了指定要'杀死'转学生的程度,可见杜萧师生本身对转学生的敌意有多深厚。"

外来者向来是令人讨厌的。

"可是,为什么要问我这个?"

平铺直叙的分析到了一个段落,安济荷转向约。

少女仿佛要穿透般的凝视与母亲如出一辙,约不禁有点视界发黑。

"你跟其他人一样,也认为这几天的意外都是传说作祟吗,黑璀同学?"

"……我本来并不相信。"

"但现在相信了?"

"……仍然不信。可是,我也不会否认自己亲眼见到的事实。"

本身也感到无法解开的迷惑,约回过身,看着神情硬绷的少女。

"安济荷,你为什么坚持不转班?只要班级跟座号不同,其他学生或许也就不会那么排挤你了。"

安济荷沉默一瞬。当她再开口时,眼神已然变得坚如雕像。

"——你当真如此认为?"

"咦?"

"我的导师也很迷信传说,想尽办法在九天期限届满前劝说我转班,但我不信这个。只要与传说有差异,大家就能接受完全是外人的转学生?应该并不是这样吧。事实上,原先留下诅咒自杀的转学生,被欺负的原因不就与诅咒毫无关系吗?"

安济荷反问。

约些微怔住了。

"人不能接受异端。不论是原人类对新人类,新人类对古血,与自己不同的事物,与其视为朋友,更倾向当做敌人。这才是转学生容易受到排挤的真正理由。"

所以即使转班,情况也不会有任何改善。

"……或许你说得没错。"

无法反驳,约阖垂双眼,看着地面颜色深丽的地毯。

"我以前也认识一个只因为是转学生,即使座号与班级都与传说不同,仍然被同班同学集体欺负的人。"

"……以前?那个人现在已经不会被欺负了吗?"

安济荷敏锐地抓出时序上的不吻合。

"啊啊,因为她报复回去了,用很惨烈的方式。"

回忆起那日教室的慌乱，记忆犹新的约走过两侧书架中间，摇头。

"我个人不推荐就是了，后遗症很多的。"

杜萧的学生家庭背景大多非富即贵。要不是王冠实在太难惹，凭珞耶那天砍伤的人数，就会有一堆人排队等着修理她了。

"……你说的，是恺迤同学？"

跟在约后头，走回阅览桌区的安济荷突地问。

约猛然止步，回过头，绮丽白皙的脸庞上尽是讶异。

"你……"

"就算是外人，旁观了两天下来也能察觉你们两人的关系。"安济荷的步调仍是不疾不徐，"你们以前，应该不只是朋友吧？"

"……"

约红茶色的瞳孔动摇了一瞬间，随即被垂下的睫毛覆住。微微握紧了手，又再放开。

所有曾经的一切。

"——都过去了。"他平静道，"当初也只是我单方面而已。"

"……你有跟她提过吗？"

"不久之前。"

在石祠的告白本身就是句点。

不仅仅是露朵。

也包括站在喜欢与被喜欢两端的他们，在约将那句被冻结的话说出口的同时，从此安静下葬。

"已经失去时效了，那句话。我们两个人都很清楚。"

"现在呢？"安济荷问。

"……她是我很重要的人，以后也一直会是。"

IV Haunted

停顿数秒,约抬起眸,馆外的阳光透过窗帘,洒在他显得有些透明的茶色发丝上。

"……仅此而已。"

不会有更多了。

怦然心动的自己已经不在了。

"过去,真的有办法过去吗?"

跟着停步,思索了一会儿才出声的安济荷,口气听起来非常认真。

约怔怔,回问:

"什么意思?"

"因为我并不这么认为。"

安济荷抬起脸孔,难得地用毫不隐藏真心的坦率眼神,正色回视着约。

"历史,一定会重演的。无论人们曾经做出什么努力,历史仍会不断重复它本身……我这么认为。"

约不觉睁大了眼。

——这个呀,我觉得是会重演的哟。

几乎是同时响起的音律。

甜美的气音自记忆中的少女口中流泻而出,轻柔的栗色短卷发包住少女的侧边脸颊。

——所以,大概下次你还是会对我见死不救的哦……小约。

笑笑的,这么说着的卷发少女。

带着几分认命的静谧。

"……黑瑾同学?"

安济荷不解地看向面色有些苍白的旧贵族少年。

"很抱歉。如果是我说的话冒犯到你……"

"不是的。"

摇了摇头,约下意识用手掩住自己的脸,额角却仍然冒出冷汗。

"我只是想起……以前有人跟我说过非常类似的话。"

"……是这样吗?"

"当时,我做了对不起那个人的事……"

深吸了口气,约闭上眼,试图把卷发少女的影像沉入脑中深处。

"然而……即使如此,我仍然不认为历史会重演。不,应该说不能因为觉得历史会重演,就放弃了个体被独立评价的价值。"

不管是人或鸟,都是有可能改变的。光用过去累积的历史,就想预测所有尚未发生的未来,是过于自大产生的谬误。

"……至少,我是这么相信的……不,不对。"

约紧紧握住了手,戴在尾指上的茗之石被压得陷进肉里。

"——我想这么相信。"

安济荷沉默地盯着他一段时间。

"……一样呢。"

最后,她说。

约莫名其妙地看向出言突兀的安济荷。

"什么?"

"你跟西丝说了一样的话。"

轻轻低语,安济荷将手伸入自己裙子口袋,摸索了下后,将一个小小的硬物放到约的掌心。

"给你。"

"……醉花间巧克力？"

瞥向眼熟的仿东方葫芦包装，约询问地扬起眉。

"这不是每天限量的吗？"

"株杏爵士是我的监护人，所以常常拿得到。"

安济荷平淡解释：

"不过我不爱吃巧克力，保存期又太短，所以通常带在身上送人。"

"送给谁？"

"我在浮狐保护区打工，那里有很多小孩子。"说着，像是在考虑该不该说，安济荷细微皱了下眉后，才补充说道，"……另外，我也常送给西丝，她很爱吃。"

约默默收起散发着奇异香味的巧克力。

"你跟普鲁·西丝其实是很要好的朋友吧？"

过了一会儿，他问。

对于这个困难的问题，安济荷安静片刻才反问约：

"黑璀同学，对你而言，朋友的定义是什么？"

"……"

"我与西丝的确很要好，然而，再要好，不能理解的事仍然不能理解。"

没有否认，安济荷的语调却也过度云淡风轻。

"西丝总是说，就算对方前几次都犯了错，也不能因为如此，就认定对方接下来会一直犯错下去。所有的未来都是有可能性的。她总是笑着这么说。"

安济荷无法理解，也无法认同西丝的想法。

彻彻底底的。

"即使意见相左，没有转圜的余地，也能认为彼此是朋友吗？"

"……"

约想反驳安济荷的疑问，开了口，却想不出有效的言语。

他低眼看向制服口袋内的绘本，不自觉想起昨天在镜厅几乎是决裂分开的青梅竹马。在那之后，珞耶就跟特别科所有人断了联络，今早也没有出现进行安济荷的护卫工作。

少了魔法师的龙，是否仍然能与人们共存？

约不想承认，但他的确没有自信。

而珞耶也看穿了这点。

"我……"

突然有刻意放轻的脚步声接近。

约一凛，伸手便将安济荷推到长度及地，厚重且不透光的墨绿窗帘之后，自己也跟着隐身躲了进去。

"黑璀同学！"

"嘘。"

举指到唇边，示意紧张轻喊的安济荷噤声。约隔着窗帘布，屏气凝神地等着外面的脚步声走近。

又走了几步，那脚步声在窗帘前准确停了下来。

约绷紧全身。

同时，外面的人"哗"的一声拉开盖住约与安济荷的窗帘。在窗吊完全被拉开的一瞬间，约抬膝，迅雷不及掩耳地往对方的腹部要害撞去。

同样打算攻击的对方，伸手掐向约毫无防备的颈项。

IV Haunted

洁净的日光洒下，照亮彼此眉目，两人都及时在真正碰触到对方身体前停手。

"……黑瑾？"

看清青梅竹马的脸，五指张开的手还停在半空，珞耶愕然出声。

"珞耶丝芬克？"

约同样错愕。

昨晚的回忆还历历在目。尴尬的空气在两人之间流窜。

"……简直令人不敢相信。"

终于，约选择了最为安全的应对方式。他收腿重新站直，双手环在胸前，老大不客气地冷冷翻了一个白眼。

"竟然攻击应该护卫的对象，你到底在做什么啊？"

珞耶安静地斜斜瞥了他一眼，而后同样收回眸光，若无其事地单手叉腰。

"……啧，我又不知道是你，再说任谁都会认为躲在学校图书馆窗帘后面的人很可疑吧。光凭这点，你就该感谢我至少没把窗帘直接烧了。"

"感谢？"

约回以冷笑。

"你是说像是感谢小偷至少不是用抢的那样吗？"

"哦哦，这真是个好问题。"

珞耶笑眯眯地表示肯定，双手一摊。

"不过很可惜的，没人敢偷或抢恺逊家，应该说敢这么做的人都被五马分尸了，所以我也没经验可以判断。"

约忍不住沉默一瞬，才开口确认：

"……开玩笑的?"

"嗯,开玩笑的。"

珞耶老实承认:

"没办法,这年头很难随便找来五匹马啊,所以近来凌迟比较受欢迎。"

"……"

"给我等等!到底是受谁欢迎?而且到底是用在谁身上啊!"

代替完全放弃直接沉默的约,发出不平之鸣的男人声音来自珞耶背后。

"啊!"

看清楚站在珞耶身后的人影,安济荷立刻发出小小的悲鸣,求救似的轻扯住约的制服袖子。

约也稍稍变了脸色。

"是你!……你为什么会出现在这里?"

他询问的对象,是从珞耶后方走出的年轻男人。后者带着设计感的衬衫领口上,别着宛如落叶色泽的心形宝石。

约顿时扬起手。

他与茗定契产生的喙术是"针人形",能够借由银针操纵无生命物体的行动。根据操纵目标的难度,进而决定所需要的银针数量。

当然,操纵越多根银针,需要消耗的回声率就越大。

"等等,黑璀!"

珞耶连忙阻止打算用喙术对男人攻击的约。

"是我带他来的。我在镜厅碰到他,他说想跟安济荷亲自

IV Haunted

当面谈一谈。"

"……所以你就真的带他来了?"

约不可置信地回头瞪向珞耶。

"你在想什么,恺逊·珞耶丝芬克!你不知道他有多危险吗!"

"这个嘛。"

珞耶嘴角上勾,清冷的眼底却不见笑意。

"总之,应该没有恶龙危险吧。"

"!"

约的脸色变得苍白,无言瞪着珞耶的目光更加凌厉。他张口,但抢在他再出声之前,被晾在一旁的男人已经先行开口自我介绍:

"我的名字是音涤·佩律哲。"

一听到这个名字,安济荷的神情立刻产生明显的动摇。

"……"

屏住气息,她用审慎的视线仔细投向男人的脸孔,五官线条,以及皮肤下的骨架,像是在寻找什么可证明的线索。

而男人像是知道她在找什么,脸部出现些许因罪恶感而生的扭曲。

"……你是为了西丝而来的。"

安济荷低声说。

不是问句,但也并非同理心的表达。平淡的语锋如同平坦锐利的书页,一不慎仍会被划到出血。

"……对。"像是决定认罪,音涤扭曲的面孔缓缓放松了。他沉声,对着戒备往后退了一步的安济荷道,"我就是普鲁·西丝的生父。"

安济荷没有出声。

"请你出面作证西丝是被人杀死的。"

音涤说。

"为了达到这个目的,就算绑架你威胁你或伤害你,我都在所不惜,莎邬托特·安济荷。我就是为此而来的。"

⁂

"我们要出去一下,看好她。"

结束与她双亲之间的联络电话,不知在计划什么的绑匪们叮咛了这句,便把手脚都被绑在椅子上的她,与看起来与她岁数差不了多少的小男孩独自留下。

绑匪走后,墨发墨瞳,有着稍暗象牙肤色的男孩,就坐在她椅子的对面角落,似乎百无聊赖地低头玩着绑匪们给他的枪。

虽然又累又饿,但她仍然一刻也不敢放松戒心,紧盯着小男孩。

"……啊。"

男孩突然轻叫,抬起头朝她这边望来。

她吓了一跳,赶紧垂下视线。但兴趣被撩起的男孩已经朝她走了过来,连带手里的枪一起。

"对哦,我都忘了还有你在嘛。"

男孩笑眼弯弯,看起来一点杀伤力都没有。

"欸,我一个人很无聊,要不要当我的玩伴?"

"……玩伴?"

IV Haunted

她不确定地重复一次。

男孩友善地笑着点了点头。

下一瞬间,男孩举高了手,枪口直接贴到蜷缩的她的额心。

她惊吓得闭上眼睛。

"骗你的。"

短暂的沉默过后,只听到男孩笑了一声,这么说道。

感觉到冰冷的金属远离她的皮肤。

她戒慎恐惧地睁开眼。

收起枪,男孩手势轻巧地松开了绑住她双手的绳结,但脚踝的绳索还留着。

"这个给你。你应该很久没吃东西了吧?"

"……巧克力?"

用尚未恢复知觉的双手困难地捧住那颗散发着甜香,小小的糖果,她愕然地问。巧克力的包装上印着老字号的糖果商商标。

"嗯。"

男孩自己拆开另外一颗巧克力糖,丢入嘴里。

"心情沮丧的时候,吃这个很有效哦。"

男孩保证般地道。自他身上传来馥郁的花香。

"……"

她犹豫了一会儿,才慢慢将手中的巧克力糖放入嘴里。有点化掉了,但是香浓的甜味丝毫无损,吃起来跟平常母亲买给她吃的巧克力并无不同。

跟平常一样。

她那颗自被绑架来后便忐忑不安的心,只因如此,就稍微安定了下来。

"……那是什么香味?"

等到巧克力整颗溶化在舌尖,她才小心地发问。在其他绑匪的身上,她也闻到了相同的浓郁香气。

"夹竹桃。"

男孩坦率回答。

"夹竹桃……"默默把这香味与花名都牢记在心,她继续问男孩,"你是坏人吗?"

会这么问,是因为她实在不懂自己被带来这里的理由。

男孩歪了下头。

"我不是。"他道,"不过我的家人是。所以不久之后我也会是了吧,历史就是这样不断重演的。嗯。"

她直觉挑起眉,个性中的强硬面跑了出来。

"历史才不会重演。我妈妈说那是不负责任的人的说法。"

否认每一次自己决定的责任,把一切全推给无法避免的必然,是她笃信逻辑、就事论事的学者父母无法容忍的。

"就算周围的人都是坏人,会不会同流合污,最后是你自己决定的。不要推卸责任。"

"是吗?听起来挺有趣的耶,那我们来约定吧。"

像是想到了什么好提议,男孩稚气弯起的眼闪闪发光。

"约定?"

"就算我有天杀了很多人,只有你我不会杀。这样就不算是完全变成坏人了。"

"长大后也算吗?"

"算啊。如果我违约的话,就让我也被其他人杀死好了。

很公平吧?"

"……唔……"

总觉得有哪里不对,她歪着首。

男孩眨了眨眼。

随即,他们两个人一起笑了出来。

在稍纵即逝的那一瞬间,密闭的房间之中,站在敌对方的两个孩子的笑声,一度震动了尘封的空气。

一度。

⁓⁓⁓

音涤·佩律哲是钢琴家。

十几岁时,音涤当时的女友怀了孕。但是音涤对对方并不是认真的,也不想放弃自己的音乐前途,于是要求女友堕胎。

"……被对方拒绝,刚好顺理成章分手是吗?"

后背靠着雕花楼梯扶手边缘,双手交胸,斜站依旧姿势尊贵的约冷冷接道。

他话中的谴责意味不言自明。

"没错。"

手撑着书柜,珞耶轻盈往后一跳,翻身踞坐在放置多本珍贵图鉴的矮书柜上,身上的制服裙摆如伞散开。

头顶的柔和灯光,在书列间形成与自然日光不同的深浅阴影。

"音涤的女友被他抛弃后,后来跟别人结了婚,因此生下的孩子也跟着养父姓氏。幸运的是,他女友并没有记恨在心,仍然定期会将孩子，也就是普鲁·西丝的近况通知音涤，也对自己的女儿据实以告。照音涤的说法，从西丝懂事后，每隔一段时日便会要求跟音涤见面。我说得没错吧，音涤·佩律哲？"

珞耶侧首转向男人寻求肯定。后者神情僵硬，但还是微微颔了个首。

"他拒绝了？"

"不，他答应了。"回答冷声诘问的约，珞耶皱了下脸，仿佛在说这比拒绝还糟，"但是每次都爽约。"

在逃离除羽师的职责之前，音涤·佩律哲早已经是个逃避责任的惯犯了。

"……"

阖上眼瞳，约放弃地吐了一口长气。

"烂人。"

安济荷小声补了一句。

音涤的脸由白转青，再由青转白，紧握拳头，但最后还是什么都没为自己辩驳。大概也知道自己的行为没有辩驳的余地。

"挺一针见血的，我不想否认。"

嘴角上勾，珞耶一副这不是重点地甩了甩手。

"不过，先不管这家伙是不是烂人，他的诉求说服了我。"

"诉求？"

约深深蹙眉，摆明不想跟音涤扯上关系。

"这种人的诉求不听也罢吧，珞耶丝芬克。"

"……没办法啊。"

珞耶眯起眼道：

"因为我被说服的，是被害人与被害人家属的最基本要求

IV Haunted

呢。"

"……"

虽然不明显，珞耶声音里如刃面的险恶杀气仍让约警觉地噤了声。

而珞耶凝视的对象是安济荷。

"——血债血还。"

像是盯着猎物般地盯着拒绝作证的目击者，漆黑头发的少女轻声道。

"被夺走的东西，即使不能拿回自己身上也无所谓，我只要求以同样的方式从对方身上夺走。不多也不少。只有这样而已。"

最基本限度的公平。

本能感受到危险，安济荷无声抽了口气。约试着介入：

"珞耶丝——"

"我知道她长得很像过世的黑瑾夫人，黑瑾。但这件事你最好别管。"

珞耶对儿时玩伴充耳不闻。

"追根究底，要不是她拒绝出面作证，音涤就不会袭击她，特别科也就不用特别派人保护她的安全……我不知道你的想法，但我不是莎邬托特·安济荷雇用的私人护卫。弄清楚这点，黑瑾。"

珞耶的语气不带任何感情。

约沉默地撇开视线。

坐在书柜上，珞耶半偏首注视着安济荷，端丽的眉目带着几分凛冷。

"安济荷,你刚刚说音涤先生是烂人吧?"

"……我不认为我有说错。"

安济荷倔强地略沉下面庞。

"每次西丝都坚信这个人一定会出现,却老是希望落空。即使如此,每次她都还是边等边笑着说这次一定会不同……明明欺骗了亲生女儿这么多次,现在才以西丝生父的身份出现,不觉得太狡猾了吗?"

"我——"

"你给我闭嘴。"

毫不客气地截住想要自我辩护的音涤,珞耶看都不看后者一眼。

"她说得没错。只想着自己,对女友及未出世的小孩始乱终弃,现在却又以殉道者的姿态想尽父亲的责任……你的确是个不折不扣的烂人,音涤·佩律哲。"

音涤露出窒息般的铁青难看神色。

"然而,在我看来,既不是加害人也不是被害人,完全是这事件中彻底的外人,只因为一己主观的判断,就擅自剥夺了音涤他要求公平权利的你……"

停顿了下,珞耶不留情地眯起了眼。

"你,莎邬托特·安济荷,不也是个无可救药的烂人吗?"

她一说完,四人所在的图书馆楼层立刻陷入完全的沉默。突然,几滴泪水自一言不发的安济荷眼角,夺眶而出。

珞耶怔住。

约莫地直起身。

而像是要掩饰自己的失态似的,安济荷用手盖住口,低下

IV Haunted

头冲过震惊的约身边,快步转身奔下图书馆的楼梯。

"等等,安济荷!"

约急喊:

"你一个人太危险了!"

匆匆奔下楼梯的薰紫眼瞳少女,没有听从他的话。

"啊,别走!"

一心想要安济荷出面作证的音涤急喊,想都不想,立刻追了过去。

他们两人的身影很快出了图书馆外。

"……你说得太过分了,珞耶丝芬克!"

跟在两人之后追下楼梯前,约暂时止步,回身严厉瞪向坐在书柜上的珞耶。

"我知道你父母的事让你很愤怒。然而,无论如何,莎邬托特·安济荷并不是凶手。她是无罪的。但一旦出面作证,身为目击者的她,身上便会染上致凶手于死地的罪孽。你要求无辜的他人当刽子手,却责备对方不肯照做?"

少年压低了声音,却仍听得出深沉的怒气。

"你凭什么?被害人家属就有那么了不起吗?"

嘴上虽然喊着公平,但谁都是从自己的出发点去看世界的。所以,一个人的公平,注定会是另一个人的不公平。

永远在相对之中挣扎着绝对。

"……论自私,你,安济荷,我们所有人,不都是一样吗!"

约厉斥。

珞耶脸色苍白,瞳孔放大,手套中的十指发抖的幅度逐渐增大。

呼吸逐渐加快。

然而,她死咬着唇,与青梅竹马对瞪,却一个字都没说出口。

约在这样的少女面前背过身去,没有停步地奔下楼梯,抛下了珞耶独自留在空荡荡的图书馆中。

ꕤ ꕤ ꕤ

"等等……给我站住!"

在校舍走廊追上快步走在前头的安济荷,音涤扯住前者的手臂,硬是将对方转回来面对自己的视线。

"你不是西丝的朋友吗?到底为什么不肯出来作证!西丝她被人杀死了啊!"

"放手!"

没有正面回答,安济荷只是激烈挣扎。

但音涤牢牢扣着她的手臂。

"你难道不明白你的所作所为跟包庇凶手没两样吗!我或许是你口中的烂人没错,但那家伙……杀死西丝的那家伙,根本是死不足惜的人渣啊!"

"既然如此,那你就自己去制裁他啊!为什么要来烦我!"

隐忍已久的安济荷终于反击。使力甩开音涤的钳制,她对着惊愕的男人轻声怒喊:

"不管是伟人还是人渣,如果有人因为自己死去,是无论如何都不可能会轻易释怀的吧!这桩罪,为什么非得由我来承担?你想杀了害死西丝的凶手,那就雇杀手或自己动手,现在就去把那家伙给杀了啊!"

IV Haunted

"你在说什么,我并没有要你杀了凶手……"

"一旦被定罪,凶手一定会被判处死刑。你跟警方要求我出面指认犯人,跟要求我拿刀砍死对方有什么两样"

忍耐已到限度,安济荷继续失控地冲着音涤大叫:

"凶手死了我也只会觉得无动于衷,可是,让他死在别人手上跟死在我手上是不一样的!你们不也是同样如此觉得吗?不然何必坚持走司法途径?直接冲去凶手家,把对方杀了就好了啊。但是,做不到吧?既然如此,就不要把你们自己不想做的事,强加在我身上!"

"!"

瞠目望着留有内卷长发的少女,音涤像是离水的鱼张大了口,喉头动了一动,却发不出有效的声响。

看到他的神情,突然惊觉自己说得太多的安济荷,立刻闭上了口,而后深吸一大口气,平静情绪。

"……不论再痛恨对方,或是对方有多丧尽天良……"

最后,她垂下视线,平声道:

"……然而,只要负责杀死对方的人轮到自己,所有的正常人都会怯步的。"

因为看着人类死去,是一件无论如何都不会感到快乐的事。

不管是何种人类。

因为只要是大多数的正常人,都拥有着恻隐之心。

"所谓的正常人,是虽然并不同情人渣,但即使是人渣,也无法毅然决然亲自成为刽子手的……弱小生物。"

说着,再吸了一口气,安济荷安静转过身。

"我无法改变自己身为正常人的事实,一如无论西丝如何恳求，您也不会改变一样……很遗憾，但我想我应该帮不上您的忙，请您离开。"

"等等！"

音涤慌张叫住想走开的安济荷。后者蹙起眉心，下达最后通牒：

"……您再不走，我就要通知校警——"

两人头上，走廊的灯突然一齐关了。廊道两侧没有与外相连的窗户，周围瞬间陷入伸手不见五指的黑暗。

"什……"

"呀！"

困窘的音涤还搞不清楚状况，应该近在咫尺的安济荷却发出了惊骇的尖叫。

"不要！救……呜！"

被强行中断的求救声音。

眼睛逐渐适应了黑暗，勉强恢复视物能力的音涤慌忙循声望去，只见安济荷被一个穿着宽大罩头外套的人影压在地上。

那人的双手用力掐住少女纤细的颈项。

安济荷用力踢着腿想挣脱，却屡屡被穿着外套的袭击者压回地面。剧咳与窒息夺走了她的声音，只有断续的微弱悲鸣响起。

"喂，住手！"

音涤本能地扑上前，想制止那人影。然而，后者手臂一个挥舞，被击中腹部的音涤登时摔了出去后，重重撞到后方矗立墙边的体积庞大的装饰座钟，再反弹到邻近地面，痛得完全爬不起来。

IV Haunted

"唔呃……痛死了……"

音涤呻吟。

钢琴家的他本就体型瘦弱,平时也过得养尊处优,体力无法跟其他成年男人比拟。

之前,珞耶虽然愿意带他去见安济荷,前提却是把他身上所有的宝石屑都拿走,确定他没有能力伤害安济荷。

外表凶恶,实际上却并非真正无情。拥有漆黑长发的王冠大小姐,似乎不喜欢把这一面告诉别人。

犹如清冷夜空中孤高的龙。

总之,现在没有回声率帮忙提高体能,音涤就只是一个手无缚鸡之力的普通人而已。

"呜!……唔唔!"

被掐住气管,安济荷的悲鸣越见迫切,音量同时也越来越小。

"……"

音涤试着动了一动,胸口登时像是被抽成真空般地胀痛。

刚才撞墙时伤到胸骨了吧。

咬了咬牙,音涤再度向宽大外套底下的人影扑了过去。猛然被他的重量撞上背部,袭击者在黑暗中吃痛地哀叫一声,松开了扼住安济荷的手。

音涤跟袭击者两人同时滚在地上。

下一秒,某个冰冷的物体浅浅切过音涤的腹部。

尖锐的痛觉在被划开的部位同步扩散。

是刀伤。

"……"

音涤缓缓低头，仿佛不可置信般的，眼睁睁看着自己的衣服下摆变成比其他范围更暗的颜色。黑暗中看不清楚准确的色调，但并不妨碍音涤察觉那是从自己体内流出的血造成的。

穿着外套的人影扬起手，又刺了音涤一刀，这次被划开的是钢琴家的右手背。

"滚开！少管闲事！"

极度的心绪混乱中，能听见袭击者挫折的低咒。

又是一刀。

"……"

尖利的痛楚袭来，快要喘不过气的音涤，本能想要松开抓住人影的手。

虽然不知道理由，但索性就让对方杀了安济荷好了，反正看样子无法说服安济荷出面作证。

再说本来就跟他没关系。

音涤向来是个自私的人，从少年时代到现在都是如此。

——烂人。

听到安济荷这么说时，音涤不能，而且其实也不想，出言反驳。

当烂人也没什么不好。

至少比当好人容易多了。而且，只要不是真的坏人，其他人也不能拿自己怎么办。

被刀划伤的部位仿佛在灼烧一般。

"滚！"

袭击者喊道。

就是现在。放手，然后逃走吧。

IV Haunted

照着自己一直以来的做法。

"……"

音涤勉力眨了眨眼,在黑暗中,模糊辨识出缩在一旁,正断断续续地无力咳嗽着的安济荷。她似乎暂时还没恢复到能有力气站起来的地步。

若是音涤就此缩手不再干涉,毋庸置疑,她会即刻毙命在袭击者手下。

忽然莫名感到愤怒。

只在相片里看过的,死去的女儿也像是这样吗?

明明没有犯下任何过错,却必须在恐惧中,等不到任何一个人来拯救自己,绝望地咽下最后一口气吗?

"……可恶!"

霍然大喊,音涤无视袭击者手上的刀,反而更加死命地用全身擒抱住后者。

"快逃!"

他对少女的方向喊。

闻声,安济荷震惊地张大了眼,完全不敢相信音涤会牺牲自己来救她。

"怎……"

"我会改变的!"

与其是要说服安济荷,更像是要说服自己,音涤拼了全力放声大吼:

"人是会改变的!……你或许很聪明,但别错认自己有资格武断判定别人的人生!"

一团光束在他与安济荷眼前爆开。

"音涤，跳开！"

使出与息亚芦订定契约所得到的第三种喙术，利用瞬间的亮度看清了走廊上所有人的位置，匆匆赶来的约提高音量命令。

清楚的少年声线中，与生俱来的尊贵感，令音涤本能照做。

同时间，原本放在走廊角落，有着白铁花瓣纹路的垃圾桶突然飞起，直线撞上留在原地的袭击者。

袭击者在痛叫中往后跌坐，但随即扬起拿着小刀的手。

"月食，展开。"

敲指声响起，湛着月色的圆影在袭击者脚下浮现，金色光华从边缘渗出，随即化为全然的夜色。

维持扬刀的姿势，被月食捕获的袭击者像是石像般地僵在原处。

啪。

走廊的灯重新被打开了，平稳的人工光线洒下，照亮了每个人的轮廓。

"——呼。"

成功压制住场面，把手拿离灯光开关，约轻声吁了口气，快步走来与其他两人会合。他绮丽的面庞有些苍白。

"刚刚那道光……"

"'光绽'，我的喙术。"

用不会令安济荷听闻的音量，约回复音涤的悄声询问。

从约发出的音节中爆生的光束。

说话、歌律，或是无意义的状声词，只要是约本身发出的声音都可以。音节越多，光束便越惊人。

当做光束之源的音节则会被吞噬，无法听见。

IV Haunted

"安济荷,先站起来……唔!"

跨步向前,刚伸手把惊慌尚未平复的少女拉起身,约突然步伐踉跄,暗金色调的辅助钟从他的制服外套口袋中掉下,在地面弹出清脆声响。

"黑璀同学?"

安济荷连忙反手帮约稳住站姿,愕然看着因严重晕眩而不得不暂时闭眼的少年。

连续使用三种不同喙术,等于需要同时佩戴三颗不同的回声石,对除羽师造成的体力负荷非同小可。

"……抱歉,我没事。"

晕眩感稍稍平歇,约用手支住额,抬起眸光,看向愣在一旁的钢琴家。

"音涤,在我解除月食前,先绑住那家伙。"

被月食静止住的人虽然不能逃跑,但相对的,他们这边也无法问话。为了知道对方的动机,月食只是一时之计,总是要解除的。

"绑住?可是我也没带绳子……"

"喙术。"

约蹙眉道:

"谁说要你用真正的绳子的?"

"耶?"

约用鞋尖没太使力地一踢,原本掉在地上的辅助钟,登时斜斜打横飞向音涤的方向。音涤直觉接住长得跟怀表如出一辙的物体。

音涤疑惑地望向旧贵族少年。

"……珞耶丝芬克把你身上的宝石屑都拿走了吧。"

从音涤刚才与袭击者搏斗的吃力状态来看,是显而易见的判断。

"打开暗盒,拿一颗宝石屑吃下去。"

约按着额续道:

"你不是受伤了吗?提高回声率能回复一部分的体力,虽然最好还是尽快止血就是了。"

"……这宝石屑,"音涤遵照约的指示打开暗盒后,登时有点傻眼,"……是三色的?"

"废话,因为里面混合了三种不同的宝石屑。"

"……像是综合口味的糖果一样吗?"

"虽然是很没格调的比喻,但大致上差不多……其他羽见的宝石屑对你没有毒性,快吃。"

头晕尚未全退,还是只手扶着额的约,冷冷睨了音涤一眼后,开口下令。

"呃……"

后者在视线压力下不敢继续迟疑,仰喉吞下异常艳彩的三色宝石屑。

"你是息亚芦的契约除羽师。对你而言,这等于只有三分之一颗的功效,但应该足以支撑你用喙术绑住那家伙了。"

约说。

音涤依言动了下手指,细如琴弦的玫瑰金线立刻灵活窜出,发挥了绳索的功效,牢牢地捆缚住袭击者的双手。音涤再挥,与其指尖相连的金线往后拉高,袭击者的两只手便被翻到背后,绑在一起。

IV Haunted

"……好了。"用空着的手按住受伤腹部,微微冒汗的音涤说道。

约弹了下手指。

恢复行动能力的袭击者,像是大梦初醒般地霍然抬起头来。他的身体左右用力扭转,才发现自己双手被绑在背后,无法自由行动。

随之而来的是,过于宽大的外套连帽往下滑脱,露出了帽下的人物面容。

是约与安济荷都感到面熟的长相。

"……芮多桑老师?"

刹那间瞠目结舌,安济荷不能接受事实地喃喃:

"为什么……"

袭击者的身份是安济荷的导师,令约也有些怔住了,一时间不知该说什么。

"安济荷同学?黑璀同学?"

中年教师面露惶惑,交互看着围绕自己站立的两名学生,像是不知道发生了什么事。

"怎么回事?为什么把我绑起来?……咦,安济荷同学,你受伤了!又有同学欺负你吗?"

"……"

轻触自己有着明显红肿指印的颈子,安济荷没有出声,悄悄警戒地缩到约的身后。

代替少女,约静静注视着表情一头雾水的芮多桑老师。

"……您攻击安济荷的理由是什么?"

"啊?黑璀同学,你这是在说什么笑话吗?我只是刚刚停电,又听到安济荷同学的求救声,跑过来查看情况——"

"别装了。"

在试图辩解的教师面前,约仅仅冷嗤。

"那您手上的刀又怎么解释?"

"!"

芮多桑老师反射性地动了下被绑住的手,惊恐发觉的确刀子还握在自己手里。

"我不知道您对方才之事记得有多清楚……"

被月食暂时冻结了时间的对象,在解除月食后,常常会伴随短暂的记忆中断或混乱。

"但是我们三个人对老师刚刚的暴行,可都记忆犹新。所以,为了不浪费时间,可以麻烦您直接吐实吗?"

约说。

"上次,想把安济荷推下楼梯的人也是老师您吧。"

已经没有什么好辩驳的了。

"……"

芮多桑老师沉默着抬起脸孔。

他望着隐身在约背后的安济荷,脸上装出的困惑神情已然消退,转为沉痛的咬牙切齿。

"——因为你是传说中的转学生!"

在震惊的安济荷面前,芮多桑老师低喊:

"不把你赶走,大家都会遭殃的!我一开始也不想真的要你的命,但是不论我怎么煽动同学们排挤你,你无论如何都不肯转班……一切都是你太固执造成的!"

"等等,只因为传说?可是那只是迷信——"

IV Haunted

"不,传说是真的!"

芮多桑老师厉声反驳,他的眼珠布满血丝。

"我本来也半信半疑,但两年前发生了一模一样的事,直到我杀了当时的转学生,诅咒才得以结束的!"

"杀?"

约感到存疑。

"根据传说,只要让'班级、座号相同的转学生'不存在就好了,转学或转班都可以,为什么非得杀死对方?"

"因为已经来不及了!"芮多桑老师嘶声,像是要泣血一般地喊叫,"第九天最后一节的钟声马上就要响了!"

"第九天?可是开学至今早就超过九天……"

"你们有认真研读过传说吗?传说中,说的不是单纯的九天,而是九天的上课日!一旦第九天结束的校钟敲下,传说中的那家伙就会彻底觉醒,开始对这间学校的每一个人复仇!唯一能阻止诅咒的办法,就是杀死被附身的转学生本身啊,为什么你们就是不懂?"

"……"

凝视激动到几乎喘不过气的中年教师,约有点手足无措地眨了眨眼,没有开口说话。相对的,是因为自己被攻击的理由过于薄弱愚蠢,忍不住出声反问的安济荷开口道:

"……只因为这样?"

她的脸上尽是不可置信的神情。

"喂,传说什么的我是不清楚。"与她深有同感,音溎受不了地甩了甩头发,"但这家伙疯疯癫癫的,已经没救了。我看还是交给警方处理吧?"

"不行。"

约直截了当地摇首。

"警方已经把整起事件的调查权暂时移交到特别科手上了。"

"啊?加入特别科这么麻烦,还要协助市政府办案哦?"

"不是协助市政府,我们本来就是隶属市政府的机关。连这都没搞懂,到底那埃博士之前是怎么跟你说明的……等等,你说两年前?"

记忆中的某块残缺地图突然拼接上,约变了神色追问中年教师。

"没错,两年前……我本来也不愿意,我当然清楚转学生本身并没有错……所以并不想这么做……"

芮多桑老师的眼神逐渐除去迷蒙,转为坚定自己意志的明澈。

他直勾勾地望向安济荷。

"我也不想啊!我是老师,平白无故谁会想杀与自己无冤无仇的学生?可是,杀了你一个人,就能救全部人,就能救其他无辜学生——这样的话,我也只能选天平的一边不是吗!"

"!"

闻言,安济荷睁张着薰紫色的理性瞳孔,神情像是被人狠狠浇了一桶冷水般的狼狈。

就在这时,他们身后壁钟的大型指针发出"咔"的低响。

随即,学校宣示最后一节自习课结束的钟声,带着沉穆而巨大的回音,在校内所有的建筑物间隙中响起。

众人不禁全都抬头,仰望着与钟声共鸣而微微震动的悬挂吊灯。

"来不及了……来不及来不及来不及了啊啊啊啊——"

像是被那钟声逼得发疯,芮多桑老师发出破碎的号叫,当下跃起身,不顾双手还被绑在背后,用难以平衡的身躯,跌跌撞撞地发狠朝安济荷冲去。

然而,与此同时,一个影子突然从约等三人后面快速向前窜出。

那是个穿着杜萧学生制服的学生。

而且只有半边。

字面上的。

在那个学生伸出仅剩的一只手扯住芮多桑老师的领口之前,在场的所有人中,谁都没有察觉到学生的存在。

犹如鬼魂般无声无息。

"什,什么?"

像是看不见学生的模样,芮多桑老师只是纯粹因为自己身体莫名地被拉扯浮起而慌张。

但在约与音涤的眼里,清楚看见干涸发黑的血块,自学生理应与另一边身体相连的伤口边缘泌出,盖满皮肤缺口,像是某种闪耀着酒红光芒的鳞片。

只有半边身体的学生抓住惊恐的教师后,没有停下脚步,拉着后者往反向奔跑。

"噫——!"

芮多桑老师的惨叫突兀地停在中途。

学生拉着中年教师,撞上方才音涤碰撞到的大型壁钟。撞击的力道过大,令有着古老历史的钟面滑崩开来,从底部的轴心断裂的巨大时针，尖锐削下，刺入芮多桑老师的头顶。

学生冲势未歇，穿过壁钟，撞破壁钟后的墙壁。结构被破坏的壁钟与墙壁，化成了大块大块的木屑与砖片，毫不留情地砸落，当场压烂已然毙命的芮多桑老师半边身体。

刺鼻的血腥味登时漂开。

"呜！"

约虽然迅速掩住口，但浓重的血气依然侵入他的指间，进而是嗅觉。

眼前的视野瞬间发黑。

呕意自身体深处翻天倒海般涌上，少年捂口，双膝一软，按住旁边的壁面才勉强站立。

他身后的音涤吓得直接摔坐在地上。

安济荷则彻底僵住了。

反应比两个奇叶受到刺激的除羽师慢上一拍，安济荷站在本来自己站的位置，不太能理解现况地，眼睁睁看着芮多桑老师已血肉模糊的半边尸骸被卡在墙壁瓦砾之中。另外半边的尸骸，则像是被某个隐形的人拉着，毫无刹车地冲出破碎的墙壁外，往下坠去。

教师尸体上未干的鲜血，在雨空中划出一道如同羽翼的朱色弧线。

而后，安济荷才总算了解了。

那是传说的重演。

——她的导师说的是真话。

IV Haunted

自图书馆外传来的雨声逐渐滂沱。

夹在雨声之中的,是在书柜列中,蹑步靠近的人的足音。

一步。

再一步。

而后,突兀地,足音忽然停顿住了,取而代之的是细小的噼啪声响。

"……哎呀呀,虽然不意外会受到这种方式的欢迎……"

脚边被数枚燃烧着冻白火焰的西洋棋团团围住,被迫止步,晴久处变不惊地仰头,双手插入制服裤子的口袋开口:

"不过,玩火很危险的。不怕会连放在这里的珍贵典籍也一并烧了吗,小姐?"

"……既然晓得玩火很危险,就不要频频做出挑衅行为。"

珞耶从藏身的高层书架顶端跃下,漆黑的头发在空中散开,犹如兽的鬃毛。

她在晴久身后落地。

同时,本来就只是威吓作用的数颗西洋棋烧成灰烬,白焰渐熄,室内气温也开始回升。

"再有下次,我会直接把西洋棋掷到你身上,而不是你脚边。"

"……挑衅行为?"

晴久明知故问地半歪头。

他被刘海遮住的一边眼睛,以及另外一边没被遮住的眼睛,一齐像是带着孩子气笑意般地微微缩起。

"这真冤枉了。我只是走进图书馆而已不是吗?"

"一个训练有素的杀手刻意放轻脚步,鬼鬼祟祟进入图书馆,对孤身在图书馆里的我来说,已经是够明显的挑衅了。"

珞耶眯起的冰色眼瞳,冷静中透着几丝凶险。

"所以,你来这里做什么?"

"唔,完全没有减轻对我的敌意呢,明明是同事。"

在少女气魄十足的凝视之下,晴久不受影响地耸肩,而后微笑道:

"啊,不过也不能说是不明智的判断。应该说,我还蛮欣赏小姐你这点的。"

好恶明显,一旦认定,就忠实到几乎执著的程度。

"这么说来,不追过去可以吗?"

他突然问道。

"……啊?"珞耶本能一怔,不懂晴久指的是什么。

"目击者。"

晴久示意地朝安济荷方才穿过的图书馆门指去。

"保护目击者是小姐的任务不是吗?"

珞耶不禁沉默瞬间。

"……你听到了多少?"

"全听到了。"

眼角弯起,晴久答复的语气悠闲,似乎是觉得珞耶的问题很有趣。

"不要低估一个训练有素的杀手,小姐。顺道一提,我刚刚不是放轻脚步,而是刻意踩得比较重了哟。"

"……"

绝对是挑衅。

IV Haunted

珞耶下意识忍不住扳了扳手,才不至于一拳朝着东方面孔的修长少年挥过去。

"……不用了。再说黑瞳已经追过去了不是吗?"

调开视线,她若无其事道。

"——就因为黑瞳家的少爷追过去了,所以才麻烦不是吗?"

晴久柔声道。

听见他的话,珞耶的表情不自然地僵住。良久,她才咬了咬牙,握拳低声道:

"……那家伙一向比我心软。仅仅如此罢了。"

"你想说自己并不心软吗?"

"啰唆。"

珞耶反手一抛,掌中的西洋棋立刻飞上两人头顶半空,烧断了正上方组合吊灯的其中一根支架固定绳。笔直如矛的吊灯架掉了下来,珞耶伸手接住,没有停滞地直接反转,将吊灯架的顶端送到晴久咽喉前半英寸之处。

她神色冷厉。

"——守护城堡的龙,如果跟被守护的公主殿下一样心软,城堡早就崩坏了吧?"

往下望着抵在面前的吊灯架,晴久毫不怀疑只要给珞耶一个理由,后者马上就会把那吊灯架插入自己的颈子。

而且那理由不需要多充分。

他举起双手。

"……这意思,是我一轻举妄动,小姐你随时都会杀了我吗?"

"错了,意思是如果你接下来没说服我,我马上就会让你死在这里。"

珞耶凛冽眯眼问:

"膳晴久,你答应成为除羽师的理由是什么?"

"耶?"

晴久表示诧异地挑起一边的眉。

"少装了。"

珞耶对他的演技嗤之以鼻:

"你既是第七圆心城市公民,又是曾经与特别科敌对过的职业杀手,现在却心甘情愿帮第五圆心城市政府工作?你见鬼的到底在想什么?"

"……啊啊。"

理解地应了一声,晴久露出一抹淡淡微笑。

"你怕我有异心,小姐?"

"这是合理怀疑。"

窗上的雨声打得珞耶头痛。她下意识皱起眉心,轻甩了下头。

"特别科那群家伙虽然不笨,但基本上都还是欠缺危机意识的单纯公务员。根本不能与身为暗杀家族培养出的杀手的你比拟。"

"所以就代替他们盘问我的底细?"

晴久闲散的语气中,有着难得被打败的复杂情绪。

"……啊啊,所以才说是龙吗?可是,被你保护的人们,又都知道你实际上为他们做了什么吗,小姐?"

"不干你的事。"

IV Haunted

珞耶手腕前送，吊灯架的前段便又再往晴久的咽喉接近了几毫米。

"现在，回答我的问题，膳晴久。"

"……出于好奇。"

"……啊？"

愣了一会儿，才发现巫嘉少年竟然真的诚实做出答复，珞耶不禁意外反问。

"毕竟我可是死了一次又活过来的人。难得还有一次机会，谁都会想要试试看跟之前不一样的生活方式吧。"

不是膳家人的自己，会以什么样的姿态活着呢？

连想象都无法想象。

超出了过往的自己所能测知的所有经验。

于是纯粹觉得有趣。

"即使像是我这样的罪人，也有改变的可能吗？"

晴久悠闲一笑，把手插回裤子口袋，正面迎视珞耶审视的目光。

"我猜，我只是想知道这个问题的答案——太想知道到不知如何是好，甚至不惜背叛自己的城市与家族的地步而已。"

珞耶无言了一瞬。

"……要是历史又重演了呢？"

"告诉我把一切推给历史重演的人不负责任的，不就是小姐你自己吗？"

"……当年那个男孩果然就是你。"

沉默了一下后，珞耶低声。

听到晴久死前念出自己本名时，她就心里有数了。

"啊啊。"晴久干脆点头,"事到如今,否认也没有意义吧?啊,只不过我还是变成坏人了,不同流合污实在太困难了。"

"……"

又沉默了数次呼吸的时间,珞耶才吐出胸口郁积已久的闷气,安静缩手收回吊灯架。

凛丽的面容下还是有些暗潮浮动。

"不杀我了?"

似乎早就预料到会出现这种结果,晴久弯起眼角笑笑问道。

"暂时。"

珞耶冰冷瞟向他。

"要是被我发现你——"

被鲜血浸染的人影,在晴久身后的窗外急速坠下。

随即是"砰"的一声,重物撞地的沉响。

隔着窗户,模糊的大片尖叫声依旧像是一脚踩下水洼,溅起的水花般迅速泼扬,从下方的运动场方向传来。

珞耶张开的唇形停在半途,因太过怔讶而忘了合起。

"……转学生?"

她不可置信地喃喃。

不可能。怎么有可能呢?可是自己方才看见的,的确是……

"小姐?"

发现她的异样,晴久皱眉出声。

没有回应,珞耶匆匆奔过晴久身边,推开有着一定重量的窗户,探出头往下看。

运动场上,本来喧嚣分散的学生们已不祥地死寂下来,围聚成一个躁动的圆圈。在他们的圆心,是只剩半边身体的安

IV Haunted

济荷的导师与另一名学生。

"嘖!"

没再犹豫,珞耶抿唇,手肘撑着窗框,翻过图书馆二楼的窗户往下跳。

当她在运动场重新站直身时,晴久也在她身后轻步落下。

"怎么了,小姐?"

"……是残羽……"

快步穿梭过慌乱的其他学生,盯着运动场地上的两具尸体,珞耶眯起眼低声说道。

与传说中的转学生形象如出一辙,仅有一半身体的学生尸体手背上,有着一根被淡淡光圈围绕的黑色长鸟羽,似乎因为从高处坠下的冲击而出现多道裂痕。

"谁啊!快找校医……不对,快报警!还有通知其他老师!"

终于,在突如其来降临的骇然中,有人恢复了理智,大声喊道。

像是被那声音唤醒,原本静寂的学生们刹那间全都找回了自己的声音,夹杂恐惧、紧张与兴奋的说话声,一下子像是煮沸的水般哔哔剥剥地渗出。

"怎,怎么回事啊!我们待在这里安全吗?"

"喂喂,你刚才有看到吗?撞到地上的时候超大声的……"

"呜恶——"

"这是几班的老师?"

"别闹了,这又不是什么值得八卦的事……"

不同声音争相表达自己的意见。

"……膳晴久,现在动手。"

位置离残羽有些远,珞耶只能低声提示相对靠近目标的巫嘉少年。

晴久依言悄悄抬起右鞋,在穿着学生服的半边人形残羽手背上,踏下一脚。

其他学生看不见残羽,加上注意力全被旁边倒在血水中的导师尸体给吸引走,谁都没有察觉晴久的怪异举止。

受到晴久的攻击,状态已经脆弱的永乌鸦羽毛登时从最大的一条裂痕进开,往两边张开细缝,在一瞬之间连着光圈粉碎开来。

只有半边的学生尸体——残羽——跟着消散无形。

"啊,回收意外地简单呢。"

任务结束,两名除羽师退到围观学生们的圆圈外围。晴久小声俯耳对珞耶说,似乎感到些许无聊。

黑发少女闻言,开始表情险恶地折起手指。

"啊啊,是吗?如果你不满足,下次再有像是影犬一样难缠的残羽出现,我会力荐由你负责,最好顺便在任务中殉职更省事……话说回来,这个人不是莎邬托特·安济荷的导师吗?"

"目击者?"

晴久问。珞耶点了点头,皱眉看着人群中残缺的中年男人尸体。

"怎么会突然坠楼?而且,这种死法,加上刚才的残羽长相……简直就像……"

"——是传说!"

近乎完美接续珞耶以气音发出的自言自语,人群中的某个

IV Haunted

学生发出歇斯底里的大叫。

"难道你们都没看出来吗?这是传说,是转学生的传说啊!"

那名学生尖声高喊,有些神经质的脸庞整个刷白。他一边奋力推挤着身旁的人群,一边跟跄往后退去,像是想逃离现场,却在半途,因为太恐惧而手脚发抖跌在地上。

看见自己掌缘染上的鲜血,那名学生的情绪似乎更激动了,全身都开始剧烈打战。

其他围观的学生们都错愕地看着他。

"刚,刚刚不是敲了最后一声……钟吗……那,那就是最后期限……完了……已经完了!我,我们……都被诅咒了!"

透过震栗的牙关,那名学生的呐喊内容一字不漏地传到众人耳中。

不安的神情渐渐显露在其他学生脸上。

"……他在说什么……诅咒?"

"就是转学生的传说啊……听是听过,可是总不会是真的吧……只是传说而已不是吗……"

"可,可是!芮多桑老师的身体的确只有一半吧,而且还是坠楼,跟传说一模一样啊!"

学生们焦虑交换的轻声细语逐渐交织成庞大的嗡嗡声。

像是传染病似的,学生们你看我我看你,表情全都越来越不确定,自我怀疑的色彩浮现在每个人眼底。

晴久突然用手遮住了自己单边耳朵。

珞耶诧异地望向墨瞳的少年。

"膳晴久?"

193

"……听觉。"

"耶?"

"茗是听感羽见。"

晴久仍然用手盖住自己的耳,连带耳骨上樱红的细戒环也一并覆于掌下。他虽然在笑,但刘海下的眼神却很冷。

"……原来如此,这就是'念'啊……真是个麻烦的东西。"

"你这家伙,从刚才到现在一直在说什……"

"残羽。"

没掩耳的手,冷不防盖住想要抗议的珞耶的口,晴久斜眼示意她往运动场的中心,也是围观学生的中心,望去。

下意识照做的珞耶陡然睁大冰瞳。

在她的视线中,一个穿着学生制服,却只有半边身体的人影,正缓缓地从中年教师的血泊中站起。在那人影的手背上,有着一根被光圈笼罩的鸟羽。

永乌鸦的羽毛。

"……啊啊,是会重演的残羽呢。看来我们遇到大麻烦了,小姐。"

仍旧是悠闲的语气,晴久轻声说道。

⌒⌒⌒

杀!

巨大的回音猝不及防地敲进仍只手扶着墙,勉强站立的约耳中,刺得他耳膜隐隐发疼。

"什么……"

IV Haunted

~~杀杀杀杀杀杀杀!~~

~~杀死你们每一个人!~~

巨大的声音像是钟锤,执拗地敲着约的整副听觉。约不由得举手掩住耳朵,细小的冷汗在他蔷薇瓣般白皙的面庞浮出。

约回头瞥了一眼音涤与安济荷。只见两人虽然还因刚才芮多桑老师惨死在自己眼前而震惊,却不像有受到这个突如其来的声音干扰。

只有约听得见的声音。

现下的约只想得到一个解释。

他视线往下瞟了一眼自己好端端戴在右手尾指的茗之石,而后深吸口气,强忍不适,快步走到楼层边缘。

从崩坏的壁墙空洞终能看见外面,约小心避开芮多桑老师余下的尸身,往外觑眼瞧去。

只见下方的运动场上,有一个穿着学生服,却只有半边身体的诡异人影,正摇摇晃晃地在一片血肉模糊中站起。

一只手从旁掐住人影的脖子。

是珞耶。

离得太远,约看不清青梅竹马的神情。

在他眼中的珞耶用力一捏,转学生的脖子毫无抵抗能力地往旁歪斜,残羽本体立刻连着羽毛一同断裂,在流光中消散。

袭击约的回音陡然静止。

周围的学生们陷入芮多桑老师坠楼所引起的恐慌中,没有人在意珞耶的举动。

安心闭眼,约吁了一口气。

但是,几乎是立即的,那充满着怨恨的声音再度响起,并且比之前更为大声,犹如被大型飞虫钻进脑中的疼痛。

杀杀杀杀杀杀杀!杀死你们!杀死你们!

"什么!"

约猛地睁开眼,慌张往底下的运动场看去。

只见早应该被消灭的残羽,依旧以传说中转学生的姿态,缓缓在原先的位置站起身来。

离转学生很近的珞耶,仓皇向后退了一步。

而转学生微微昂起头来,看向错愕的约的方向。不,正确而言,是安济荷所在的方向。

成为他替身的少女。

杀!

随着核心念的呼喊,转学生抬起仅剩的那只手,举到半空,像是在承诺什么似的,五指用力握紧成拳。

设在运动场四边的篮球框架,突然像是被不明力量连根拔起,不约而同朝向运动场中央倾斜倒下。

事出突然,场上首当其冲的学生们几乎无路可逃。

学生们开始尖叫。

"该死!珞耶丝——"

挂心着幼时玩伴的安危,约瞬间把一切不适抛在脑后,有种仿佛连自己的心跳也忘记跳动的错觉。

宛如听到他的声音,黑发少女突然抬起头来,如龙清冷的目,无言与他对望。

高耸的四座篮球框架狠狠倒下。

同时,珞耶整个人被晴久一把拉入怀中,局部性的风旋像是要遮蔽他人视线般地刮起,将两人没入其中。

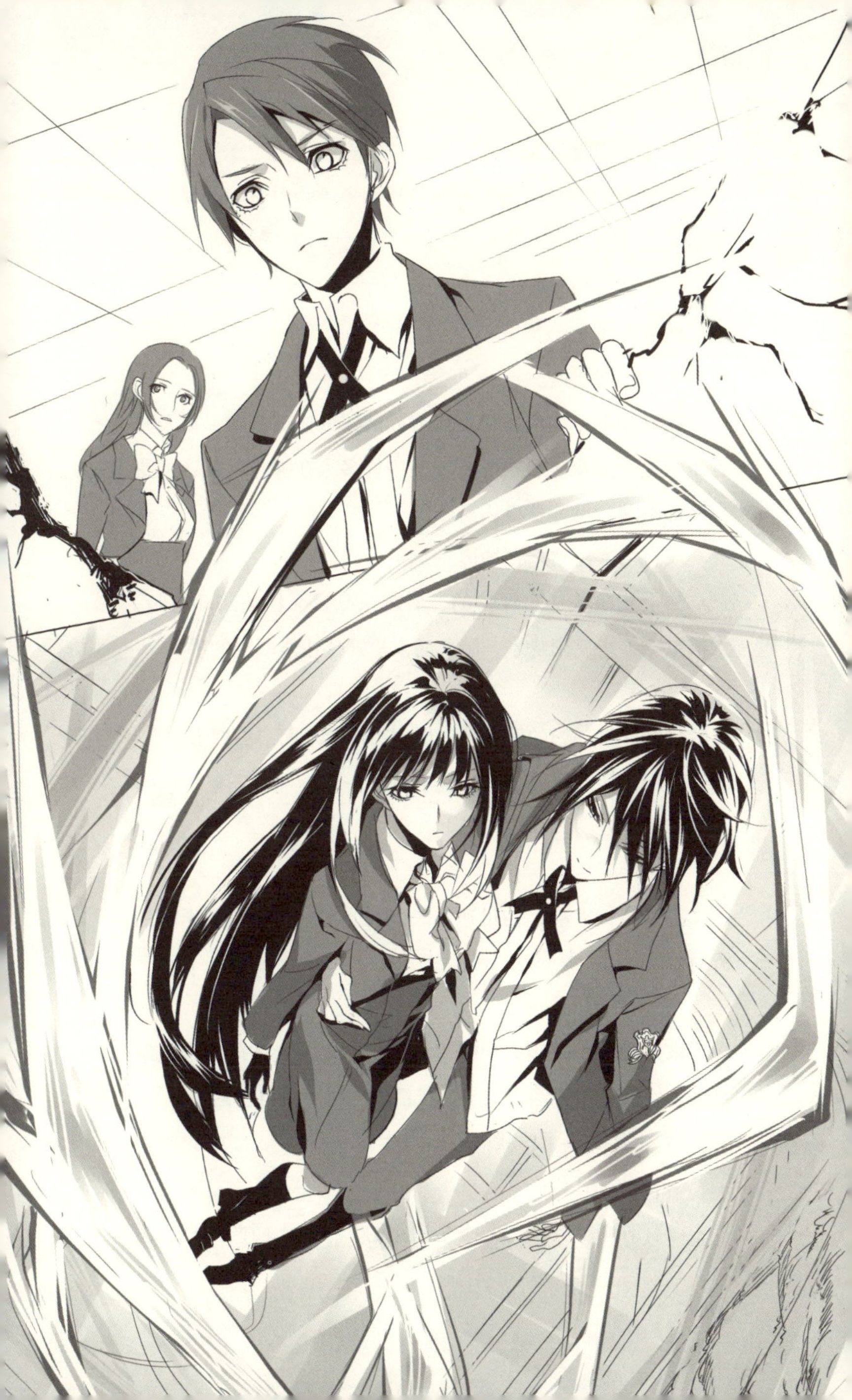

就在约的眼前。

接续着的，是威力惊人的重物击地声响以及瞬间扬起的漫天沙尘。

一段很长的静寂。

而后，风止。

尘沙归回地面。

运动场上，如今只见崩塌如同解体的篮球框架，以及被前者压在底下的众多杜萧学生。其中许多人在呻吟哭喊，但更多人动都不动，没有发出任何声音。

仅有两人还站立在场边。

是受到晴久喙术保护的，看起来毫发无伤的珞耶与晴久。大概是刚停止使用喙术，晴久尚未松开搂住珞耶腰的手。

"……"

目睹此景，约的手无意识地用力抓紧了面前的壁沿。

他很快转开视线，却察觉了另一件事。

转学生残羽不在运动场上。

——糟了！

心里警钟大响，约迅速回头，目光射向身后一知半解的安济荷。

"……黑璀同学？"

被外面传来的震天声响给震回了神智，安济荷困难地站起身来。她身旁的音涤也像是恢复清醒地甩了甩自己的头。

"发生什么事了？我……"

"叫救护车！"

没有时间解释，约几乎是用跑的，飞快走回两人身边，拖

IV Haunted

着他们就往通向校舍出口的楼梯冲。

"还有,音涤,你负责带安济荷离开。要是传说的骚动继续扩大,难保她不会变成众人追究的目标。"

安济荷诧异地张大了眼。

"我负责?"忙着打电话叫救护车的音涤闻言也是错愕,"那你呢?"

"我要去播音室。"

"什么?"

音涤愣问。

不理会他,约径自掏出辅助钟,按下直通镜厅的通话锁针,同时三步并作两步跃下阶梯。搞不清楚状况的音涤与安济荷,只能亦步亦趋跟在旧贵族少年身后。

"镜厅情报室。约同学,你打来是想咨询还是纯聊天?两者的收费标准不太一……"

"杜萧校舍需要紧急关闭。我现在要到播音室自行宣布停课,并疏散全体师生,请特别科配合我的行动。"

直接表明要求,约越走越快。

"凭特别科的职权,应该能协助做到这点吧?"

"杜萧学院?"

浅浅上扬的语句,仿佛能看见辅助钟那头的通讯官轻微歪头。

"啊啊,是打算先斩后奏吗?一般的公立学校是没问题,平素习惯作威作福的贵族学校就可能有点困难哟……为了判断接受要求与否,请说明理由。"

"校内极可能有高危险性残羽潜伏。如果放置不管,会危害全校师生——这理由不够充分的话，我日后会再捏造其他理由补上。"

步伐未歇，约单手按住楼梯扶手，节省时间地直接转身跃到下一层楼。

"总之现在先把学校关了，开罗通讯官。"

"残羽？可是你与恺迩同学、膳同学不都在那里吗？还是凭你们三人之力无法打赢？这样的话，镜厅会立刻加派其他除羽师……"

"不是打不打得赢的问题！"

有些气急败坏地打断通讯官，约咬着下唇，深吸口气调整自己的失态。

"——听好了，那只残羽会重生。就算羽毛已经确实粉碎，下一秒，又会以相同的念相同的姿态出现在人们眼前……"

方才晴久把珞耶拥入怀中的画面，在约脑海中一闪而逝。

约握了握青筋浮出的手。

"……虽然不能确定，但那残羽恐怕是学生们的迷信形成的。根据传说，转学生的冤魂会对全校所有师生进行复仇。既然如此，就不能让可能的被害人，全都待在等同是密闭场所的同一间学校内，太危险了！刚刚已经有牺牲者出现了，不想伤亡再行扩大，就赶快关闭这所学校！"

抓紧手中的辅助钟，约低喊。

通讯官的迟疑只出现了一瞬间。接下来，她轻快但发音清晰的答复从辅助钟响起。

"要求接受，物种保育局特别科即刻授权给独立调查员黑璀·约，请立即进行疏散。"

IV Haunted

约不由得怔了一下。

"……你不用询问物育局高层就能下决定?"

"说这什么话,当然是不能啊。我只是一介小小的通讯官而已。"开罗嗓音凉散,"刚刚约同学你一打电话进来,我就把大意实况转播给有能力下决定的人了。"

"……"

即使是在眼下如此急乱的状况下,约还是不由得眨了眨眼。

原来他们科里的通讯官真的有在管情报的事实,让他有些吃惊。

"那么,执行任务时请务必注意安全,约同学。"

没有拖泥带水地结束通话,开罗主动切断了约与镜厅之间的联系线路。

约收起辅助钟。

同时,安济荷也在约的身后止住步伐。她站在约上方几阶的楼梯,背对着二楼的走廊,沉默注视快抵达一楼的约。

"安济荷?"

察觉到静止的足音,约回头讶问。

"……转学生的传说是真的吧,黑璀同学?"

一心一意凝视着少年的红茶色眼瞳,安济荷脸上专注的表情似乎在拒绝任何的谎言。

卡在两人之间,音涤尴尬地看看约又看看安济荷。

约则暗中吸了口气。

"安济荷,我现在没空回答你的问题。"撇开脸,他尽量语气冷漠,"总而言之,你跟音涤尽快离开学校。其他的事在那之后再——"

约的话没有说完。

因为有半张脸从安济荷的发后伸了出来。

在安济荷背后,应该是听到运动场传来的巨大声响,匆匆聚集的老师们出现在二楼。在校长的带领下,众人穿过走廊,看来是同样也想下楼出去一探究竟。

注意到伫立在楼梯顶端的安济荷,对安济荷还有印象的新校长走过来,关心地将手轻放在安济荷的肩膀上。

"莎邬托特同学?最后一节自习课已经结束了,你怎么还没回家呢?是不是又被同学们排挤……"

杀|

那张脸无声地说。

"危险!"

约大喊。

但二楼走廊天花板的华丽吊灯已然爆出毁灭的火花。灯芯陡地熄灭,从安济荷站的位置作为中心,全数吊灯一盏接一盏迅速向两头传染似的,整排接连爆炸。原本与天花板平行,联结固定所有吊灯的粗电缆松脱,垂了下来甩过半空,直接切掉校长上半部的脑袋。腥血与脑浆喷了震慑的安济荷一身。

电缆不停,再往后打,把一排吓呆到忘记闪避的老师的脸都割掉了上半部,才总算失去动能地软软垂了下来。

一瞬间,校舍中便多了好几具尸体。

半张脸静静消失。

事情发生得太快,约与音涤都来不及反应。

"……啊……啊……"

看着倒在自己脚边的校长尸身,再往下看看沾满自己制服的血,像是终于回神,安济荷的尖叫变得笃定。

"啊啊啊啊——!"

天平倾斜了。

回应这份倾斜,视线的焦距开始前后摇晃,无法对准。

"安济荷!"

听见少年的着急呼喊。

然而天平还是倾斜不定。失准的焦距中,出现了西丝的脸,依旧是那过度天真的灿烂笑容,像是在嘲笑自以为是的她。

安济荷眼前一黑,无力倒在奔上楼梯的约怀中,而后彻底失去意识。

V Discord

"恐怕那位老师说的是实话。"

日光均匀洒在插在淡蓝瓷瓶中的紫色花朵上,周围是带着些许水渍的方形木矮桌。

把电脑放在矮桌上,开罗坐在壁炉前的长沙发上,一手拿起放在面前矮几盘中的甜馅饼,另一手敲了几个电脑键。

放置在大型挂画前,临时设置的投影屏幕上,立刻出现旧简报的缩影图。

"两年前,杜萧有一名学生转入,班级与座号刚好都与传说中的转学生相同,因此引起一些比较迷信的师生私下议论纷纷。而巧合地,的确从那名学生转入杜萧开始,校内就大小意外频传,但都没有接下来这桩严重。"

将嘴里的甜馅饼咽下喉,开罗清了清嗓子。

荆棘园的洋馆一楼起居室,现下因为容纳了多名特别科人员,显得比平常拥挤许多。

"——陶贝耳教堂事件。距今只有两年,我想大概大家都还记得,就不用赘言了……尤其约同学与珞耶克同学当时也在事发现场,应该记忆犹新吧?"

斜倚着墙站在起居室角落的约,与跨坐在窗沿边缘的珞耶,两人被点到名都是一僵,肩线变得紧绷。

"陶贝耳……就是死了很多学生的那次?"

站在花布单人沙发后,典小小声地问旁边的那埃博士。后者颔首肯定。

"……不好意思。"有礼地举起手来,晴久略偏首,滑下的长刘海遮住他一边的眼睛,"我是外市人,能麻烦谁跟我解释一下这个事件吗?"

"对哦,我忘记膳晴久同学的存在了。"

话虽如此,拿起第二块甜馅饼啃的开罗话里,却不见任何罪恶感。

她话说从头——

"两年前,杜萧初中部举办例行的校外教学参观,却在参观著名的陶贝耳教堂时,古老教堂内部因为不明原因突然崩塌,造成当时正在参观的多位学生死伤。新闻报道中,最后统计出的正确死亡人数是三十七人。受伤的学生太多,就没有再费神计算人数了。"

"难不成,发生事故的那天是……"

联想到通讯官接下来的话,约沙哑出声。

"没错。"

开罗动了下鼠标,屏幕上的事故发生日期立刻被亮线圈起强调。

"那一天,确实是自转学生转入那天算起的第十天上课日。换言之,九天上课日的期限已经结束了,就跟芮多桑老师说的一样。"

"我不懂。这不该是一般常见的校园怪谈吗?"

那埃提出异议,同时使眼色给典,让后者不动声色悄悄撤走快被通讯官洗劫一空的甜馅饼盒。

"为什么转学生的冤魂会真的出现?而且还是残羽?"

"……是迷信吧?"

像是倦鸟般地打了个轻巧的呵欠,双手置在裙摆两侧的珞耶说道。

蓝底黄花的长长窗帘在她身后以绳束起,但还是有部分挡在窗框边缘。窗外的早晨阳光源与灌木重叠,穿过半透光的窗帘,形成层叠的黑影,落在珞耶的侧脸上。

"残羽的核心念是由人的瞬间意念形成的。所以,不是全盘相信也无所谓,只要有人对传说的真假瞬间产生动摇,就足以形成残羽了。"

刹那的不确定。

本来就是因为难以舍弃这个部分,传说才得以继续是传说。

"本来只是古老的怪谈,但在实例出现后,动摇的幅度自然变大。换言之,转学生残羽引起的骚动越严重越引人注目,就会有越多人相信传说,而由他们的念重新形成的残羽,自然就会不断重生……说起来,比起迷信,现在的情况更像是集体歇斯底里了吧?"

"迷信心态形成的残羽?"

把右手放在胸前,典不太能适应地喃喃发问:

"可,可是,那样的话,为什么特别科从来没有收到相关举发呢?"

明显有受害者出现的情况不用说。即使大部分人看不见残羽,但就如这次的转学生一样,还是可以从其他物理现象发现不对劲。拥有显性奇叶的少数人,更是有可能透过各种形式,隐约察觉残羽的存在。

通常像这种无法确定本体与原因的怪异现象,一旦有人向公家机关举报,到最后都是汇整到特别科,由后者来判定是否有残羽作祟。

"这个传说,在杜萧学院不是已经流传很长一段时间了吗?如果是残羽的话,早应该……"

"就是因为流传很长一段时间了,特别科才会没有注意。"

开罗对穿着短裤,打扮中性的少女摇了摇头。

"残羽是从九年前出现在第五圆心城市。但杜萧的转学生传说,早在那之前就存在了。所以就算真的发生什么意外,一般人也会直观认为是巧合,刻意避免自己不穿凿附会。长久下来,大家都习以为常,即使真的有残羽作祟,也没有人会认为这些意外是'怪异现象'而通报公家机关的。啊,这就是矫枉过正的意思吧?"

"虽然你难得用对成语让我很感动……"

听完同事的解释,那埃淡淡皱眉道:

"可是除了这一次跟两年前,难道没有转学生残羽出现过的记录吗?要碰到同样的班级跟座号并不是很困难的事……"

"所以并不只是只要班级与座号相同就好了哟。"

语气轻快地修正博士的话,开罗用食指戳着一边的腮说:

"重点要这个人跟传说中自杀的那位学生一样,都拥有转学生的身份才行。"

"啊……"

那埃也发现了症结所在。

"杜萧是一贯制私立学校,门槛向来甚高,因此也少有转学生出现,遑论转学生的班级与座号都要跟传说相同,更具有一定难度——才会在这九年来除了这两次,没有发生过其他意外吧?"

"……那,那么,两年前……"

吞了口唾液，典紧张地将手按在胸口，怯怯问道：

"事件又是如何落幕的呢？"

"那个转学生死了。"

开罗干脆回答。

在起居室内的众人一齐瞠目转向她。

"在陶贝耳教堂崩塌事件过后隔天，那名转学生放学时在校门被撞死，肇事车辆逃逸，警方至今没有抓到人。"

坦然迎视所有人的目光，开罗一派无辜续道：

"在那名学生死后，很巧合的，杜萧学院接下来的那一学期从此风平浪静，不再有任何重大意外发生。若是相信芮多桑老师在死前对约同学等人的告白，那么，大概当时蓄意开车撞死那名转学生的驾驶者，就是他本人吧。"

"但是，残羽会仅因为传说中的替身死亡，就这样顺利消失吗？"约问，"实际上残羽与转学生本身并无直接连带关系吧？"

"残羽的形式本就会依据核心念而变化性质。既然是由迷信形成，残羽的行动法则会遵照传说也没什么值得奇怪的。"

"……也就是说，残羽不是消失，而仅仅是停止了猎杀杜萧师生？"珞耶挑眉问。

开罗点了点头。

"这样猜测比较合理。事实上，考虑到这传说在杜萧已经根深蒂固，拉着芮多桑老师坠楼，第一次被回收的那只残羽，应该早在两年前意外发生之前就已经形成了。只是一直没有让它展开猎杀的契机而已。两年前虽然一度展开活动，但在当时那位被当替身的转学生死去后，残羽又回到潜伏的休止状态。"

V Discord

"——然而,莎邬托特·安济荷的存在又再次令残羽苏醒了吧?"晴久耸肩说道,"因为是与传说条件完全相符的转学生。"

"嗯,虽然幸亏约同学反应得宜,让杜萧师生被害的速度变慢……"

比起让全数目标集体统一待在学校,各自分散的状况当然较难狙击。

"不过从紧急关闭学校到目前为止,不到一天的时间内,累积受害的数字也已经很惊人了。"

开罗敲了几个键,让资料库运算出来的统计数据展现在众人面前的屏幕上。

"迄今为止,杜萧师生卷入的零星车祸二十一件,造成重大伤亡者的共有七件。火灾三十四件,造成重大伤亡者共有十一件。其他类型的意外,像是搬运的重物突然崩塌,跌下楼梯,或是坠楼等等,造成重大伤亡者共有十八件。最后,与犯罪事件有关的,例如抢劫或是谋杀,造成伤亡的共有四件。"

把分析结果整理念出口,开罗偏首道:

"……虽然不能排除里面也混入了与残羽无关的巧合意外,但这么集中的数据,绝大部分应该都是残羽造成的吧。"

"……特别科的对策呢?"

沉默须臾,约沉声问道。

"唔,虽说目前是硬把发生在杜萧师生身上一连串的意外都给压下来了,不让媒体往外公布,但应该撑不久吧。"

开罗说:

"校长跟数名老师的离奇死亡也很难解释过去,加上不可能一直以'设备老旧可能会发生公安意外,需要紧急检查'的理由关闭学校……如果不想公布残羽存在,也不想让伤亡继续扩大的话,只有尽快制止残羽一途。然而,这只残羽无论杀了多少次都会再生……"

"——只能让莎邬托特·安济荷死了。"

晴久微微扬起唇角,被刘海遮住的一边眼睛,与没被刘海遮住的另一边眼睛,一同和善缩起。

"通讯官,你想说的不就是这句吗?"

"什么!"

约不敢置信地霍然离墙站起。

但是同一时间,坐在沙发上的开罗却默默点了个头。

"情报室在稍早之前,已把情况跟可能采取的对策向上请示过了,也在刚刚收到市长的回应。"

她眼神示意地投向屏幕。

那埃回头,只见市长寄来的简短信息出现在屏幕中央。

"……'不惜任何代价'……"博士带点困难地出声,"……是默认的意思吗?"

"但,但是,杀人是有罪的……"

典嗫嚅,语声却并不坚定。

"只要伪装成意外,不被发现就好了。市长既然传来默认信息,就代表会帮忙勒束警方,不会把矛头指向我们。"

开罗垂脸,绑成细辫的发跟着晃动了下。

"现在的问题,是要派谁执行这任务?"

"我没差。"

晴久自愿举手。

"反正我的工作本来就是杀手。"

"……那是以除羽师身份复活之前的事吧?"

珞耶开口,跳下窗沿。她说话时没有看向巫嘉少年。

"不要忘了你在图书馆答应过我的,膳晴久,你如果还是想死我会奉陪。总之,我反对,应该有更公平决定人选的方式吧?"

晴久不置可否地双手一摊。

"给我等等!"

约愕然瞪着起居室内表情严肃的众人。在他眼里,这群人简直全疯了。

"杀死安济荷?你们是认真的吗?"

珞耶闻言,毫不掩饰地皱眉。站在宝蓝底色,紫金花纹的大型地毯上,她斜回过头,注视青梅竹马。

"……我才想问你是认真问这问题的吗,黑璀?膳晴久除外,还是在你心中,认为在这里的哪个人性格有烂到会拿这种事来开玩笑?"

"原本我不认为,所以才震惊。"

忍住怒气,约同样挺直背脊,当面迎视漆黑头发的少女。

"因为找不出办法对付那只残羽,干脆直接杀了始作俑者的转学生?你们当真以为这说得过去吗!"

"咳……那个,黑璀,不是说没有转圜的空间,只是暂时列为考虑方案之一……"

那埃咳嗽了声,想要安抚约的情绪,但约凌厉地瞪了回来。被那对红茶色泽的瞳眸睥睨,那埃不自觉地识相闭上了口。

"意思就是,也很有可能真的这么做吧?"

约厉声,本就尊贵的气质如今更是凌人。在少年盛怒的绮丽面孔之前，典跟那埃不由得缩起肩膀。

"我不敢相信，你们全都脑袋不清楚了吗！安济荷本身没有犯下任何罪过吧？你们慎重其事讨论的所谓方案，说穿了跟杀害平民有什么两样！虽然我本来就觉得特别科有点古怪，但竟然让无辜的人背黑锅？你们这样还敢自称是公务员吗！"

"黑璀，听我解——恺迩？"

那埃讶异地看着倏地移到自己面前，神态中丝毫不受旧贵族威严恫吓的黑发少女。

"——那么，询问安济荷本人如何？"

珞耶冷静说道。

约反射性地微微一怔。

"什么？"

"与其在这里乱发少爷脾气，不如直接把在楼上的当事人请下来，直接询问本人的意见不是更有建设性吗？"

"询问？……怎么做？"

"实话。"

珞耶眯起眼睛，冷冽的一字一字相继吐出：

"告诉她，如果她不死，就会有更多更多的人死去，而且速度很快。"

"珞耶丝芬克！"约惊怒交加。

"怎么了？你可以自己去问问安济荷啊，就算对象是欺负自己的同学，死了一两个也就罢了，一旦死了十个，百个，千个，而原因全出在自己身上的时候，她是否也能彻底无动于衷？"

"住口，珞耶丝芬克！那种问法太卑鄙了！"

"逃避有人不断死去的现实也一样卑鄙！"挥下手臂，珞耶陲地扬高音调,"我们不是在法庭上,黑瓘,有罪无罪根本不是重点!"

没有对或错,也没有一定的律则可以遵循。

然而人命是有重量的。

就算是自己不认识的人,就算是对不起自己的人,就算是死不足惜的人渣,一个两个三个都无所谓,但是,一旦数量多了起来,那个重量也会渐渐超出自己的负荷。

不公平,不正确。

可是事实如此。

"有时候,就是必须不择手段,甚至牺牲其他人才能活下去,为什么你就是不懂!"

"啊啊,我是不懂!"

——所以,大概下次你还是会对我见死不救的哦,小约。

刹那的痛觉与罪恶感一同袭来,像是死去少女的手,轻柔地,狠狠揪紧了约的胸口。

约必须猛换口气才不至于被晕眩压过去。

"人命的价值是无可替代的!如果需要不择手段,需要牺牲别人的生命才能活下去……倒不如干脆一开始死了算了!"

试图挣脱心脏上那只冰冷轻柔的手,他低喊。

站在他面前的儿时玩伴突然瞬间脸色苍白,而后,像是窒息似的努力深吸了口气。

"——你说的,也包括我吗,黑瓘?"

珞耶开口。

透明澈冷一如冰花的声音。

约愣住。

"什么?"

"既然你这么说的话……"

瞪视着约,珞耶右手握拳,打横重重捶中旁边的墙壁。她的长外套衣袂翻飞,冰晶的香气自令人联想到兽鬃的漆黑长发流出。

"那么,杀过人的我,是否也应该用我的这条命偿罪!因为人命是无可取代的,所以即使那些人杀了我双亲,所以即使我命在旦夕,也不该杀了他们只求让我自己活下去吗?"

约哑口无言。

感觉彼此之间累积的复数切口正在暴露。

"——我在问你啊,黑璀!"

像是困兽一般,瞪着做不出任何回应的儿时玩伴,珞耶疾言厉色大喊:

"回答我,黑璀·约!为了让一个安济荷活下去……对你来说,我也在一开始就该死了算了的那些人之中吗!"

∽ ∽ ∽

少女的怒吼像是雷霆,打得俯在楼梯间偷听楼下起居室会话的安济荷,不由得脑筋空白了瞬间。

"……安济荷大人?"

听到背后传来带着些许疑虑的呼唤,安济荷惊惶回头。只见一名穿着古风袍裙,年纪看来只有十五岁上下的巫嘉轮廓少女,正站在离安济荷几步之遥的走廊。

少女手上端着简单的餐点盘,面孔虽似巫嘉人,讲话却是

V Discord

毋庸置疑的夷蒂诺口音。

"我刚刚送早餐过去，在房间里没看到您，正在找您呢……您在这里做什么？"

给羽见居住的洋馆里没有设置客房。昨天约突然把昏迷不醒的安济荷带回来，仓促之下，只好让安济荷住在缇思缇的房间，缇思缇则搬去跟碧碧雷儿挤同一间。

茗用词礼貌，却难掩疑心地打量着形迹可疑的安济荷。

安济荷连忙站了起来，远离原本蹲着的楼梯扶手空隙。

"啊，不，我醒过来发现自己在陌生的地方，所以想找人问是怎么回事……"

只是没走几步，就听见了楼下传来的谈话声而不知不觉停住了脚步。

"……原来如此。这里是我住的地方。约大人拜托我们照顾您，您在学校昏倒后就直接被送来这里了，安济荷大人。"

合宜解释的茗口中，依然有着尚未完全化开的疑虑。

"要找约大人的话，他与其他人正在一楼起居室开会。要我带您过去吗？"

"不，不用了！"

情急的安济荷用了连自己都吓一跳的强烈语气驳斥，茗也跟着一怔。

"……是吗？我晓得了，那么请您先回到房间吧。等会议结束，我会通知约大人您醒来的消息。"

"……那个……"

"请称呼我茗就好，安济荷大人。"

"……茗小姐。"考虑了一会儿才顺应改变称呼，安济荷环视了色彩低调馨雅,却隐约看出索价不菲的洋馆内里装饰一圈,"请问这是什么地方?"

"……"

茗原本幽雅的神色紧绷了下,又随即舒缓开来。

"安济荷大人,您对约大人的工作知道到什么程度?"

"公务员。有着奇特的能力,身份保密……其他的就不清楚了。"

安济荷说。

基本上特别科只对她做最低限度的说明,因此方才约与其他人的谈话在安济荷耳中,不能理解的部分就像是一块又一块的黑色区域,需要安济荷靠着自行推理来填满。

但至少现阶段的她很清楚一件事。

她不死,昨天发生在校长与其他老师身上的惨剧就会一再重演,永不停止。

仿佛又见到倾斜的天平。

安济荷用力闭了闭眼,逼自己回复清明神智。

"这里是哪里,你又是谁,茗小姐?"

她再次重问。

茗沉默了一会儿,与一般流行有些格格不入的古东方式装束,在气质冰幽的她身上显得相当益彰。

"……请恕我无法回答您的问题。我想,别知道得太多,对您会比较好的,安济荷大人。"

茗淡淡说,暗示却很明显。

"既然如此,为什么要收留我?"

安济荷突然问。茗讶异地眨了次眼。

"是?"

"你不愿告诉我你是谁,但至少,你应该知道我是谁吧?"安济荷低声,"我是目睹好友被杀却拒绝作证的目击者。即使如此,也还是要帮我吗?"

茗再次沉默了,却与之前的沉默性质不太相同。

过了一会儿,她开口:

"我不知道珞耶克大人跟其他人怎么想的……我自己……不论如何,都认为没有实质犯罪的人,就没有责任。"

在这点上,茗与约的立场是相近的。

"是吗……谢谢你。"

安济荷微弱地道谢微笑了下,而后转身快步上楼。

茗带着些许困惑看着目击者疾行离去的背影,正在考虑该不该跟上去时,身后的楼梯下方传来沉重的步履声。

茗循声转身。

"……约大人。"

"茗。"

低声回应,约的脸色不是很好。

起居室的会议已经结束了。

看着绮丽面庞一片苍白的少年,茗忍不住蹙了下眉尖。

"会议中发生什么事了吗,约大人?"

"……茗。"

"是的?"

"在珞耶丝芬克问你与膳晴久订契的原因时,你说了谎对吧?"

约说。

茗的表情一僵。

"我是你的契约除羽师，茗。"约安静地吁了口气，"该看穿的事情还是会看穿的。"

茗注视自己的契约除羽师一段时间后，才移开视线。她流畅的乌发，自镂空的发冠下缘渗出滑落。

"……约大人。有没有人跟你说过，既然是需要看穿的事物，那么就算看穿了，也不该说出口？"

茗低低问。

约同样转开目光。

"……很久以前，有。"

"是吗……"

轻轻颔首，茗将双手交叠在腰带前，慎重抬起眼来正视约。

"因为晴久大人是膳家的人。"她承认，"我救晴久大人，是因为他是我的后人，身上流着与我相似的血。"

并不是每个人的生命都很宝贵，而是只有特定的这个人。

只有这个人的生命才有价值。

至于曾经死在这个人手下的人们，茗无法设身处地感受，因此也无法关心。

"我与他订契，仅仅是为了这么自私的理由……之前说谎骗了各位，请原谅我的无礼。"

茗弯下腰，向前一福身致歉。

"……"

没有出声，约默默垂下视线，缓慢点了个头后，绕过茗的身边往楼上走去。

茗直起身。

V Discord

"……约大人。"

犹豫了几秒,茗出声叫住转身欲走的旧贵族少年。咬了咬朱色的唇,资历最长的女性羽见终究还是阖眼,再度向约深深弯身。

"我知道这是不情之请,可能会让约大人为难也不一定……但那孩子……来自远方,与我拥有同样血统,身为我的后裔的那孩子,请看在我的面子上……帮我照顾他。"

茗的气音极细极细,几乎要消弭在空气的振动中。

然而约还是停住了步伐。

"……血统这么重要吗?"没有回过身,他轻声问。

"咦?"

"没什么。"

约说。

不知为何,眼角余光瞄到镶嵌在茗颈项上的樱红环状宝石时,后者发出的光芒在一瞬间刺眼到约不自主地屏息。

出自亘久之环的王家之宝石。

"没什么。我答应你,茗。"

背对自己的契约羽见,踏上楼梯,约稍稍转首,看着开始阴暗的窗外。他的声音平静无波。

"……啊,又下雨了。"

"小姐。"

伞形的阴影在少女头顶上落了下来,像是灰黑色的画笔,将少女周围的屋顶地面也染上了暗色的轮廓。

少女没有抬首。

晴久叹了口气。

"……小姐，你真的很逞强呢。"

撑开伞，他站在蹲在地上的珞耶面前，轻轻说道。

雨是在方才那场不欢而散的会议结束后开始下的。滂沱的雨势，疯狂敲着两人头顶上空的透明防护罩。

"明明已经腿软到连多走一步都办不到的地步，才会躲在这里不是吗？"

晴久说。

他们两人目前所在的位置是洋馆楼顶的露天庭园。

"啊啊，雨真的很大呢。"晴久抬头看着阴濛的天空，"我没经验，五心都的换季雨通常要下到什么时候？"

"快结束了。"

珞耶闷声，眯眼瞟向晴久手上的伞。

"倒是你，在搞什么鬼？在荆棘园里又淋不到雨，撑伞干吗？"

"嗯，是干吗呢？"

"啊？"

"不然，同理可证……"

晴久不以为忤地作势转了转手上的伞，庭地上的暗色轮廓跟着像是音乐盒般地转动。

"小姐觉得不需纯氧也能生存的新人类，又为什么需要流光之森呢？"

珞耶闻言一怔。

良久,她才重新低垂视线,蓦地开口:

"……我是龙。"

"龙?"

晴久好奇回问。

"被魔法驯服之后,便无法离开城堡,负责守卫的龙。"

珞耶说。

"不管公主或魔法师,大家都住在城堡里,唯有龙除外……我一直是在外围的。"

守护着城堡,但并不属于城堡。

一直以来。

住民们仰赖着龙的强大。

可是,却也有因此被伤害的住民,于是同时责备龙的强大。

那是公主的责任。

"所以,露是重要的。"

站在公主与龙之间,拉锯着微妙平衡的魔法师。

只有露朵肯向染血的珞耶伸出手。

只有露朵不恐惧。

"……我知道露不在了,我跟黑瑾间的冲突就早晚一定会发生。因为,公主与魔法师是不同的。"

珞耶笑了一笑,摊开戴着手套的掌。

"对纯洁的公主而言……我这双不能见光的手,是被玷污过的吧?"

在失去露朵的同时崩塌的三角。

所以,不要紧的。

"不要紧……这种事,我早就知道了。"

在雨声不止的音律之中,珞耶像是要说给自己听似的低声开口。

~~~

门铃在大雨的颤音中响起。

以为是上班的父母折返。她拿起母亲早上出门前,又一次忘记在沙发上的公事包,抱在胸前,再兴冲冲地奔向玄关,打开从里锁上的门栓,迫不及待地推开门扉。

"妈妈?公事包我已经拿来……"

她硬生生吞下了后半句话。

站在门外的人对她微笑,却不是她的母亲。

是一个黑色的头发,黑色的瞳孔,轮廓与任何她认识的人都不太一样的陌生人。

"……是衣莱·珞耶丝芬克小姐吗?"

陌生人有礼确认。

他的背后是滂沱的雨势。

这座城市每到换季时分,都会有一段持续的雨日。

"……我是……"

她不太确定地盯着陌生人,迟疑回答。

"是吗?太好了。"

陌生人的薄唇扬起。

"衣莱小姐,我们需要你的父母帮忙做一件事。麻烦你跟我们来一下好吗?"

"耶?"

V Discord

陌生人打了个手势。

原本隐藏在她家门旁阴影处的其他人立刻现身,拥有与第一个陌生人同样的外城市轮廓。他们一个箭步冲上前来,不顾幼小的她的挣扎,将她拦腰抱起,塞入早就准备好的车内。

"不要!放开我!"

她用尽全力捶打抓住她的人。发现派不上什么用场后,她改成在那人虎口上狠狠咬下。

"哇啊!"

那人痛到脸部扭曲惨叫。他的同伴闻声,不知是其中的谁赶了过来,掌缘朝着她的后颈敲下。

疼痛与冲击沿着颈椎狂走到脑部,她呼吸一窒,手足无力软软垂下,雨声与口中的铁锈味都在一瞬间,离她很远很远了。

什么都消失了。

缇思缇房间的门是关上的。

约在门前停顿须臾,才举手,轻敲了两下门板。没等多久,房门立刻由里向外被人推开。

"……碧碧雷儿?"

看见与预料中不同的人物,约讶异出声。

"约吗?"

手还握着门锁,穿着一尘不染洋装的年幼羽见,相对反应就稳重得多。

"汝想找目击者的话,她目前并不在房内。"

"安济荷不在?"

虽然不是不相信碧碧雷儿,约依旧本能地扫了契约羽见身后的房间一遍,确认后者所言属实。

"你也是来找安济荷的?"

见问,碧碧雷儿摇了摇头。

"吾不识目击者。缇思缇昨夜搬到吾房间时,忘记把房间里的药一起带过去了。吾是帮她来拿药的。"

"是吗,我知道了……"约颔首,"我去其他地方找找看。你先把药送去给缇思缇吧。"

碧碧雷儿应了声,径自经过约身边,往另一边转角的走廊步去。

"啊,碧碧雷儿。"

约突然想起来地喊住年幼少女。碧碧雷儿即刻回过身来,亮金色的斜马尾与细细的发带一同飘飞而起。

"何事?"

"从昨天到现在我还没向你道谢……谢谢你答应让安济荷住进洋馆之内。"

"……不用。"

听到约这么说,碧碧雷儿的眉心一整个皱了起来。

"彼为孤儿,平日住在宿舍内,关闭学校后无处可去吧。再何况,这栋洋馆原本就不是吾等羽见的私有财产。吾没有理由接受汝的谢意。"

"……"

"……吾有哪里说错了吗,约?"

"不,没说错。"

约忍不住失笑了下,随即以手掩住,免得让碧碧雷儿翠瞳中的恼怒更形明显。

"只是我本来就在想,要是碧碧雷儿大概会这么回答。"

严谨得毫无例外的年幼少女。

"……对了,碧碧雷儿,我可以问你一个问题吗?"

碧碧雷儿困惑地微微倾首。

"你对瑰柯……在最后试图谋杀你这件事,有什么想法?"

迟疑了下,约缓缓问道。

他面前的年幼羽见在听见瑰柯的名字时,两颊的血色登时消褪了。

"……为什么突然提起瑰柯?"

澄亮的瞳有些暗了下来,碧碧雷儿小声反问。

"安济荷跟我说过,她认为普鲁·西丝的遭遇,是后者持续纵容盗猎犯造成的……"

——或许我心中,也有一部分认为西丝是自作自受吧。

安济荷这么说。

"那么,我呢?"

约咬牙低问。

"露是凶手,拉拉学姐是被害人……这种过度简化的二分法能形成,全是因为我选择珞耶丝芬克,舍弃了露的关系。"

——因为人命是无可取代的,所以即使那些人杀了我双亲,所以即使我命在旦夕,也不该杀了他们只求让我自己活下去吗?

杀人的珞耶。

逼着珞耶杀人的绑匪。

他们之间的关系是凶手与被害人。

可是,谁是凶手,谁又是被害人?真的有区分这两者的清楚歧异在吗?

越思考这个问题,约便越感到彷徨。

"那我算是什么?凶手还是被害人?……现在,为了安济荷,舍弃珞耶丝芬克的我,又算什么……"

喃喃自语,约的视野逐渐渗裂。

一瞬间,仿佛见到无束漆黑的羽毛自空中宁静地缓缓飘下。犹如幼时的梦。

"露被杀了,珞耶丝芬克被杀了……是我……是我害她们不幸的吗?"

"——约?"

察觉契约除羽师的精神不济,碧碧雷儿担心地走近前者一步。

"汝还好吗?"

"……嗯,抱歉。"

回神,阖下了眼,约只手按住又开始轻微晕眩的额。

"对不起,我自己都不知道自己在说什么……不好意思,能请你忘记我刚刚所说的吗?再说,我真的应该去找安济荷了。要是让她遇到珞耶丝芬克,说不定会出事……"

"等等,约!"

碧碧雷儿忽地奔上前来。在约反应过来以前,幼小的羽见已经踮起脚尖,用自己的双手捧住约的脸庞。

"吾不怪瑰柯,至今也仍然想念着他——可是,瑰柯想杀吾并不是吾的错。"

V Discord

即使左手背上的主心石持续散发森森的如夜寒气,依然能感觉到碧碧雷儿手指传来的细致体温。

约怔忡住。

"……吾不晓得目击者跟汝说了什么,约。"

碧碧雷儿语音洁然。

"然而,被害人就是被害人。没有人必须对自己所受的伤害负责任。什么被害人也要负起一部分责任的诡辩,吾完完全全无法理解。"

约不禁缓缓张大了茶红色的眸,低头看着眼前比自己身形小上一截的契约羽见。

"这是吾认为的。目击者有目击者的想法,一如吾有吾的想法——可是,约,汝的想法又是如何?"

没有放开贴在约双颊上的手,专注望进约的瞳中,碧碧雷儿慎重问道。

"……"

约张开口。

就在那时,安济荷凄厉的尖叫声从洋馆楼顶传了下来。

~~~

一走上顶楼,与洋馆内不同的洁净空气,带着一丝冰冷,迎面朝安济荷袭来。

安济荷迟疑了下,而后往前跨出步伐,直到抵达顶楼的边缘才停下来。

从她所站的位置,能完整俯瞰洋馆前的荆棘灌木草坪。将双手置在外围的木质栏杆上，安济荷颤颤巍巍地往下看。

暗与亮的绿彼此交合，在她眼前展开。

头顶上，是因为感受不到雨水，变得有些超现实，节奏震撼的狂大雨声，宛如有人对着顶楼上的安济荷嘶吼一般。

——这样的话，我也只能选天平的一边不是吗！

是导师的声音。

安济荷悚然一凛。

足下的绿突然变得无垠。

——只能让莎邬托特·安济荷死了。

如果她死了，转学生的冤魂就会停止猎杀其他杜萧师生。

天平一格一格倾斜。

毫无疑问，她是轻的那一边。

"……"

撑起两肘，安济荷恍惚地将上半身推出栏杆之外，失神地望着下方悄悄逼近的草坪。

就在这里。

跳下去的话，就能一了百了吗？

"……你想做什么！"

身后突然有人警觉地低喊。

被那声音猛然唤回神，安济荷一眨眼睛，才发现自己处在岌岌可危的情势。而出声的珞耶已经从隐身的屋顶烟囱后跃下，黑发纷飞，翩临在安济荷的面前。

"……恺迤同学？"

背靠着硬木栏杆，安济荷愕然地问。

"为什么你会在这里……"

V Discord

"我本来就在。"

晴久离开后,珞耶一直独自待在屋顶,是直到看见安济荷,不想与后者碰面才躲起来的。

"倒是,莎邬托特·安济荷,你刚刚该不会是想自杀吧?"

"……"

听到珞耶的问句,安济荷一时语塞。但她随即转过头,面对着栏杆,理性的计算重新出现在她薰紫色的眼眸中。

"这是我自己的意愿,请你不要插手。"

说完,安济荷深呼吸,打算一鼓作气翻过栏杆跳下去。但她才一有动作,立刻就被珞耶及时够住。

"给我等一下,你在发什么疯啊!"

"放开我!"

死意已决,安济荷使力扭动身体,想挣脱珞耶的钳制。

"我听见你们的会议内容了。只要我死了,转学生的诅咒就能解除。恺逊同学不也是这么想的吗?可是,为什么要多此一举阻止我?"

珞耶停顿须臾,而后危险地眯细眼睛。

"……你说,我这么想?"

"恺逊同学,你在会议中跟黑璀同学起冲突了吧?"事已至此,安济荷索性全盘托出,"我死了,能达到整体的最大利益不是吗!既然如——"

"啧!"

听到最后火气真的上来,珞耶没有放开抓住安济荷手臂的手,另一手敲开自己长外套内的辅助钟,摸出一颗宝石屑倏地吞下。

"别替别人擅自下决定!"

在开骂的同时,珞耶反手用力拍下身旁的木头栏杆。曦白的焰形,夹着刺冻的低温,很快自珞耶这端烧到安济荷的眼前。

"!"

窜烧的寒冷气流,一瞬间夺走安济荷呼吸的空间。安济荷不由自主地喘了一口大气,冰冷的空气侵入喉咙深处,漫至全身,镇住了过于沸腾的热血。

脑子稍稍冷静下来,安济荷停止了挣扎,才总算听清楚了珞耶怒斥的声音。

"既然你都听到那么多了,难道没有听到那埃博士说只是'考虑方案'之一而已吗!"

安济荷怔住了。

"……考虑?"

"我会跟黑璀吵架,纯粹是因为黑璀太欠骂了。"

动用喙术本就只是为了恫吓。在霎时间灭掉火焰,将视线从留着些许焦黑的栏杆,转回眼前的目击者,珞耶的怒气未收。

"安济荷,你跟黑璀都一样,以为这种攸关他人性命的决定,是一旦要下就可以下的吗?考虑方案是一回事,付诸实行是另一回事,为什么连这么简单的分别你们都不懂!"

"……"

"即使一边只有一个人,另外一边是杜萧全体师生。然而,无视理智的判断,无视会付出的代价——也忍不住去相信即使只有一个个体,也可能具有'绝对不能被舍弃的价值'的,才是矛盾的人心不是吗!"

珞耶松开无言的安济荷手臂,眯起冰蓝双目。

V Discord

"我无法保证将来我的决定。但至少现在,我还没有杀了你的决心。相对的,我发誓我会不择手段阻止你做傻事。有本事自杀,就给我逃到没有人会看到,没有人会阻止的地方。逼别人对你见死不救,跟逼别人成为你打死不想当的刽子手有什么两样!总之,我警告你敢在我面前自杀试试看!"

"……"

安济荷再一次哑口无言,看着眼前边用很危险的气势扳手指,边出言威胁的黑发少女。

最后,她了然地低下眼。

"……真的是龙呢……"安济荷低语。好像能理解旧贵族少年的意思了。

毁坏禁锢,气息间唤来风岚的兽。

"啊?"

"没什么。我知道恺逊同学的意思了。"激情退去,放弃了轻生的安济荷,语气回复一贯的平淡。她指向珞耶脚边的方向,"……不过,你的东西掉了。"

"耶?……啊。"

刚才气到没在注意,珞耶现在才发现被自己不慎踩在靴底的某张薄薄彩色纸,轻呼了声后捡起后者。

"唔,皱了……"

"……是很重要的东西吗?"看着小声咕哝的珞耶,安济荷纳闷问道。

"不是。"

珞耶摇了摇头,随手把皱掉的纸揉成一团,横空抛进一段距离之外的垃圾桶中。

"只是最新版本的传单而已。今天下午不是有浮狐保护区重新开放的听证会吗？就是那个听证会的传单。"

开会前开罗硬是发给每个人一张，说是冲业绩用的，叫众人有空就伪装成一般市民前去充场面。

"……最新版本？"

"额外揭露了特别来宾的身份，之前好像一直保密，虽然我早就听黑瑾说过了……是说这种噱头有效才有鬼，谁在乎特别来宾是谁啊？"

珞耶边说边翻了翻白眼，彻底表达出对公家机关宣传手段之简陋的不苟同。

"人选不是别人，就是担任你监护人的株杏总裁……这么说来，传单背景也是用'醉花间'巧克力的照片，所以应该算是赞助商？"

"什么——！"

安济荷惊叫一声，珞耶讶然回头看向前者。

"怎……"

"不行！"

用完全不像她的仓皇，安济荷低喊，眉目中是彻底的惊恐。她往前奔了一步，求助般地按住毫无头绪的珞耶手背说道：

"浮狐保护区会出事……笼炬草的香味会让浮狐发狂的！"

"笼炬草？"

觉得自己似乎在哪里听过这个名词，珞耶眨了眨眼，刹那间想起是从唠叨的堂哥那里听来的——

"那不是古血疫苗的原料吗？我不懂，浮狐保护区里并没有种笼炬草……"

V Discord

"是'醉花间'啊！"

对珞耶的后知后觉感到不耐烦，安济荷不仅提高音量，说话的速度也增快了。

"株杏企业把笼炬草的果实磨碎后，加入巧克力中，那就是'醉花间'的香气来源——所以西丝才会被浮狐吃了！她遇害之前，我刚给了她一颗自己吃不完的醉花间巧克力。在被盗猎犯杀死时，那颗巧克力应该还在西丝身上才对。"

"等等……如果是你说的这样，为什么浮狐从来没有攻击过其他游客？"

总算逐渐理解安济荷想说的是什么，珞耶难以置信地瞪向目击者开口：

"的确，醉花间巧克力昂贵又限量，可也不能完全排除曾经有游客带着巧克力进入浮狐保护区的可能性——至少，你难道从来没带醉花间巧克力进过保护区吗？"

"我当然有，可是我与西丝不同！"

用高声反驳的安济荷，面色因苦痛而扭曲。

"——西丝死了，我活着。"

对动物而言，死去与还活着的生物是截然不同的。

"与那时已是尸体的西丝不同，我想光凭一小颗，甚至数颗巧克力加起来的香气，虽带有刺激性，却还不至于让生性温驯的浮狐疯狂到会攻击活人的程度。"

所以安济荷才能安然无恙。

"可是，株杏企业若是这场听证会的赞助商，就很有可能会让主打商品一并亮相。而一旦会场中出现的不是少量，而是极大量的话——"

深吸了口气,安济荷说出必然的结论:

"浮狐……恐怕就会攻击活人了!"

"什……"

珞耶闻言不禁瞪大了眼问道:

"那去参加听证会的人不就有危险了吗?这么重要的事,你却从来没有说?"

"我不能说!"

想都不想,安济荷立刻反驳。

"'醉花间'是株杏企业得以起死回生的明星商品。要是被知道成分含有黑市买来的笼炬草,还是让浮狐群肇事的主因,醉花间一定会立刻被勒令中止销售,株杏企业也会被政府调查,连带好不容易有起色的业绩也会再度一落千丈——那么,所有倚仗株杏奖学金的孤儿们都会在一夜之间无家可归的!"

难得情绪激动,安济荷的薰紫眼瞳笔直地望向珞耶,像是纯粹的箭矢。

"在恺迩庇荫下长大的你,能明白一个孤儿要生存有多困难吗!还是你晓得株杏企业总共认养的孤儿数量?考虑到那些人,我当然不能说!"

"那你又晓得今天会有多少人涌入浮狐保护区里吗!"

甩开安济荷的手,珞耶低喊:

"记者、工作人员、一般市民……加起来会有数十人,甚至百人以上,对你而言,这些人被浮狐咬死就没关系?"

"不是!"

安济荷直觉否认,但随即语调变得软弱。

"虽然不是,可是……我……"

珞耶啧了一声,拿出辅助钟。

"总之必须先通知开罗小姐,请她紧急取消听证会……"

"什么?不行!要是让在市政府任职的公务员知道,株杏就毁了!"

"那就只好让它毁了!既然知道是巧克力惹的祸,我不可能眼睁睁看着历史重演……"

说着,珞耶正要按下通话锁针,手指却无预警地停住了。

仍然持着辅助钟,她缓缓将视线移向安济荷困惑的面庞,凛丽的五官拼凑出醒悟的神情。

"……不是普鲁·西丝。"

珞耶轻声。

安济荷诧异回望。

"'花园'不是普鲁·西丝临死前留下来的念,而是由你的念形成的。因为只有你知道笼炬草的事。"

所以残羽的样貌才会是笼炬草的花园。

之所以会重演也是因为这个缘故。

"因为你内心里认为是会重演的!"

珞耶语调转为严厉。

"只要浮狐保护区不关闭,你就无法真正安心吧?就算现在只有一颗两颗巧克力时,浮狐还忍得住,然而到底几颗是限度?不能公开也不能做实验,所以无法确认。而且,没人能保证浮狐长期忍受刺激,性情会不会逐渐变得凶暴……这才是你不肯出面指认的真正原因?你清楚一旦你指认普鲁·西丝是被人为杀死的,浮狐保护区势必重新开放,难保未来不会有比普鲁·西丝被吃更严重的惨剧上演——莎邬托特·安济荷,被你放在天平上的，一边是死去的好友，另外一边是那些孤儿及可能被浮狐攻击的受害者吗！"

"……"

安济荷咬住唇，不吭一声，匆匆想抢过珞耶手上的辅助钟，却因太急脚步拐了一下。她连忙想稳住，反而更加失去平衡。倾斜的身体往旁撞上栏杆。

木质栏杆因为之前被珞耶的喙术烧过，上缘已经摇摇欲坠。被安济荷这样冷不防地一撞，顿时承受不了前者的重量，发出清脆的"啪"声断折。

发出凄厉的尖叫，踏空的安济荷摔出栏杆，整个人直直往下坠。

"安济荷！"

没有思索的反应时间，珞耶反手抛开辅助钟，用回双手，间不容发地扯住了安济荷。但珞耶整个人也被安济荷的重量往下拖，一并滑至楼顶边缘。

"呜！"

珞耶闷吭一声，勉强在跟着坠落前，用另一只空着的手磨过楼顶地面，终于在最后抓住了破损栏杆的边缘，硬生生撑住了半空中安济荷的落势。

珞耶的手套磨破，指甲脱落，手掌与手肘也都多处破皮出血。尖锐的破栏杆顶端穿透了她的手，鲜血自指缝下流至腕部，再滴到下方的安济荷脸上。

她们的位置恰好卡在破掉的栏杆中间，因此两人的全身手足，也被粗糙的断面给磨出不少伤口，衣服上尽是散乱的点点朱色。

V Discord

即使靠着回声率带来的体能在支撑,只用单手拉住下坠的人仍是困难的任务。珞耶手套的磨损处随着安济荷往下垂,越拉越大,终至完全裂开。

"嘶"的一声。

"呀啊!"

失去着力点,安济荷在惨叫中往下滑。

"啧……"

咂舌一声,珞耶拼命伸长了手,再次捉住安济荷。

仓促之下,她没有余裕避开手套破损的位置,因此几乎是在握住安济荷手的瞬间,对方的体温立刻传来。

珞耶倒抽口气。

呼吸与心跳急速加快,像是陷入了真空状态,失去了所有的空气。

"恺逊同学?"

发觉到她苍白的脸色,安济荷惊慌唤出她的名字。

珞耶咬住唇,紧拉住安济荷,死命试图用意志力压制下换气过度的症状。

"……没事,不要啰唆……"

"珞耶丝芬克!安济荷!"

珞耶身后的楼梯方向传来杂沓的急奔足音。

看到处在奇异位置,双手及衣上沾满鲜血的两位少女,听到尖叫赶来的约与典皆是一愣。

"糟了……"

见到两人出现,珞耶暗暗咒了声。

安济荷惊诧仰头望着她。

"发生什么事了?"

很快回过神来,捡起珞耶掉落的辅助钟,约立刻质问。

"该,该不会……"

典交互看着珞耶与安济荷,眼中犹疑的神色愈来愈浓。之前珞耶袭击茗的画面仍让典心有余悸:"是珞耶克你把安济荷小姐推下去……"

"什么?"

悬在残存的栏杆之外,听到的安济荷登时想澄清:

"不是,是我自——"

"安静。"

压低了音量,没有让约与典二人听见,珞耶声音很轻很轻地威吓安济荷。

安济荷一怔。

"我们来做个交易吧,安济荷。"

眯眼估算着约与典小跑步接近的身影,珞耶轻声,对拥有与青梅竹马的母亲极度相像容貌的少女说:

"我会帮你保守笼炬草的秘密,也会处理今天下午的听证会。条件是,别把你自杀的事情说出去。"

安济荷猛然抬头。

"黑瑾的母亲是跳楼自杀的。所以,刚才发生的事,你一个字也别说。"

低声交代,估量完与其他两名除羽师间的距离,珞耶陡然抽手。

顿失依靠的安济荷往下跌坠。

典发出惊呼,连忙冲上前去,代替站起身的珞耶,扑到残

V Discord

余的栏杆外拉住了安济荷。

同时间,珞耶闷头往楼梯出口冲,旋身一踢。杵在她前方,没有心理准备的约躲不开,刚捡起的辅助钟登时被踢离手心。

"……你也认为是我干的吧。"

在与约错身而过时,珞耶轻声说。

约的动作一顿。

不需要其他的证据了。用刘海遮掩表情,珞耶伸手迎空接住辅助钟,撞开错愕的约,而后迅速逃下楼梯。

"……你可以拒绝。"

蹙眉,息亚芦认真地看着坐在圆桌对面的契约除羽师说道。

因为是在室内,息亚芦暂时把不离身的黑披风给拿了下来,淡灰的鬈曲长发自羽见单薄的肩线一路披散,延伸到桌面底下。

"就算你不履行除羽师的职务,我也不会中止契约……呃……等等,要是气疯了的茗把弱不禁风的我强拖到太阳底下怎么办?……不,就算这样我也不会屈服!嗯,契约绝对不会中止,你大可以放心,音涤·佩律哲。"

虽然一想到茗的反应就偷偷有点抖,但在钢琴家面前,息亚芦还是很死鸭子嘴硬地挺起胸膛,如此保证道。

他们两人在息亚芦的房间里。

"……"

没有马上回答,音涤低垂视线,看着平躺在自己掌心的回声石。

落叶色泽般的褐绿心形宝石,与息亚芦左眼斜下方脸上嵌着的主心石拥有同样颜色及形状。

"音涤·佩律哲?"

"如果……只是如果。"

又过了一会儿,音涤才总算低声开口:

"如果我曾经改变过一次,哪怕是只有一次……是不是都会改变西丝从那之后的人生呢?那么,是不是西丝就不会在那一刻被杀了?"

从未谋面的女儿。

如果曾经提起勇气见过面,会不会从此写下不同的历史轨迹?

"……我想改变。"

用救过安济荷的手,把回声石别回外套衣领,音涤缓慢抬起头来,坦然回视安静眨眼的息亚芦。

"——我愿意成为除羽师。"

息亚芦只能点头。

说完自己该说的,音涤起身准备离开。他打开息亚芦的房门,少女的漆黑发丝便在他眼前倏逝而过。

"!"

音涤吃惊地当场止步,眼睁睁瞧着一身血迹的珞耶身影消失在走廊尽头。

又过了片刻,另两个追逐的足音才从楼上跑下来。

"音涤,拦住珞耶丝芬克!"

因为帮典把安济荷拉回楼顶,耽搁了一些时间才追下来的约,一见到愣在原地的音涤,立刻求助叫道。表情慌张的典则跟在他的身后。

"咦，拦住王冠大小姐？什么跟什么啊！"

音涤愕然出声。

而珞耶早已经把他们远远抛在身后，快速跳下最后一段阶梯，奔向洋馆玄关。

"……珞耶克？"

吃惊的幼小少女嗓音适时响起。

像是被早就亡故的母亲呼唤，珞耶硬生生地停住步伐，在已经打开的两扇门扉前转过身来。

站在她面前的是碧碧雷儿。

"那是……血？"

看清楚珞耶身上的朱色污渍，碧碧雷儿失声问道。

珞耶咬紧了唇。

追来的足音接近。

"碧碧雷儿！"

还隔着一段距离的楼梯，约直接在两人头顶上喊：

"拦住珞耶丝芬克！"

"！"

闻言，碧碧雷儿掩不住诧愕的神情，将视线从约身上转回，凝视着眼前一句话都没有辩解的珞耶。

——不如，就从扪心自问这个问题开始吧，小小的杀人犯羽见？

巫嘉少年嘲弄似的嗓音。

"碧碧雷儿！"

约又喊了一次。

闭眼，而后张眼。碧碧雷儿快步奔上前，用尽全力把珞耶给推出洋馆大门之外。

珞耶愣住。

后面正跑下楼梯的约与典见状也愣住了。

"……吾相信汝，珞耶克。"

碧碧雷儿轻声道。

被推出门外的珞耶只能怔忡地注视着契约羽见。

"吾不会监禁汝，束缚汝，过问汝的行为——吾无法成为汝的牢笼或枷锁。"

缩回伸直的纤细双臂，下定决心的碧碧雷儿凛色道：

"可是，吾会相信汝。"

因为她在那个变动之刻，选择了眼前的黑发少女。

"——所以，汝也要相信吾，珞耶克。"

在门外惊讶的珞耶面前，碧碧雷儿猛然拉上洋馆两扇对开的门，落下门栓。而后她挡在门前，转身看向追下来的约与典。

蕾丝洋装的裙摆在她脚边荡出一圈阴影的涟漪。

"……只要吾在，谁都不准出这扇门。"

一如幼小的圣母，碧碧雷儿静静宣告。

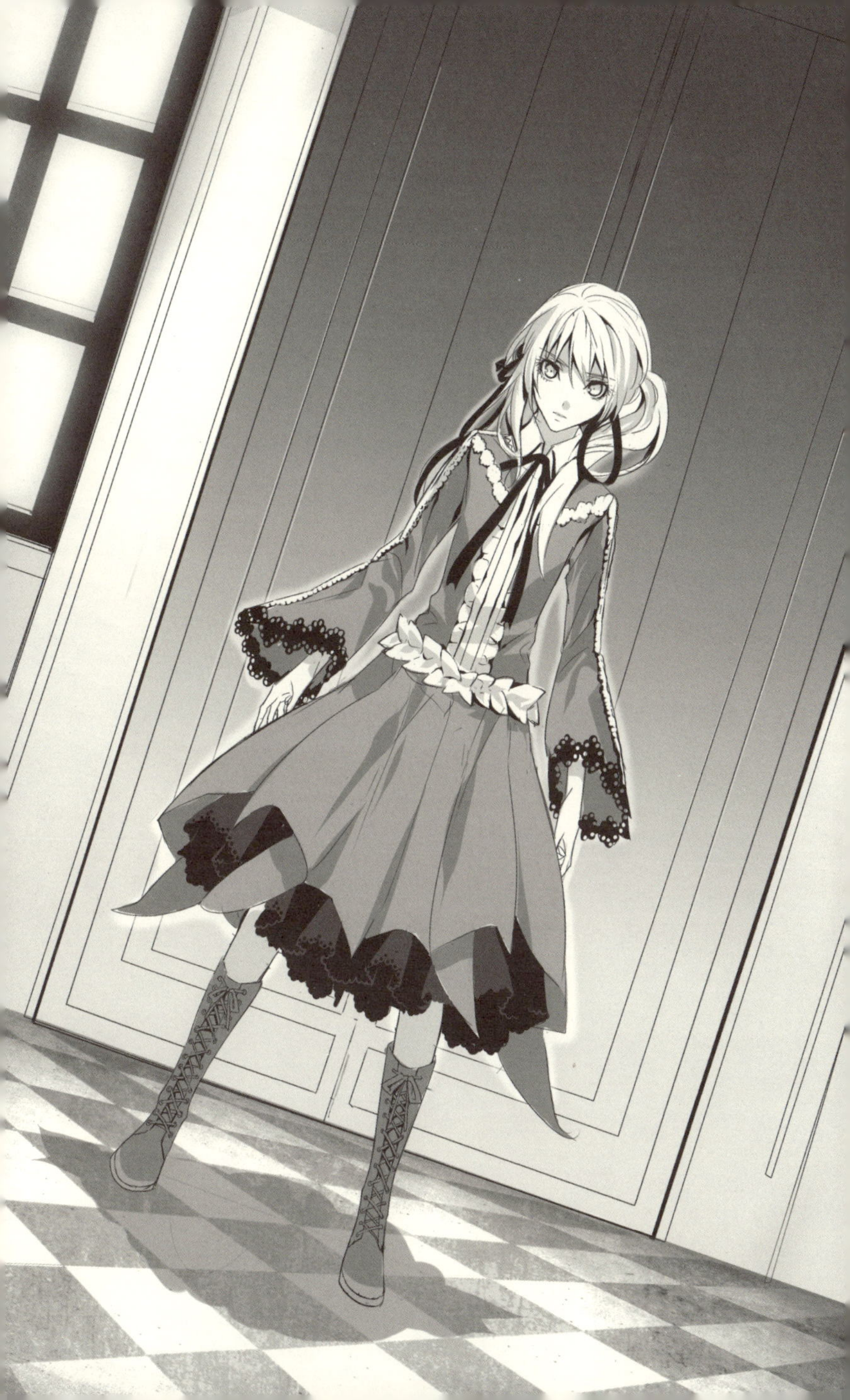

VI Raining Again

听证会即将开始,浮狐保护区的相关工作人员都忙着做最后的事前准备,来回穿梭在庭园区及附设的饲育管理区。

"那边的,时间快要来不及了,动作快点!"

负责现场布置的小组长对其他人吆喝。就在这时,有人从身后拍了下他的肩。小组长回头,认出来人时不禁有点讶异。

"你是株杏企业的……预计在听证会上摆饰的醉花间巧克力,不是早上就已经送到了吗?还有什么事?"

"啊,不好意思……"

西装笔挺的株杏企业代表苦笑。在他身后跟着几名属下,男女皆有。

"刚刚工厂回报,说他们管理程序出了点小错,早上送来的巧克力可能混进几盒已经过期的成品。平常也就算了,要是把过期的产品送到那些记者面前,可就非同小可了。"

小组长有同感地"哦"了声。

"所以才又专程折回来检查?真是辛苦了呢。"

"不不,这本来就是敝公司的失误……方便的话,能告诉我醉花间巧克力送来后被放到哪里了吗?"

赔笑说着,株杏的代表指了指身后的属下。

"听证会马上就要开始了,我跟我的助理希望能够尽快开始点收作业。"

"原来如此……"

小组长试图解释:

"我们怕巧克力会融化,数量又多到原有的冰箱放不下,

VI　Raining Again

所以暂时把所有巧克力都放在其中一间浮狐饲育区，那里的空调比较冷。"

"——你说，跟浮狐关在一起？"

株杏代表身后的某个年轻女助理吃惊地扬高音量。

小组长瞥了那名穿着老气裤装，却藏不住冽丽五官的年轻助理一眼，笑道：

"啊，小姐不用担心，浮狐群全事先迁到另外一间饲育区了，两区只有水源相连，不会损害到贵公司产品的。"

"是吗……"

有着一头漆黑长发的女助理当下像是安心地大大吁了口气，她的外套脱下来搭在右手上。

"幸好。"她低声说。

"那么，要到那间饲育区首先直走……"

小组长给了简略的指引方向。

"……然后就会到了。或是需要我找个人帮你们带路？"

"这——"

"不用了，我们自己就找得到。再说，太麻烦你我们也会过意不去。"

几近无礼地打断欲言又止的株杏代表，年轻女助理微笑拒绝了小组长的提议，随即从后轻推了株杏代表的背一下。

株杏代表的脸色瞬间变了变，但立刻回复镇定。

"……我的助理提醒得没错。不用麻烦您了，请继续忙吧。"

"既然你这样说……"

"是。谢谢。"

向不置可否的小组长点头致谢后，株杏代表随即领着助理们，往小组长指示的饲育区前进。

小组长的指引非常明确，代表等人很快就找到了目的地。

饲育区是让保护区中的动物受伤或生病时，能够隔离照料的地方。同时，若是有需要把动物暂时从保护区主要区域撤离时，也可以用到饲育区，就像现在的浮狐一样。

浮狐保护区的附设饲育区是划分成一间间相邻的挑高隔间，不管是四面墙壁或天花板都是用透明的玻璃制成，只有地板是微微闪着平滑银光的实白色。供浮狐饮用，与其他隔间相通的水流，沿着地板呈线形流过，把隔间从中划分成两半，在中央汇聚成较大的圆形水塘后，再回归到线形，流往下一间相邻的隔间。

因为空调的缘故，饲育区的温度比保护区其他区域还要再冷上几度。

目前这区除了代表等人，没有看见保护区的其他工作人员的踪影。

"……这些就是你要找的。"

走到隔间里，指着地上叠积成堆的巧克力盒，株杏代表脸色苦闷，对跟在身后的年轻女助理说道。

"这么多？"

年轻女助理瞪着数不清的巧克力盒。盒旁还有好几束用已经拆封的单颗巧克力编成的东方风格花束。

"打算把巧克力当做花束来摆饰吗？还真是大手笔……"

"不做到这种地步，怎么能达到赞助商的宣传作用？"株杏代表的眉目郁郁皱折，"……但现在一切都会被你毁了。你到底是受雇于我们哪家竞争对手？"

VI Raining Again

闻言，站在他身后的年轻女助理先是一怔，而后恶作剧般地浅浅勾起嘴角，稍微歪首道：

"……啊啊，原来也是有什么都不晓得的员工呢。"

株杏代表冷哼了声。

"别装傻了，你是眼红的别家糖果商请来，打击株杏商誉的吧？想怎么做？把这些巧克力掉包成劣质糖果？还是下毒？"

"都不是。"

把从刚刚一直藏在老气外套底下，抵着株杏代表背部的枪抬离，珞耶眯起眼睛开口：

"相信我，要下毒有更简单的手段。"

市面上又不是没卖醉花间，随便找个通路下手都可以，不需要等在公司门口，辛辛苦苦地胁持刚视察回来的一行这么多人。

"我是来挽救株杏的业绩的，技术上来说跟你们的饭碗也有关系……所以麻烦配合一点。"

蹲下研究巧克力盒，珞耶头也不回地移动了下手的位置，枪口立刻对准想偷袭她的其中一名助理。

"先说好，我的枪法不差。"

打了个呵欠，珞耶漫不经心地说。

那名助理立时顿住动作，面色惨青一片。

"呐。"

珞耶则自顾自皱起眉，拎起一盒巧克力，盯着设计奢华的黑紫双色硬盒，询问代表：

"这材料看起来很贵……是防火材质吗？"

"当然不是。"代表感到莫名其妙，"防水也就算了，防火根本不需要。天底下有谁会把巧克力拿来烧？"

"我。"

直截了当地回答，珞耶掐住巧克力盒，毫不费力地用指尖窜出的雪白火焰烧了后者，过程不过数秒。

代表的下颚掉了下来。

"你烧了？你竟然把那么贵的巧克力随随便便给烧了？而且你从哪里变出那团白色火焰的啊！"

"……火柴吧，大概？"

"那么扯的答案你以为有人会相信吗！是说你要掰至少也掰打火机，说服力还比较高一点！"

"……啧。好吧，打火机就打火机。"

"什么叫打火机就打火机，你当现在是在讨价还价吗！"

"哇啊，真啰唆……"

珞耶摇了摇头，决定无视代表，直接把手放在堆成好几叠的巧克力盒顶端。冻白的烈焰犹如蛇身，迅速往下蜿蜒，吞噬沿途经过的纸盒。

随着温度迅速下降，烧融的巧克力聚合起的香味，在空气中的浓度也急速加重。

一个助理突然呛咳起来。

"喂……喂，没事吧？"

其他助理扶住那名咳嗽不止的助理慌问。

"……咳咳……呜……咳……"

那名助理难受到说不出话来，眼泪鼻涕直流，呼吸急促地喘了几下后，像是终于再也站不住，在其他助理的惊呼声中颓然倒地。

VI Raining Again

"快住手!别再烧了!"

见状,有经验的代表转头对着珞耶大喊:

"这是过敏反应。醉花间香气的浓度太高了!"

"!"

珞耶连忙缩手,用脚把下方还没被火苗延烧到的巧克力盒给横扫踢开,让上方的白火自行在烧尽的灰烬中熄灭。

空气中的浓重香味一时半刻散不开,助理的过敏症状虽没有加重,却也没有好转多少。

"喏,镇作点!……拿水来!"

在枪口下不敢擅动,代表催促珞耶。

救人心切的珞耶没有多想,直觉转过身,用本来就搁在水塘旁的水盆弯身捞水。冰凉的水淹过她的手套,珞耶张大了眼,瞧见清澈的水塘表面,映出站在她身后的株杏代表。

代表的表情因紧张而绷住,手中拿着抽出腰间的皮带。

糟了!

这两个字刚闪过珞耶心中,代表便已用皮带扣重重由上而下敲中她的头骨。

珞耶登时一阵晕黑。

下个瞬间,代表跟其他助理合力从身后用皮带勒住她的颈子。珞耶想挣脱,却只是徒劳无功地把一旁的巧克力花束给扫进了清澄的水塘中。编绑花束的细线被水冲开,一颗颗的葫芦状巧克力流进直线水道,消失在与其他隔间相接的地面边缘。

勒住珞耶颈子的皮带逐渐收紧。

珞耶缩紧了握住枪的手,一瞬间抬了起来,但随即又放下。

眼前的黑色区域正在扩大。

蓦地，一团极大的光束在隔间外爆开，穿过透明的玻璃，强烈的光芒刺眼得令隔间内的众人都盲了片刻。

趁这时，数个月色的圆在代表与助理们的鞋底展开，将所有人沐浴在金色辉华之中，一眨眼，冻结的月光收起，化为黑夜。

众人静止。

"咳……咳……"

珞耶匆匆拉开颈间失去钳制力道的皮带，痛苦地干咳数声，试着站起。

同时，及时赶来的约冲进隔间内，绮丽的面容上隐不住沸腾的怒气。

"恺逊·珞耶丝芬克！"

他抓起还来不及回神的珞耶右手，确认在那只手中的不是唬人的防狼警报器，而是货真价实的真枪。

"……明明有枪却不开枪，你是想害死你自己吗！"

"他们……咳……他们对株杏总裁打算做的事……不知情……"

珞耶困难出声反驳，仍在咳嗽。

"！"

约气极咬住下唇，像是要打青梅竹马耳光般的，高高扬起了手。

珞耶忍不住瑟缩了下，却没有躲开。

但是约挥下的手，在真正碰到珞耶的脸颊之前，就已经收了回去。

"……对不起。"出身旧贵族的少年低声说。

没料到会听到这句，珞耶错愕睁开眼睛。

VI Raining Again

"……什么?"

"我们……特别科找到笼炬草的买主了。"

正确来说,是开罗先逼约交出优非的联络方式,她再直接找上优非,威胁后者如果不配合市政府办案,就要骇入王冠网路让其瘫痪。开罗似乎以前就成功入侵过,优非不敢等闲视之,只好勉为其难吐露出买主的身份。

"……是栐杏总裁吧。"约说,"为了把笼炬草拿来当做醉花间巧克力的原料,大量购入,甚至导致黑市上供应短缺的秘密买主。"

只要知道买主是谁,对照醉花间上市的日期,就可以猜出大概了。

包括安济荷不肯出面指认的原因,或者是珞耶为了帮前者保守秘密,必须想办法在听证会开始前,销毁会让浮狐陷入狂乱的全数巧克力。

"……安济荷全说了吗?"

静默一会儿,珞耶终于启唇问道。

"不,除去我们已经查出的部分,她没办法只能承认以外,关于你的事,她坚持一个字都没说。"

约小幅度摇首道:

"……不论我们怎么问,她始终守口如瓶。"

"……是吗。"

珞耶抬起视线,与青梅竹马对视。后者的茶色发像是褪色般地透着淡淡的光。

"那么,你仍然不晓得我推安济荷坠楼的原因,不是吗?"

"……你没有。"

"什么?"

"不论安济荷是怎么掉下去的,我知道不是你推她的……"约顿了一下,才低声承认,"……至少,我现在很确定这点。"

"'现在',很确定吗?"

珞耶自嘲地笑了一下,锋利的视线定在约身上。

"可是,我有充分的动机这么做哟,黑璀。只要杀了安济荷,就能拯救其他的杜萧师生。我并不像你,我并不否认那埃博士提出方案的价值。"

"……也许吧。"

"那又凭什么认为不是我试图杀了安济荷?"

"——因为你是守护我的龙,珞耶丝芬克。"

约说。

珞耶一时间说不出话来。

"从小到大,一直以来。"

低声说着,约注视着眼前的儿时玩伴。这次,他没有漏掉后者在手套之下的双手指尖,正在细细地发颤。

"你说得没错,我仍然不知道你非得帮安济荷保守秘密的理由,或是安济荷不能说出事实的真正原因……但是我知道,你强大,却并不残忍。"

约一顿。

"……我知道,事实上你并非你想成为的那般无动于衷,珞耶丝芬克。"

"……"

犹如在冰河中溺水。

珞耶深深吸了一口气,没入胸口,才勉强压下行走全身的

VI　Raining Again

刺寒震颤开口道：

"……你说的这些并不是被证明过的事实，仅是你的揣测而已。"

她低声提醒，约却摇了摇头。

"信任先于事实。"

在知晓事实真相后，也不需要信任存在了。是毫无证据，也能舍身挡在自己面前的碧碧雷儿身影，提醒了约这一点。

"即使你没替自己辩解，我也应该要相信你的……对不起。"

瞪着低首再一次道歉的绮丽少年，珞耶握了握拳，硬生生地偏开了视线。

"我杀过人，黑璀。"她咬牙，"膳晴久没有说谎。"

"我知道。"

约垂下视线望着地面。散发着华丽香气，葫芦状的巧克力，自黑紫双色的外盒中一颗颗滚了出来，流入泠泠的水道中。

"可是，那是不能一概而论的，我同样也知道这点。你不也很清楚吗？"

眼角泛红，珞耶依旧一言不发地直直瞪着他。

"我无法束缚你，也无法驯服你。我没有自信让你不去伤人，也没有自信不会伤害到你。可是，我会试着与你站在同一边，会试着与你眺望同样角度的景色……即使你永远盘旋在我所够不着的高空。"

在城堡里，伸长了手也碰触不到的，悠远天际。

龙所翱翔的。

"我不是露，我也知道自己无法成为露。"

魔法师已经被失去了。

他们长久以来的城堡正在崩塌。于是,忍不住想逃跑,想毁坏,想结束一切。

"然而,与这些同时,我也想试着与你一同忍耐……觉得太生气,你就打我吧,我绝对不会还手的。"

约轻声。

仅仅能在这个瞬间停留的他们。

"所以,暂时还不要放弃我,恺逊·珞耶丝芬克。"

"……"

泪花在珞耶冰色的目中打转。

她死命咬住唇,陡然朝约抬起手臂,五指握拳。

约本能地闭上眼睛。

可是珞耶的拳同样没有真的落下。

"……不要再一次背弃我……不然,下次我真的会离开的,公主殿下。"

成拳的右手仍然举在半空,珞耶用哽咽的气音宣告。她的黑发散开,像是美丽的暗色的雾,一如遮蔽流光之森般,也遮蔽了她没有掉下的泪。

约缓缓张开了眼。

与眼前的儿时玩伴,相同流光晶莹的红茶色泽瞳眸。

"……我听到了。"

能闻到水之中的华丽醉人香气。

"走吧,一切还没结束……"他说,"至少,现在是。"

VI　Raining Again

"这条员工专用通道，穿过饲育区，能够更快抵达保护区的停车场。"

随侍的其中一名私人护卫，向身后因为两侧空间狭小，而屡屡需要调整轮椅方向前进的株杏总裁说明。

"走这条通道比较能掩人耳目，停车场马上就到了。虽然有些不便，还请您再忍耐一下。"

"……那是浮狐？"

斜瞄了一眼自己映在周围透明玻璃上的伛偻身影，株杏总裁随即向护卫确认。株杏家过去是贵族，如今虽然没落，但私人的护卫团仍是代代留了下来。

"是的。"

顺着总裁视线的方向看去，护卫点点头。

他们走的是饲育区中的通道，与两侧的隔间一样都是用透明玻璃围起。差别只在通道的地板也是透明的，与漆成实心白色的隔间地面不同。

如今在他们通道左侧的大隔间内，可以瞧见一只只比普通狐狸体型略大的浮狐，慵懒地在被隔离的空间中或坐或躺或走动。透过玻璃，它们虹彩般的皮毛显得更加幻耀。其中有几只浮狐察觉到总裁等人，把湿润的眼珠转向后者。眼神中除了好奇，只有不带威胁性的温驯与良善。

在隔间地板上，有着自其他隔间流动而来的水道，在隔间中央汇聚成一个相当大的圆形水塘，周围以同色的银白素材制的砖墙砌围而起。在水塘中央，耸立着透明的大型人工矿晶体。池塘中的水流被抽起，循环流下矿晶形状的物体，形成像是涌泉般的景观。

"大概是被工作人员暂时移到这里，等听证会开始，就会把它们运送到前面的庭园区吧……请稍待。"

回答到一半的护卫先向株杏总裁请求同意后，才接起手机，迅速与对方交谈几句，随即挂断。

"什么事？"株杏总裁问。

"是，听证会的工作人员打来询问您的去向。他们似乎发现您不在准备好的休息室里了。"

"是吗？你怎么回答？"

"属下告诉他们您只是暂时离开，马上会回到现场，让他们准时开始听证会。"

"好。"

株杏总裁对毕恭毕敬的护卫赞同地颔了个首。

一旦浮狐群进入用大量醉花间巧克力装饰的会场，就会受到笼炬草的香气刺激，进而攻击在场的人类。为了自己的安全，又不能让其他人知道内情，株杏总裁自然必须暗中先行离开会场。

他掏出怀表瞥了一眼，时针与分针合作指出已然逼近听证会开始的时刻。

株杏总裁淡淡地浮出笑意。

只差一点了，他的复仇就要成功，只要……

就在这时，铃声在他的衣服口袋中响起，被打断幻想的株杏总裁不禁皱起眉头。知道他随身手机号码的仅有少数人。

"谁？"

接起手机，株杏总裁用带点不耐烦的苍老声音问道。

"是我，莎邬托特·安济荷，爵士。"

VI Raining Again

　　回应他的问句,响起的是完美理性,犹如雕像般平滑而一丝不苟的少女嗓音。

　　"……啊啊,安济荷吗?"

　　他的被监护人几乎没有主动联络他过,株杏总裁当下有些诧异。

　　"我听说杜萧学院因为发生意外紧急关闭了。你没事吗?"

　　电话中的少女在听到学校名字时小小倒吸了口气,但随即平静下来。

　　"是的,谢谢您的关心……冒昧打扰您非常抱歉,爵士,不过我有一件事必须马上向您确认,还请原谅。"

　　"向我确认?"株杏总裁好奇地回问,"什么事?"

　　"是,我看到电视新闻的报道了。听说您是浮狐保护区重新开放听证会的特别来宾,这是真的吗?"

　　安济荷的声音问。

　　株杏总裁一惊,没有立刻回应,而安济荷像是早料到他会保持沉默,也没有延迟地继续问了下去。

　　"在西丝的事发生后,我虽然没跟警方提起过,却有告诉过您不是吗?笼炬草的香气会刺激浮狐,让其变得有危险性,请您考虑更换醉花间的原料,以免发生意外时,会替株杏企业本身带来更大的损害……但您明知这点,为何还要赞助浮狐保护区?"

　　"安济荷,你先冷静下——"

　　"我很冷静,爵士。"

　　像是要佐证这句话,少女的声音听起来的确平静无瑕。

　　"请别想蒙骗我。在爵士不小心说漏嘴醉花间的秘密成分是笼炬草时，也是极力想掩饰过去，但最后还是被我自己查资料找出来了吧。这跟那次是一样的。"

"……"

"爵士，您待我如亲生孙女。若是没有您，我与许多孤儿恐怕早就不知流落到哪里了。我绝对不会背叛您，您应该是最清楚的人才对。"

安济荷说。

无法反驳她的话。闭了闭眼，株杏总裁终于心一横。

"——是为了向黑瑾复仇。"

"黑瑾？"

手机那头的安济荷诧愕失声。

"我要毁了黑瑾的政治生涯。黑瑾·谬……那个男人不惜背叛王家与过去的贵族故交，也要夺取的政治权力……"

株杏总裁握紧了刻满皱纹，干瘪的手。

从安济荷那里听来笼炬草的副作用后，复仇的念头就无法从心中驱除，像是魔咒一般，像是爱语一般，掳获了株杏总裁的全部身心。

"只要浮狐失控，造成死伤，主张重新开放的黑瑾议员必然难辞其咎，他左派的政治对手也会群起攻之……我要借这机会，彻底断绝他的政治生路。他曾经如何重重打击古血与倾王势力，我就如何把那男人重重打到深渊底部去，让他再也爬不起来！"

株杏总裁咬牙切齿地诅咒。

手机那边的安济荷却陷入了沉默。

"……请您改变心意。"

VI Raining Again

良久,她出口的却是恳求。

"我知道您至今仍对王家忠心耿耿,也了解您对静寂之日后,见风转舵的黑璀议员感到不齿,不,应该是愤恨才对……可是,我仍要说,请您改变心意吧,爵士。"

株杏总裁先是瞠大了目,随即固执地摇了摇头。

"不可能,我心意已决。"

"爵士!"

安济荷压低声音的呼喊,透过手机有着轻微的回音。

"请您想想,要是警方发现浮狐失控的真正原因是巧克力呢?株杏企业,以及所有依赖株杏企业生活的员工以及孤儿,就会全部一起毁了啊!您的做法,付出的成本跟风险都太大了!仅仅为了您个人的复仇,这么做真的值得吗?"

株杏总裁沉默着。

"株杏爵士!"

安济荷又低喊了声,请求与担忧一起,真情流露在她的语气中——

"现在还来得及!请您取消赞助,回收所有的巧克力,不要让您的恨意,蒙蔽了您和株杏家世代一直以来的善心啊!"

株杏总裁闭上了眼。

"……你说得很正确,安济荷……然而,我无法放弃。"

犹如记忆之中,亘久之环的璀璨光芒,永恒刺动着自己的神智末梢。

无法令其静寂。

"——原谅我,安济荷。"

短促说出这些字,株杏总裁挂断了手机,同时向护卫挥手,示意快走。

"……是吗?"

突地,少女熟悉的嗓音再度响起,计算过后的平淡。

株杏总裁下意识地瞥了一眼自己已然关机的手机画面,再循声抬起头。在他面前,一头内卷长发的少女将手机握在耳边,从隐藏的通道转角暗处走出,正好杵在总裁等人的前方。

"那就没办法了。"

安济荷说。

"你……"

直直瞪着自己的被监护人,坐在轮椅上的株杏总裁震惊得连话都说不完整。

"爵士的这只手机,是只有少数人才知道的号码吧?我把这号码告诉了专门处理这类事情的人,请她锁定这个位置的。"

安济荷放下拿着手机的手,镇静回视株杏总裁。

"当然,爵士您向来慎重的性格,不到最后紧要关头绝对不会逃离浮狐保护区的这点,也让锁定位置省了不少时间。对此,那位专家请我转达对您的感谢之意。"

"莎邬托特·安济荷!"

终于察觉到自己被设计了,株杏总裁不禁气得身躯开始发抖。

"亏我如此信任你……你竟然背叛我?你不记得我对你的恩情了吗!"

"我没有一刻忘记过。然而,这跟天平的轻重无关。"

"什么?"

"我只是做出选择而已。"

VI Raining Again

安济荷静静述说。

"我与市政府做了交易。在听证会无人死伤的前提下,只要我肯出面担任某件凶杀案的目击者指证,他们就愿意睁一只眼闭一只眼……若是您之前答应收手,您原本可以安全逃走的。"

这也是安济荷本来的打算。

之后再中止醉花间的贩卖就好。这样一来,株杏企业的业绩虽然可能会下滑,但不至于落到身败名裂,一夕之间破产的下场。

"可是,我改变想法了。"

"……改变?"

"当爵士您执意打算对黑瞿议员进行复仇时,您不就等同已经把株杏企业,及靠株杏企业生存的众多孤儿给抛弃了吗?"

隔间里的浮狐群像是不懂般的,以通透的眸子,好奇观察着通道上两方对峙的人类。

"所以,我决定要让您被逮捕。在第五圆心城市,盗猎罪是重罪,相对的,揭发盗猎者,以及任何无故试图伤害原物种者的奖金有多丰厚,您应该也有耳闻吧?"

"你,你难道是想……"

"只要有那笔奖金,目前受到株杏企业赞助的全数孤儿,应该都还能再支撑一阵子。"

"安济荷!"

"就跟爵士舍弃了我们一样。我也……"对株杏总裁的怒喝充耳不闻,安济荷加重说话力道,一对薰紫的眼中不再留恋,"——舍弃爵士您了。"

她往后退了一步。

取而代之的,是另外好几道人影自通道的高处梁架上跳下,护在安济荷的身前。

"物种保育局,特别科独立调查员。"

夹在巫嘉裔面孔的修长少年,及看起来有些不知所措的文弱男人中间,一头削短的麦金头发,打扮中性的少女,向错愕的株杏总裁等人举高了伸直的右手。

在她纤小的掌心上,有着一颗透明骰子。

剔透的骰子中央,像是琥珀中的昆虫般的,嵌着一根立体的淡黑鸟羽图样。

鸦骰。

"那,那么,以第五圆心城市政府授予之权力,以盗用原物种笼炬草,试图伤害同为原物种的浮狐……啊,还有试图致人于死,总共三项罪名,现在在此,那个……逮捕嫌疑犯株杏·庇纳。"

因为眼前一堆成年男子而非常紧张,缩着颈子的帝瑟·典小小声说。

⁕ ⁕ ⁕

"掩护爵士!"

典一说完,株杏总裁的私人护卫其中一名立刻反应大叫,拔枪对着除羽师们射击。其他人也跟进,一时间不间断的枪声大作。只有一名护卫推着行动不便的株杏总裁轮椅,飞快绕向另一边的通道逃走。

VI Raining Again

然而,所有的子弹都被陀螺状般的巨大风旋反弹回来,打在四周的玻璃上,制造出一道道的龟裂。

"……呀呀。"

风旋散去,两手悠闲插在裤袋中,足尖轻轻落地的晴久笑笑歪首道:

"真是热情的见面礼。夷蒂诺人都这么客气吗?"

在他身后,是毫发无伤的两名除羽师及安济荷。

"可,可恶!"

护卫们再度举枪。

"想得美!"

音涤一扬手,韧如琴丝的玫瑰金线立刻自他右手的食指及中指指尖飞出,绑住了离得最近的护卫拿枪的手。

"小妹妹,换你上场了!"

"那……那个,请,请不要过度靠近我,还有,那个,我的名字是帝瑟·典……"

"我管你叫什么,快点啦!"

很没耐性的钢琴家对着想解释的典大吼。

音涤虽然外表文弱,但毫无疑问会被归类到成年男性。这一吼,登时把典的大眼睛给吓出盈盈泪光。

"啊,是,是!"

仓皇回答后,典一踩地,立刻轻盈翻身跃到众人头顶,避开朝她射来的几枚弹头。

她跳到音涤的金线上,像是没有重量,几次跃跳便奔到被绑住的护卫面前,周围射来的弹雨完全击不中她。

那名护卫惊恐地睁大了眼。

下一秒，典毫不客气地抬脚重踢他的下巴。

"呜呃！"

护卫应声失去意识后仰，却因被音涤的金线拉住，没有倒地。他的手指脱力松开，枪往下掉。典接起枪，反手往回丢给晴久。另一手则轻轻松松抓起昏厥的护卫，像是投石索般转了几圈，朝另一名护卫投掷了出去。

重力加速度的人体，重击那名倒霉护卫的脸部，使其当场跟同事一起昏了过去。

"……喂，你根本没在怕吧！"

收回玫瑰金线，音涤不可置信地瞪向号称有成年男性恐惧症的清俏少女。

"不，应该说你怕都下手狠成这样了，如果不怕的话是想把这里变成人间炼狱吗？"

"唔唔……"

正在典苦恼怎么辩解时，一名护卫已经偷偷从后方通道绕过来，冷不防抓住没有防备能力的安济荷。

"别动！否则我就对这女孩不利……哇啊啊啊！"

得意洋洋的护卫威胁说到一半，音涤已经出手。细到与空气融为一体，不仔细看就会看不出来的玫瑰金线，灵活系住了护卫的双手，登时将其整个人悬浮吊起。

"莎邹托特，现在！"

音涤低喊。

重获自由的安济荷抛开迟疑，跑上前用力推动被金线悬在空中的护卫。后者如同荡秋千般往反方向摆荡而去。

典跟晴久及时弯下头，让护卫的身体荡过他们头顶，直冲

VI Raining Again

另外两名呆站在通道上,来不及躲开的护卫。

音涤张开手指,抽回金线。原本被绑住的护卫往下坠,正好掉在那两名护卫身上,三人跌成一团,暂时起不了身。

"啊!"

转过头,典注意到他们追捕的目标已经打开了通往车库的卷门,当场急得惊呼:

"糟糕!他们要逃走了!"

"逃走的话,特别科会很困扰吗?"

"咦,我想应该很困扰吧,调查权只是暂时移交到我们手上,要是被警方怪罪……"

"是吗?"

没等典说完,晴久浮出一抹微笑,被刘海遮住的一边眼睛,与没被遮住的另一边眼睛同时弯斜如月。

他转了圈手上的枪。

"那就稍微加快速度吧。"

"耶耶?"

被风旋裹在中心,晴久飞快窜过惊呼的典身边。一低身,滑过两名想阻挡他的护卫中间,在他们背后反身站起,倒转枪柄,反手轮流朝两名护卫的后脑勺一敲。

护卫们无声无息倒下。

晴久转抛枪身半圈,准准正向接住,随即朝前头最后一名护卫的皮鞋射了一枪。

那名护卫立刻惨呼跌倒。

他原本推着的株杏总裁轮椅,也跟着在离停车场只有一步距离的位置,停下了奔驰的轨迹。

"啊啊,因为似乎我们会感到困扰的样子,所以,麻烦你留步吧。"

移动枪口,对准了僵坐在轮椅上的老人头颅,晴久笑笑挽留。

"……你们……"

面色半青半白,株杏总裁转过头,用怨恨的目光狠狠环视特别科的三位除羽师。

突然有细微的噼里声响起。

晴久一怔。

"……那是什么声音?"

他问。

典困惑地"咦"了一声,看向安济荷,后者也不知地摇了摇头。

"啊,我也听到了。"职业因素,听力训练有素的音涤皱起眉来,"……是说,不觉得听起来有点像是玻璃……"

哗然一声,众人身旁的隔间玻璃,大片大片散飞开来。

是被浮狐撞破的。

"……这是,怎么一回事?"

看着一只只从隔间争先恐后跳出,皮毛幻耀着美丽虹彩,对自己龇牙咧嘴,发出低沉威胁鸣声的大型动物,典不太能接受现实地喃喃。

随着相隔双方的玻璃不再存在,隔间内的空气也一并飘了出来。

那是如花又如酒的华丽香气。奇异醉人扑鼻。

"……醉花间……"

VI Raining Again

回答了典,株杏总裁抓紧了轮椅扶手,他的语声在微微颤抖。

"——是醉花间的香气!"

在他语落的瞬间,为首的一只浮狐奋跳而起,伸出狰狞双爪,张大了口朝着老迈总裁的咽喉咬去。

宝石屑以极快的速度耗竭。

滴滴滴滴滴滴——

在晴久辅助钟发出的尖锐警示音中,典旋转身体,将两只浮狐从昏厥的护卫们身上一脚踢开,再抓住护卫们的衣领往后退。

他们现在已经被发狂的浮狐群给逼入停车场内。

"唔!"

没走几步,护卫的重量突然如实回到典的手上,撑不住的典当场被拉跌在地。告知宝石屑体内存量归零的警示音,从她身上的辅助钟紧急传出。

典没有剩下宝石屑了。

"糟糕,喙术……"

"低头!"

晴久一手按下惊慌的典头顶,另一手屈肘撞上飞袭而来的浮狐腹部,后者发出哀嚎往后翻滚,但随即又有更多的浮狐围了过来。

空间中尽是醉花间的气味。

"啊呀呀，这可真是棘手了……"

被一双双失控的兽类眼睛环绕，晴久也不禁失笑了，喘着说道。

他辅助钟暗盒内的四颗宝石屑早就全部代谢完毕，刺激奇叶，进而提升回声率带来的效果也随之结束。从刚刚起，晴久便是以自己最初的体能状态在行动。

"谢，谢谢……"

察觉到晴久为了救她而耗费了多余体力，典嗫嚅。

"道谢就不必了。不过，"瞥视着费力把两名护卫拉到安全地点的典，晴久再度把视线转回眼前的浮狐，悠闲的语气听不出是在赞美还是讽刺，"都自顾不暇了，真亏你可以花精神救这些家伙。"

事实上，在典的坚持下，他们不但从浮狐爪下救出差点被咬死的株杏总裁，还好人做到底地一并救了在方才对战中，昏迷过去的全数护卫，让原本就不利的战势变得更加险峻。

闻言，典有些罪恶感地脸红了，但随即低下脸，摇了摇头。

"……对不起，我还是觉得公务员不应该见死不救。"

垂眼看着外套口袋里的鸦骸，典轻声说。

公务员啊……

对典的主张不置可否，晴久瞥向正借用音涤的辅助钟，与镜厅通话的安济荷。

"请取消'绝对不能杀害浮狐'的命令！"

在语气急迫的安济荷身前，是用最后仅剩的回声率做出防御姿势的音涤。受到他戒护的，还有株杏总裁及昏迷过去的护卫们。

VI Raining Again

"我当然晓得浮狐是珍贵的原物种,可是现在是紧急状况……不,我不是物种保育局的人,但这跟我是非内部人士无关……"

与对方协调的安济荷,在努力忍耐的字句间,依稀可闻少女逐渐失控的怒气。

"——那么,你是说,我们全死在这里,无人生还也没关系吗!……是吗,我知道了!"

安济荷在怒斥中结束了对话。

"……被驳回了?"

随手把很吵又失去用途的辅助钟投掷出去,把某只太过逼近的浮狐给打了回去,晴久不意外地问道。

"……他们说,"安济荷不甘心地咬了咬唇,转述来自物育局高层的信息,"'不能让珍贵的原物种因为罪犯与死人而受到损害——请在不对浮狐造成致命伤害的前提下,安全脱离目前区域。'"

晴久闲闲地吹了一声口哨:"一针见血呢,这个意见。"

追根究底,除羽师们本来就是求助于政府,才有办法维持复活假象的死人。与更大的利益冲突时,成为被放弃的一边也是理所当然的事。

"抗命的话呢?"

音涤甩手问道。两只浮狐被他的金线反弹,飞了出去,在稍远处呜咽落地。

"会被直接中止契约,作为处罚吧。"

晴久耸肩道:

"这次事件牵涉的利益层面,不像音涤先生的落跑那么简单。就算羽见反弹,物育局高层也不会善罢甘休……大概会强押着羽见到契约厅?"

"可恶!"

闻言,音涤低咒一声,撒手用金线绑住自己与安济荷周围的四只浮狐前足说道:

"根本是压榨死人嘛!这不公不义的臭政府!"

"呐。"晴久向愕然的典摊了摊手,笑眼闪动,"你所谓的公务员,就是忠心于这种市政府吗?"

"……开,开罗姐姐怎么说?"

用很不可靠的笨拙手势,举着从某名护卫身上搜括来的枪,瞄准其他步步逼近的浮狐,典咬了咬下唇,问道。

"通讯官小姐好像在我们一开始回报浮狐的异状时,就擅自跑出去了,情报室的人也联络不上她。"

回答的安济荷自己也充满困惑。

"咦,跑出去是什么意……"

典愕然回头问。就在这时,一只浮狐咆哮朝她扑去。典虽然马上回头开枪,但没有宝石屑,不管是转身的速度或是用枪的准度,帝瑟·典都只是一个平凡少女。

砰!

典的开枪落空。安然无恙的浮狐扑到她的肩头,张口一咬。

"呜!"

无力抵挡那股冲力,典娇小的身躯在剧痛中往外摔飞过半个停车场。

另外几只浮狐则集中针对晴久,轮番扑了上去。

巫嘉裔少年虽然勉力击开了头一两只,但浮狐数量压倒性

VI Raining Again

地多，又不能痛下杀手，左支右绌的少年终究被扑倒在发狂的浮狐群之下。

激昂的琴音忽地响起。

"糟了！"

认出那是自己辅助钟的警示音，音涤神色变得仓皇。

下一瞬间，自他指尖连出的金线消失于无形。突然被松绑的四只浮狐先是茫然地看了周边几眼，而后反应过来，朝音涤与安济荷袭去。

数颗闪着雪白火焰的西洋棋疾射过空，没入浮狐脚掌前端的地面。

浮狐们本能地退缩了一下。

袭击奏效，珞耶没有停下快奔的脚步。补充一颗宝石屑后，她再次撒手，又是一枚燃烧的西洋棋飞出，凌厉射向咬住典不放的浮狐。

浮狐的皮毛染上雪白火花，立刻痛得松开典，在地上打滚试图灭掉火焰。

"膳晴久，闭上双眼！"

同时，在另一端的停车场，一团光束则在围攻晴久的浮狐群中间爆开。受到强光刺激，眼睛刺痛的浮狐群纷纷疑惧往后退开。

利用回声率带来的高幅体能，几乎是在眨眼间，闪身到晴久面前的约，没有浪费时间检查前者伤势，而是直接丢给他一颗自己的宝石屑，同时也丢了一颗给愣在原地的音涤。

"把宝石屑吃了。"约说。

"……安全分量的限制呢？"

晴久撑着身体站起，全身大伤小伤惨不忍睹。他低眼望了一下旧贵族少爷丢来的，由墨蓝、褐绿及樱红组成的三色宝石屑，犹如漂亮的冰糖般剔透，问道。

"这时候还管得了那么多吗？"

打了下指，用月食定住欲朝自己抓咬的浮狐，约冷冷回道，完全不费力掩饰自己的敌意。

"慢性上瘾总比现在就变回死人好。你该感谢茗，要不是她事先为你求情，我一点都不想浪费自己的宝石屑在你这杀人凶手身上。"

珞耶也许可以容忍，但约一想起当日在教堂亲眼瞧见珞耶被枪杀的尸体时的情景，还是不禁视界发黑。

如果可以，他绝对不介意亲手揍晴久一顿。

"啊啊，公主的火气真大呢。"笑了一笑，晴久耸肩后吞下宝石屑。

音涤也是。

再瞪了东方面孔的少年一眼，约把仅剩的最后一颗宝石屑放入自己口中。

来自仅有三分之一颗的碧碧雷儿之石，微微的凉气在舌尖扩散。

"那么，开始行动吧。"

面对周围暂退一步，却丝毫不减虎视眈眈之势的原物种，约冷声下令。

༄ ༄ ༄

VI Raining Again

"……珞……耶克？"

撑着抬起头，典跌坐在停车场内的某辆车旁，肩头鲜血直流不止。

珞耶弯身，先是皱眉看了下短发少女的伤口后，才把一颗像是冰糖的物体递给典。

"吃下去，暂时能帮你维持体力。"

"这是……"

失血带来的昏昏沉沉中，典吃惊地张开口。

"黑璀的宝石屑，对你而言只有三分之一的效果。"

虽然超过人体一天所能摄取的安全分量四颗，但在这种情况下也顾不得那么多了。

"听好，典，这些浮狐是因为闻到笼炬草的香味，受到刺激才会发狂攻击人的。"

珞耶一挥手臂，把跳上来的浮狐给用力掸开。

"而笼炬草的香味来自醉花间巧克力。"

"这我知道。可是我没看见巧克力……"

"在水里。"

罪恶感的阴影闪过珞耶的面庞。她用下颚，示意地朝隔间的方向指去。只见在原本分隔的玻璃破掉之后，隔间内的浮狐蜂拥而出，隔间本身和停车场形成了一片相连的空间。

能看见大隔间中，银白砖墙砌起的圆形池塘。塘中，矿晶形状的涌泉浮上又流下。

"这是我的错……大量的醉花间巧克力从其他的隔间，透过相连的水源，一路滚流到这里的水塘中。"

这间隔间似乎是最大的隔间，也是水源的尽头，所有的水道连到这儿后便不再流动,因此巧克力全堆积在水塘中。

虽然经过水的稀释,但大量巧克力累积的香味仍是发散出来,并对在隔间内休憩的浮狐造成影响。

"我跟黑璀刚刚在饲育区内,一间一间隔间找下来,花了不少时间,所以来晚了。"

平常这种时候都靠开罗指引,但不知为何,从刚刚起就联络不上她,自然也无法拿到地图。

"那,那……我们应该怎么做?"典不知所措地看着再度露牙逼近的浮狐群,小声问道。

"降灵。"

珞耶边说,边抬起手,蓦地打破身旁轿车的车窗。

玻璃划伤了她完好的手臂,蜿蜒的血如蔓藤攀爬过少女白皙的肌肤。

珞耶眯眼,反手握紧了车内的车把。一刹那,整辆车登时从与她指尖相触的车身部分,开始轰地剧烈燃烧。

停车场的温度瞬间下降。

张狂的冰冷焰形,暂时震慑住了蠢蠢欲动的浮狐们。

珞耶抽回手,没有擦掉手臂上的血迹。她的声音,一如正在吞噬车辆的煌白雪般凛冽。

"我们必须降灵,典。"

༄ ༄ ༄

把从其中一名护卫身上剥下的厚外套,紧紧裹在只穿着单薄制服的自己身上,安济荷坐进原本就是为了株杏总裁准备的

VI Raining Again

加长型礼车驾驶座,株杏总裁和失去意识的护卫们则全被塞在后座。安济荷用一手打开暖气,关上车窗,同时间一直用另一手里的枪,对准了后座的男人们,准备谁有异样就立刻开枪。

都准备好了。

带着这个含意,安济荷隔着车窗,向车外的旧贵族少年点了点头。

约回望她,眼神中带着征询。

虽然是不得已,但他还是觉得让安济荷跟这些人挤在同一车太过冒险。

然而安济荷只是摇首。

她摇下车窗。

"……这些人将来可能会被判死刑,但是,至少不要死在我的手上。不要死在我的面前。刽子手当一次就够了,黑璀同学。"

很快说完,安济荷再度摇上车窗,转过身面对后座,不再看向约。

知道她心意已决,约阖了阖眼,也旋身望向晴久跟音涤。

"那么,就开始吧。"

在约语落的同一时间,没有更改过的"滴滴"警示音紧急自他的辅助钟响起。

月食解除。

摆脱禁锢的浮狐扑了上来。约刻意只后退半步,让浮狐锐利的牙浅浅划过自己左掌。血立刻自齿印的边缘冒出。

约暗暗咬牙,忍住血腥味带来的剧烈头痛。用右手食指抹起自己的血,他快速在空气中画出一个像剑又像十字的图腾。

碧碧雷儿之石的构成式。

"……给我静止!"

厉声低喊,约用力敲了下手指。

远远超过平常他能召唤的,数不清的月色圆圈,各自在一只只浮狐的足下平面展开,在捕捉的光华散去过后,留下停在月食黑夜中,或静或动,时间被冻结住的虹彩原物种。

同时间,音涤也接过晴久投来的随身匕首,低声埋怨了句,才不情愿地皱了下眉,避开重要手部,用匕首割破自己的腿。

沾了鲜血,音涤在地面上画出一个像是太阳的放射状图腾。

温暖的落叶色光芒自图腾本身焕出,照亮了停车场的灰泥地面。

自音涤的身上登时射出无数道细致的玫瑰金线,灵活吐出,绑住剩余尚未被约的喙术掳获的浮狐,令其动弹不得。

现下,全数的浮狐都在压制之下。

暂时。

"趁现在,珞耶丝芬克!"

强撑着降灵状态的不适,约低喊。

听到青梅竹马的信号,珞耶立刻一跃跳到位在停车场中间位置的车辆车顶,用手臂上的血,流利绘出碧碧雷儿之石的构成式,而后用双手一齐贴在车顶。

"——焚烧吧,'煌白雪'。"

珞耶用气音低语。

在暗蓝的森森寒光抱拥下,雪白烈焰如熔岩般熊熊爆出,延烧了相连的车辆,以极惊人的速度一辆接一辆地爆炸,在白色烈焰中化为灰烬。

VI Raining Again

与火焰成正比,室内温度同时急速下降,如入冰窖。

一层一层的冻霜逐渐出现,结在地面与车窗。虽然早有准备,但躲在车里的安济荷跟株杏总裁,仍是冻得唇色发紫,只能拼命缩起身体直打哆嗦。

珞耶没有停手,她周身的车辆持续发出爆炸轰声。随着指下的雪色烈火愈烧愈旺,因降灵而急速上升的脑部负担,也让本就饱受失眠之苦的珞耶面色雪白如纸。

温度持续下降,冻结的空气犹如坚硬结晶,连呼吸进去肺里都觉刺痛。

典与晴久同时急奔而出。

因为方才吞了三分之一颗宝石屑,有回声率提升的体力作为支撑,两人仍保有了在极度低温之下自由活动的能力。两名除羽师一路穿越过停车场,直直冲向尽头的大隔间,沿途皆是被约与音涤的喙术缚在原地的浮狐。

就在这时,约与音涤的体力抵达极限,两人被迫解除降灵。月食与金线都在一瞬间消失无形,恢复自由的浮狐们先是困惑了一下,随即再次对两人展开攻击。约对浮狐恫吓性地连开数枪,抓着还没反应过来的音涤躲到最近的车身后头当做掩护。

几乎没有间隔,珞耶跟着也支撑不住,停止了疯狂炸烧整个停车场的降灵状态。冻白火焰染出的轨迹逐渐死绝,珞耶被浮狐们逼到困在车顶,无法下来。

"典,快点!"进退维谷的珞耶大喊。

听到她的声音,典心头一凛,加快速度完成最后几步,奔入大隔间之中。

在她面前,银白砖墙砌成的大型人工池塘水面已然结冰。

一确认这点,本来就都受了伤,身上血流不止的典跟晴久两人,也不用再多费工夫划伤自己。对视一眼,他们分别用抹了血的指腹,在空中画出契约羽见之石的构成式,进入降灵,令回声率瞬间提升到百分之百。

典踩地,轻轻一跃至水塘中的矿晶顶端。张开双臂,用娇小的身躯环抱住后者,吸一口气,便以矿晶造型的支架为施力点,将整座结冻的涌泉,连带底端水塘的冰,一并拔了起来,而后用力向上抛去。

涌泉状的大冰块整座浮空飞起,直直往上,直到应声打破了饲育区顶端的玻璃。

晴久在自己全身上下召来强烈风旋,凌空跟在涌泉后面,飞了上去。一等接触到外面的空气,他立刻加强风势,把含有醉花间巧克力的冰块,连着底下的人工矿晶,一起切成无数细碎不可见的小小碎片后,呼地吹散在饲育区外的四面八方,无处可寻。

天空正飘着细雨。

与外界相通,潮湿的雨的气味,迅速稀释了停车场内密度过高的华丽香气。

失去笼炬草的刺激,浮狐们中止了对除羽师们的袭击,原本的温驯重新回到它们的眼睛中。

约放下枪,吁了口如释重负的气。

累得发不出声音的音涤,直接在他身边瘫成大字形。

"……喂。"

珞耶从车顶上跃下。

本来围攻她的浮狐们,现在只是亲昵地在她脚边绕来绕去。

VI Raining Again

珞耶随意拍了拍它们柔软的皮毛,便往大隔间走去。她眯眼望着上空。

"你想飞在上头多久,差不多也该解除降灵了吧?就算你觉得没关系,契约羽见也会很辛苦的。"

她发话的对象则是将手插入裤袋,取消了大部分的风旋,只留一点足以让自己浮在空中不会掉下的风量。

"啊啊,因为很好玩嘛。"晴久弯起两边的笑眼,开始往下降,"原来这就是降灵啊,我第一次实……"

一个只有半边身体,穿着杜萧学生服的身影,突然出现在晴久身后,重重蹬了一脚正在说话的后者后脑勺。

降灵中断,风旋散去,晴久没有招架之力地往下直坠。

"晴久!"

典见状,虽然立刻勉强跳起,伸手接住坠落的巫嘉裔少年,但她的降灵状态也至极限。虽然硬撑到接住晴久才解除降灵,但一结束降灵的瞬间,典的喙术登时失效。娇小的中性少女失重,两人一起自低空坠下,摔在隔间的地板上。

仍然悬浮在上空,转学生残羽伸出仅余一只手,轻松抽出一根因刚才的破洞而松动的天花板钢架,对准底下的典与晴久,做出像是投掷标枪的预备动作。

"危险!"

慌忙将视线从上方收回来,珞耶使出身体仅存的力气,想都不想就奔跑上前,把两名同事用力推开原位。

一头漆黑的长发如兽的鬃毛般垂散,珞耶喘着大气,昂起了头。

那姿态,宛如永远守护着城堡的孤独的龙。

被推得滚出几步，典惊异地睁大了眼，注视面前舍身救人的黑发少女，像是总算第一次看清后者。

钢架自转学生残羽的手中投出，朝着珞耶掉下。但因为原本对准的对象是晴久，位置些许偏移，惊险地插中了珞耶的长裤裤脚。转学生残羽再次抽出另一根钢架，这次准准对着因长裤被插在地上，而无法移动的珞耶。转学生举高了手，手中的钢架眼看就要直直贯穿地面珞耶的身体。

目睹全景的安济荷吓得脸色一变，注意力从后座转到隔间方向。

"珞耶丝——"

同样见到陷入危险的儿时玩伴，约本能要冲过去，却被安济荷的尖叫给硬生生拉住了脚步。

他回头。

只见一发现有隙可趁，装作昏迷的数名护卫立刻一跃而起，朝安济荷扑了过去。安济荷虽然开枪，却落了空。一名护卫把惊叫的安济荷推下车，自己坐上了驾驶座，踩下油门。

然而，被火焰肆虐过的其他车身残骸阻挡在前，无路可走。

"调头！"后座的株杏总裁当机立断，"碾过去也没关系！"

听命的护卫立刻回转车身，以出口为目标，毫不留情地朝杵在路上的安济荷驶去。

"黑璀同学！"

被推下车的安济荷似乎是扭伤脚，无法及时逃开，只能求助地转向约。

约僵住。

他的右方是即将被掉落的钢架刺穿的珞耶；他的左方是即

VI Raining Again

将被疾驶来的车辆碾过的安济荷。

所有的宝石屑都代谢完了。

剩余的时间或体力,不管再多勉强,都只允许约再降灵一次。

——假如,定价的天平已经摆在你的眼前呢?

仿佛重新听到那日安济荷在医护室静静的质问。

所以,要画谁的构成式?

碧碧雷儿的,好用月食阻止残羽?

茗的,好用针人形停住株杏总裁的车?

左?右?哪一边?

要救谁?

——这个呀,我觉得是会重演的哟。

将双手背在身后,在回忆中转过身来的露朵,脸上还贴着未拆的纱布。一贯的甜甜微笑中,带着几许认命的苦涩。

只有他才能看穿的。

——所以,大概下次你还是会对我见死不救的哦……小约。

记忆中的露朵用轻柔犹如小鸟的声音说。

约想吐。

不是因为刚刚已经施展过一次降灵;不是因为同时佩戴着三种不同的回声石。

不只是那样。

而是,比谁都清楚的,在自己心中这份历史即将重演的预感。

——我不会让你出事的,即使要以我自己的性命换取。

引擎声越来越近。

像是播放的慢动作，所有的思绪犹如万花筒般移转不停，天平决定倾斜的时间，却只有不到眨眼的细微一瞬间而已。

约从安济荷身上转开了视线。

抹着血，约的指尖画出了介于十字与剑之间的图形，而非茗之石犹如花瓣的构成式图腾。

"冻结！"

他咬牙喊。

正要将钢架往珞耶投下的转学生残羽脚底出现月影，投掷的动作停顿在半途。

同时，株杏总裁的车撞上了安济荷。

安济荷的身体重重弹跳了下，而后飞了出去，在地上滚了几圈，便一动都不动了。艳色的血泊在她身体周围渗出，如同大花绽放。

转学生残羽的身影突兀地消失在雨空中。

撞开安济荷后，加长型礼车没有丝毫减速，以最高速冲出了停车场，室外的光线迎接似的照亮了车前的挡风玻璃。

那是一排枪口。

"！"

差点反应不及，驾驶座上的护卫被迫紧急刹车。

车头灯清楚照出人数众多，列队等待犯人自投罗网的警察们。周遭灰濛的雨，令深色的警察制服也连带灰扑扑的，平添几分肃杀。

"是嫌疑犯株杏·庇纳吗！"

带头的刑警走了过来，透过车窗，确认被护卫们簇拥的株杏总裁长相后，立刻举枪戒备道：

VI Raining Again

"你们所有人都被逮捕了,下车!"

看着刑警的枪口,株杏总裁迟疑了片刻,终究长叹一声。叫护卫打开车门后,株杏总裁与护卫们一起举起双手投降。

"……下车之前,我需要我的轮椅。"

努力保持身为旧贵族与古血的最后一分尊严,株杏总裁说。

"……"

把被固定在地面的长裤给撕开,恢复自由行动能力的珞耶眯起了眼,无言地看着被刑警押走的老人。

滴。

她的辅助钟突然响起。

珞耶带着淡淡疑惑按下锁针。

"……恺逊。"

线路接通的同时,她自报名号。

"啊,珞耶克同学?"传来的是通讯官的轻快嗓音,"麻烦回报一下特别科人员的伤亡状况,还有你个人的生辰八字。"

"大家都受了伤,典跟膳晴久的伤势比较重,但应该没有大碍……后面那个要求是什么鬼?生辰八字?"

不能理解这个名词的珞耶皱眉问道。

"巫嘉流行的民间信仰一部分,是用你的出生年月日及时辰计算得知的。"

"……所以?"

"不是,因为最近特别科整体运势很衰。上次我用星座找大师开运过了,结果好像没什么用,我决定这次集合所有人的生辰八字去安太岁。"

字典中没有前车之鉴四字的通讯官回答。

"……"

"啊,珞耶克同学,你现在莫非是感动得说不出话来吗?"

"不,我纯粹只是听不懂。"

珞耶实话实说。

不是每个人都像开罗一样,对各种宗教信仰都狂热尝试的。

"……不过,为什么警察会出现在这里?"珞耶问,"这件案子的调查权不是在物育局手上吗?"

"我把调查权移转回警方了。"

开罗很干脆地给了答案。

"与绑手绑脚的物育局立场不同,警方高层不用管浮狐死活。"

只是没想到警方动作太慢,等赶到现场时,除羽师们已经自力救援完毕而已。

"……等等,"珞耶不可置信地把辅助钟拿近耳边,瞥了一眼在她身边走来走去的多名警察,赶紧压低音量,"你难道是因为这样才离开工作岗位?"

"哦哦,因为我是秘密移交,当然不能用镜厅内部的网络,会被发现的。"

"秘密移交?"

"更简单来说,就是我觉得应该把调查权转回警方手上比较好。所以虽然上头命令还没下来,但我就很有效率地先准备好了一份长得跟真的很像的移转书,再瞒着上头把移转书交给

VI Raining Again

警方,警方就相信了。这样子,之后只要再跟上头报备一声就可以了。说真的,我自己都觉得自己简直堪称公务员的典范啊。"

闻言的珞耶忍不住沉默了下。

"……也就是说,你为了救我们,骗了物育局高层跟警方?"

"没有骗,是先斩后奏。"

"……你不怕被革职吗,开罗通讯官?"

"很难找到工作能力与我相提并论的人。不然凭我的个性,早就被革职了。"

很有自知之明的通讯官光明正大主张道。

"还有,当然怕哟。不过,这世上应该有很多虽然怕,却还是得去做的事不是吗,珞耶克同学?"

珞耶缄默须臾。

她的眼角余光瞥向跪在不远处的少年背影,再看向自己发着轻颤的指尖,而后低垂下头,轻点了点。

"……也是。那,我挂了。"

结束通话,珞耶收起辅助钟,吸了口气后,朝仍然跪着没有起身的约走去。

"……"

背对着她的约一定有听到她的足音,却没有任何动作。在他面前,是安济荷留下的大片刺艳血迹。

虽然刚才警方还是有叫救护车,把安济荷给带走,但在场的人任谁都看得出来,莎邬托特·安济荷已经死了。

不然转学生残羽不会凭空消失。

雨声滴滴答答。

缓缓踱步到青梅竹马身边,犹豫了下后,珞耶才伸出手,覆上约的眼皮。

"……你还在这里哟,黑瞳。"

她低声道。

约肩头细微一震,但没有反抗。

——我不会让你出事的,即使要以我自己的性命换取。

约说这句话时出于真心。

然而,珞耶例外。

比他自己更重要的,比这世上的任何人都更重要的,珞耶的性命。他做不到。

冰晶般的气息,暂时冲淡了令人头晕目眩的血香。

视界却仍尽是黑色一片。

没有温度。眼皮上手套的触感,提醒了约这似曾相识的场景,毕竟只是似曾相识而已。

他们都与以前不同。

可是,却还是留在这里,在这座已经没有魔法师的城堡之中。

公主何时会想逃离城堡呢?

龙何时会想毁坏城堡呢?

失去魔法师的公主与龙,又能维持这样的平衡到何时呢?

靠近却又遥远的关系。

不知道。

还不知道。

可是,只有一点是确定的。现在,跪在这里的自己,为了救向自己伸出手的这个人,不惜舍弃另一个无辜的人宝贵生命的这件事。

VI Raining Again

——所以,大概下次你还是会对我见死不救的哦……小约。

就跟露朵的预言一模一样。

无论如何想否认,他的天平却早已倾斜了。

自铭印的那一刻开始。

"……对不起……"

按住置在自己眼皮上,站着的珞耶的手,约用几乎要哭的声音,跪倒在安济荷的血泊之前,反复小声地道着歉。

"……对不起,原谅我,对不起……"

他们身边,救护车与警察的人来来往往刺耳的喧嚣。

不忍再听,珞耶轻轻闭上眼睛。

"珞耶克!"

远远看到契约除羽师从落地窗迈进荆棘园的身影,等待的碧碧雷儿快步从洋馆奔来,浅色洋装的裙摆起伏如波。

年幼羽见清丽的小脸上,尽是努力克制过却还是流露出的忧心忡忡。

"汝没事吗?吾听说汝跟约都受伤了。"

"啊,碧碧雷儿。没事没事,我先回来,黑璀等跟警方交代过经过之后,也会马……"

摆着手,珞耶想用微笑安抚契约羽见,连日来的失眠造成的体力不足却在这时反扑。晕眩了下,珞耶跄地往前倒。

跟在她身后的典跟息亚芦立刻一左一右扶住她。

珞耶讶异地看着两人。

"你们——"

"……上次，很对不起。"

没有看她，将脸躲在黑披风下的息亚芦小声致歉。

"……虽然珞耶克有的时候的确很可怕……"典的刘海下，是一对带着淡淡羞怯的圆眼睛。"可是，也有不尽然是这样的时候。所以，我已经不怕了。"

"……"

珞耶眨着眼，看着两人，一句话都说不出来。

"那，我们先去休息了。"

把还在怔忡的珞耶姿势扶正，典跟息亚芦先一步进入洋馆，留下珞耶与碧碧雷儿两人。鲜碧如洗的草地，在少女们的鞋下像是海洋般往四周展开。

珞耶望着典跟息亚芦的背影，还有些反应不过来地呆着。站在她旁边的碧碧雷儿轻咳了声，令她回神。

"……历史不会每次都重演的，珞耶克。"碧碧雷儿轻声。

珞耶闻言，轻诧地将视线转向契约羽见，过了一会儿，再转回原本的前方。

"……嗯，或许吧。"

她的语气清越，却并不像碧碧雷儿那般笃定。

"吾听说目击者身亡的消息了。约不要紧吗？"没有强迫珞耶，碧碧雷儿安静换了问话主题。"听说株杏总裁这么做的理由，是因为想报复约的父亲？"

"……对。"

过了一会儿才应声，珞耶的脸色有着些许晦暗。

"黑瑾的父亲，黑瑾·谬议员，是以公开反对古血出名的左

VI Raining Again

翼议员。然而……黑瑾夫人,也就是黑瑾的母亲,本身就是古血的传闻从没断过。"

"汝是说,约的母亲?"

碧碧雷儿惊讶反问。

"对,当然没人敢当面质问黑瑾议员,而且也觉得如果妻子跟小孩是古血的话,黑瑾议员再想要政治权力,也不会对古血如此穷追猛打,所以传闻始终只是传闻……"

珞耶迟疑了会儿,才继续说道:

"在我们十二岁时,向来深居简出的黑瑾夫人,突然无预警地在自邸跳楼自杀了……当时目睹的黑瑾无法阻止,一直为此自责,现在又同样目睹与母亲相像的安济荷在眼前死去……"

眸色复杂的珞耶没有继续说下去。

碧碧雷儿若有所思地注视着她。

"……汝不用陪在约身边也没关系吗,珞耶克?"

最后,碧碧雷儿开口问。

"耶?……是啊。"

珞耶笑了一下,挥挥手,开始朝矗立在两列荆棘灌木尽头的洋馆走去。

"应该说陪在身边也不会有任何作用……很可惜的,我的碰触,或是约的话语,都已经过期了哦,碧碧雷儿。"

"……是吗?"

碧碧雷儿想了想后,以端正的步伐跟上比自己高出一截的契约除羽师。

"珞耶克。"

"嗯?"

"虽然这么说对目击者并不公平，但吾很高兴汝活下来了。"

笔直望着前方，碧碧雷儿认真的语气不带矫饰。

"约选择了汝而非目击者，吾真的由衷感到高兴……所以，就算有错，也不全是汝或约一个人的错。"

"……"

珞耶闻言，吸了一口很长的气。她没有说话，碧碧雷儿也暂时闭上口，两人在静寂中往前走了数步。

"很高兴啊……可是，一定也会有人因此觉得愤恨的吧。"

最后，珞耶说。

因为每个人都拥有不同的天平，却拥有相同的世界。

"只是如果……如果黑璀选错了呢？"

珞耶低低问道，脚底的土壤带有压迫的湿意。

"如果安济荷生命的价值，远比已是死人之身的我高呢？"

碧碧雷儿蓦地止了步。

珞耶跟着停下，转身讶然地看着金发的羽见。

"碧碧雷儿？"

"对吾而言，生命是没有价值之分的。吾认为每个人都有活下去的权利，就算是过去曾犯过滔天大错的人，也不该被剥夺……可是，珞耶克。"

抬起澄澈的碧绿双眸，碧碧雷儿的声音中不再带有困惑。

"为了救汝，有必要的话，即使是圣人吾也会毫不犹豫对其开枪。"

像是枪杀膳晴久那样。

"吾从来，没有后悔过当时成了刽子手。即使如此……即使如此，生命是无可取代的。犯罪是无可原谅的。杀过人，却

VI Raining Again

也想同时相信这两者的吾,是不被允许的吗?"

握起镶嵌着主心石的左手,碧碧雷儿轻声询问。

没有马上回答,珞耶望向碧碧雷儿身后的无垠草坪。

延伸的朦胧碧绿。

在那之上,一名穿着甜美裙装的卷发少女转过身来,朝她露出一贯的甜甜笑容。

——珞耶。

仿佛听到卷发少女柔声唤着。

珞耶缓缓闭上眼睛,再缓缓睁开。

荆棘园的草坪上,空无一人。已经见不到卷发少女的幻影了。

——珞耶。

可是,还依旧存在着。

只要安静屏息,闭上眼睛,就能听到身后,来自亡者栩栩如生的呼吸声。

过去不会真的过去。

"……嗯。"

将视线从原本就空荡荡的草地收回,珞耶看向身边有血有肉,活在这个时空之中的浅金发色少女。

"不愧是率直严谨的碧碧雷儿,会做出的感想呢。"

她说。

"……吾太天真了吗?"

"不。"

拍了拍些许懊恼的年幼羽见头顶,珞耶倾首,露出嘴角上勾的丽然微笑。

"不……相反,碧碧雷儿是带来救赎的母亲哦。"

༄༄༄

洋馆的茶水间内,茗小小地换了口气,才手势优雅地把烧开的热水倒入茶壶中。

淡淡的茶香徐徐在室内飘散开来,里头混着些许柠檬草与甜菊的清甜香味。仔细闻,还会闻到野薄荷的淡淡呛辣。

"……那个,还是我来吧。"

看着茗光一个简单的泡茶动作都进行得气喘吁吁,旁边的那埃看不下去地提议。

"今天下午在保护区,除羽师们都使用了降灵,对你们几名契约羽见应该都造成了不小的负担,还是先去休息……"

碧碧雷儿跟息亚芦体力可撑不住,一等见到契约除羽师们平安归来后,便都各自回到房间里睡下了。

"——如果可以的话。"

神态幽静,茗的回应来得一针见血。

"不过那埃大人连热水跟冷水有时候都会搞错吧?茶叶跟咖啡豆也分不太清楚不是吗?让那埃大人泡茶的话,我反而会因为太忧虑饮用人的安全而无法安心休息。所以请出去,那埃大人留在这里只会碍事而已。"

"……"

不能否认茗就事论事的指控,那埃只能默默往后退出茶水间。

所谓佳人,在水一方。

VI　Raining Again

自调整茶壶水量的茗口中，突然吐出幽丽的巫嘉语咬字。

没想到会听到这句，那埃愕然地旋身回头。

面前，是转过身对他盈盈微笑的茗。

"茗？"

"——只是，突然想讲而已。"

茗说。

她深邃如星的墨瞳中，浮现成功吓到年轻博士的满足感。

宛如他们刚相识时一般。

"因为，这个语言是你与我一同学的……不，应该说是你陪我一起学的，那埃大人。"

"……"

一时间找不出话来回复。

应该说，在这个人的面前，自己也太常哑口无言了。对于有这样自觉的自己苦笑了下，那埃将手插入研究袍口袋中，低垂了眼。

在满室的茶香之中。

"……是啊。那真是，很久很久以前的事了呢。"

那埃说。

结束警方的侦讯，约回到镜厅时已是深夜。他站在明知是幻象的伪装墙壁前，举起手，却迟迟没有放到描绘着灰色森林的小型挂画上。

——没想到你愚笨到这种程度。

走过警方接管的保护区房间时,偶然间听见的父亲声音,在约的脑海中再度播放。

"为了早就灭绝的王族,真亏你能愚忠至此……你知道你差点害死多少无辜的人吗,株杏爵士?"

约一听到父亲的声音,立刻下意识地退回墙后。自半开的房门中,持续传出父亲及株杏总裁的对话。

"……无辜的人?"

株杏总裁像是听到什么笑话一般,忍俊不禁地失笑出声。

"非亲非故,别人的性命关我什么事?我的亲朋被迫害时,这些人不也是漠不关心吗?话说回来,迫害无数无辜古血的你,竟然还有脸……"

"——我的妻子是古血。"

黑璀议员一开口,冷漠高雅的声线像是西洋剑尖,一下子就戳断株杏总裁的语流。

墙后的约身体微微僵住。

"什……什么?"

株杏总裁似乎也被这番惊人的告白吓怔住,过了好一会儿才颤抖着苍老的声音反问。

"可,可是,你不是极度厌恶……"

"原王族与古血。我对这两项的厌恶,至今仍没有丝毫改变。"

黑璀议员冷冷接着老人的话。

"仅有我妻子是例外。她是古血,但我愿意为了她忍受自己的厌恶。"

VI Raining Again

"……你为什么要告诉我这件事?"

沉默了下后,株杏总裁问道,声音中有着疑问。

"因为我想让你知道你有多愚蠢。"

"……什么?你这无礼……"

"没有笼炬草制成的疫苗,古血就会感染666死去。你是如此,我的妻子也是。"

在约耳中,不理会株杏总裁的愤怒,父亲的声音依旧自顾自地盘旋。

"然而,黑璀家长年私下购买笼炬草,流言早就满天飞,纸包不住火是迟早的事……害怕自己古血的身份曝光会连累到家人,我妻子在四年前选择跳楼自杀。"

父亲叙述的语气冷漠。

偷听的约冷汗直冒,握紧了双手压下自己的心悸。

"可是,她这么做,不是为了保护我,而是为了保护另一个人。"

"……保护,另一个人?"

父亲与株杏总裁的对话继续传来。

"我爱着我的妻子,然而,她忠实的对象却是自己服侍的主子——跟你相同,只在乎自己爱的人们,而对别人爱的人们,弃如敝屣的主子。"

这次的沉默间隔长了一些。

约不知暗暗数了几秒,才总算传来株杏总裁恍然大悟,倒抽口冷气的声响。

"……难,难不成那孩子是……"

"这答案是什么,你就自己在监狱中好好想吧,株杏爵士。

另外，应该不用我多提醒，乱说话的话，真正会被伤害到的人，正是株杏爵士应该绝对不想伤害的人才是。那么，请保重。"

自父亲说话的方向，传来人从椅子上起身的声响。约本能地再往后缩了半步。

"——等等！"

株杏总裁突地叫出声。

"至少！……至少，告诉我为什么你要支持浮狐？你不是新秩序党党魁吗，保护区应该跟你的政治主张背道而驰才是吧！"

对此，黑璀议员顿了顿，才安静反问：

"……那你又为什么要领养莎邬托特·安济荷，株杏爵士？"

"什么？"

"我从警方档案上瞄到那女孩的照片了……是因为与画上的侍女长得很像吗？名叫'侍女与浮狐'的那幅画。"

"你……你怎么会知道？"

株杏总裁的语气中满是错愕。

"因为我支持浮狐保护区，是出自同样的理由。"

隔着墙板，父亲的声音听起来忽然有些模糊。

"……我们之间的差异只在，对你而言，那幅画代表的是王族；对我而言，那幅画代表的是我妻子，仅此而已。"

与约的心跳同时，是株杏总裁吃惊的低呼。

"这么说来……"

"没错，那是她少女时代的肖像画，又是侧面入画，因此少有人认出来……那么，我走了。"

"等等，黑璀·谬！"

VI　Raining Again

当时,父亲并没有回应株杏总裁的第二次叫唤。怕被父亲撞见,在前者走出房门前,约便先行蹑步离开了现场,他的双手上流满冷汗。

即使是现在,约的手仍是微微冒着细汗。

"……呼。"

刻意把父亲的声音赶出脑海,约吁了一口长气,而后将手放到画布上。

小型画布从他的手掌贴着的地方开始变得透明,扫描的光束条从底部浮上,仔细扫过约的手掌底部。

咔。

随着仿佛如时针移动的响声,认证完成的荆棘园门口洗去幻象,露出原本的落地窗模样。

约推开落地窗,走进荆棘园之内。

防护罩外,天空已然全黑。洋馆前的两盏立灯也打开了,明亮的光线照亮了馆前的阶梯。

"……欢迎回来,约大人。"

约走进洋馆时,在起居室等待的茗立刻起身,向他微微福了一身致意。

"茗?"

约掩不住讶异,瞄了一眼自己的辅助钟面。

"你还没睡吗?"

"是的,因为约大人还没回来。"

茗简淡的说法中并没有邀功的意图,只是平铺直叙出一个事实。约沉默了下,才开口问:

"其他人呢?"

"羽见们都回房休息了。典大人,晴久大人,音涤大人在疗伤过后也都各自回家,只有珞耶克大人还在饭厅,说要等到约大人你回来……啊。"

边说边走到饭厅入口的茗低呼了声,停在原地没有再进去。

约见状登时有些紧张,快步走向饭厅。

"怎么……"

"嘘。"

把食指放在唇边,茗偏回头,轻声制止走路声音过大的约。

"……珞耶克大人睡着了。"

约猛地一顿,怔了怔地稍微眨了下眼,才理解过来茗的话中之意。

"大概是等到不知不觉睡着了吧。"茗摇摇头,猜道,"降灵大概也耗掉了不少体力……"

"……不。"

同样将视线移往饭厅之内,约轻声否认。

"是连日失眠造成的疲劳吧。"

"失眠?"

"因为明天是衣莱夫妇的忌日……对了,茗,你知道天气预报说换季雨什么时候会停吗?"

"咦,嗯。"不知所以,茗还是点点头据实以告,"如果新闻预报没错,应该明天清晨就会放晴了。"

"……是吗?谢谢。"

立在饭厅入口,约望向坐在深蓝椅子上,枕着双手,趴在长形餐桌上熟睡的青梅竹马。后者漆黑的头发散开,像是桌子

VI Raining Again

本身的图纹。

"我会负责叫醒珞耶丝芬克,茗你就先回房去睡吧……这壶茶是?"

说完才发现在珞耶对面的桌上放着一壶茶,代表温度的白烟自壶口不断飘旋而出,约蹙起眉问道。

茶香中混着的香草与胡椒香气,对约而言都很熟悉。

"是约大人之前煮过的柠檬菊茶。"果然,茗回答,随即又补了一句,"珞耶克大人主动说要煮的。"

没有料到后面那句,约语带诧异:

"……珞耶丝芬克要喝的?"

他很清楚珞耶有多讨厌野薄荷。失眠带给她的困扰有严重到这种程度了吗?

"不,是给约大人喝的。"

茗说,不着痕迹地望向契约除羽师的侧面。洋馆内每个人都已经被通知关于安济荷的事了。

"……珞耶克大人说,今天晚上的约大人大概会失眠,因此请我准备的。"

约一怔,才垂下眼。

"……这样啊。"他低声说道,"麻烦到你了,茗。"

"不会,我很乐意。那我就先回房了。"

向约低首致意后,茗悄声离开上楼。

约又在原本的位置站了一会儿,才放轻步伐步入饭厅,在珞耶对面的椅子上坐下。

珞耶没有醒来。

约注视着面前热气袅袅的茶,双手交环,倚着身后椅背良久,却始终没有伸手去动茶杯。

纵然喝了茶,一定还是会失眠的。

约很确定这点。

放在外套口袋里,打算拿给珞耶却一直有意无意拖延的绘本,与衣料摩擦发出小小的声响,犹如死去少女们的絮语。

——这个呀,我觉得是会重演的哟。

甜美的嗓音。雨声淅沥,宛如永不终息地下着。

——即使不是在同样的时间,同样的地点……但是,同样的,那个决定性的瞬间,一定会重新到来的。不管人们自己愿不愿意。

卷发少女说道。

当时的他问了为什么。

——因为,我们就是我们啊。

听到他的问题后轻轻笑了,卷发少女仰起还贴着纱布的脸,看着橘红色的暮空。

——是从一开始,就被决定好姿态的我们呢……所以,大概下次你还是会对我见死不救,而选择拉住珞耶的手的哦,小约。

回过身来,用带着笑的无奈嗓音,卷发少女轻轻说道。

"……"

约睁张着眼,看着月光如藤爬进窗内,被雨遮去了一半的光亮,隐隐约约地,投射在趴桌睡着的黑发少女脸上。

像是做了噩梦,珞耶的眉皱了起来,紧闭的双眼不安地移动着。

雨声不断。

VI Raining Again

生命真的没有差别价值吗?

还是,只是人不想承认自己有如此自私呢?

珞耶的眉间愈皱愈紧。

约又在自己的座位上静默了很久后,总算站起身。犹豫了会儿,才伸出手,用双手轻轻覆盖住珞耶的双耳。

虽然在熟睡,但听不见雨声似乎立即产生了功效。少女的呼吸渐渐平稳了下来,眉间的苦痛皱褶也变得舒缓。

"什么最喜欢雨天啊……"

约喃喃,他的侧面倒影映在窗户之上。

滴答。滴答。

自天而降,就像是每一滴雨,都是先前每一滴雨的重演般,规律不息。

犹如再次复苏的心跳。

"……笨丫头。"

在不断重复的雨声之中,盯着熟睡的儿时玩伴脸庞,蹙眉的约,很小声很小声地如此骂了一句。

"还在下雨啊……"

蹲坐在沙发背上,她扫兴地望着窗外滂沱的雨雾,小声嘟囔着说道。准备上班的母亲走过来,听到后发出了朗朗轻笑。

"因为是换季的时节嘛。天气预报说明天就会停了,要乖乖等待,珞耶。"

"唔……"

对忍耐向来不擅长的她闻言忍不住咋舌，转回身来，跳在沙发椅上。

"对了，妈妈都叫我珞耶呢。"

她突然想到地说。

母亲应了声。

"嗯，不喜欢吗？"

"不是。"坦率摇头，困惑浮上她的小脸，"可是，不是珞耶克吗？大家都说我的名字是珞耶丝芬克，所以叫我珞耶克。妈妈是不是叫错了？"

强悍归强悍，但有时候会莫名少根筋的母亲，说不定真的搞错了也不一定。

"不是，你是珞耶。"

微笑着，母亲用双手抚住她的双耳，这么说道。

"是保护重要的，重要的，森林之中的宝物的，珞耶哦。"

母亲的手。

像是在说明天会是晴天哦，盖住她的双耳，掩去所有骇人雨声的，如同阳光一般令人爱恋的双手。

在半梦半醒的模糊意识中，仍能感觉到那双手。

于是，她也跟着安心地笑了。

一如明天真的会是晴天一般。

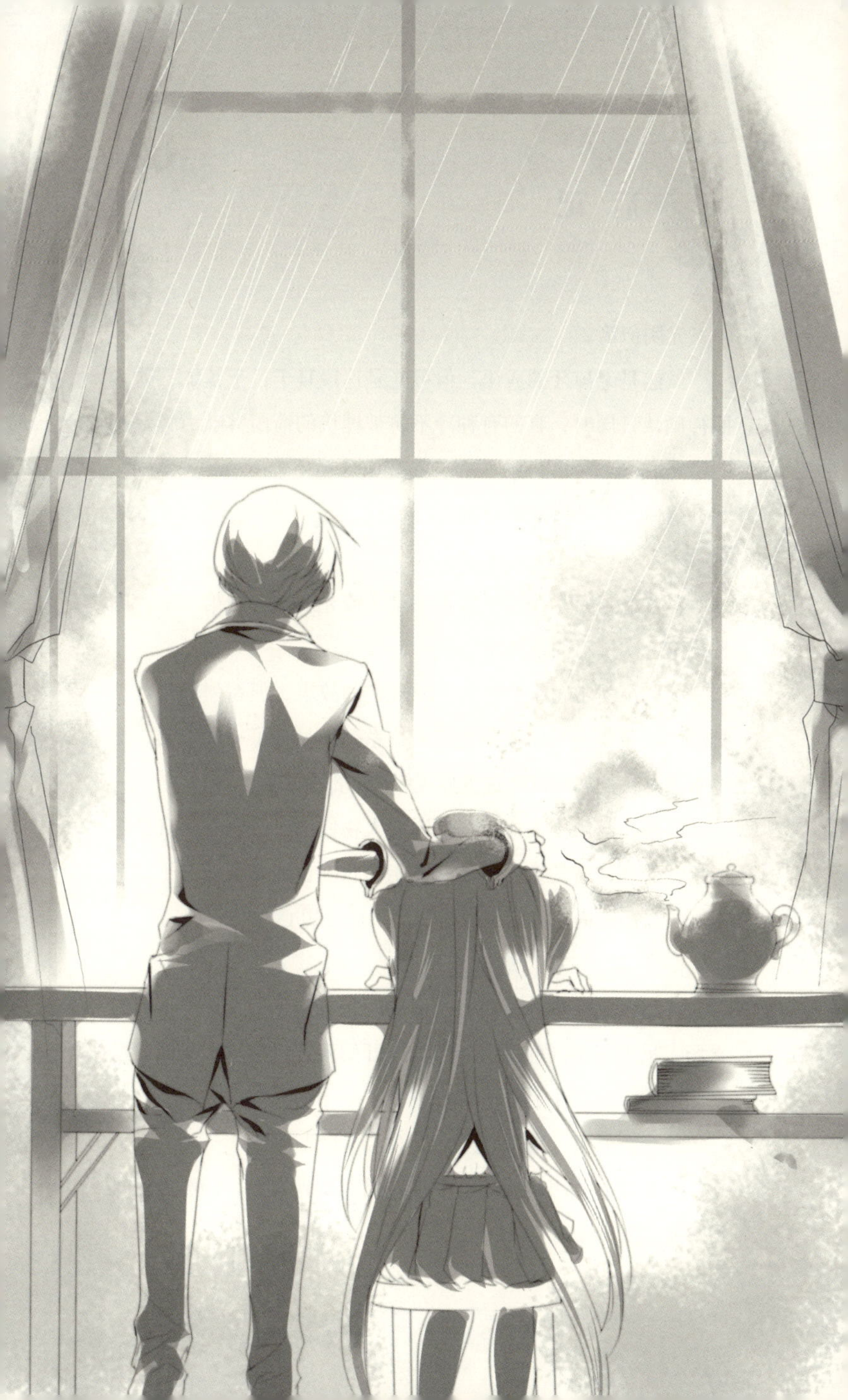

后 记

光阴似箭。

虽然是老掉牙的成语,但可能是这段日子过于繁忙,蓦然回神确认日历时,真的有种冷不防被埋伏的箭雨咻咻当胸穿过的错觉。

当然,幸好只是错觉而已。

各位好,我是久远。这本书是《流光森林》的第二集,也是我第一次撰写的系列作品。

之前虽然常写字数超出上限规定的故事,但系列却是首次尝试。与单集完结的故事比起来,系列作品多了一些限制,却也有优点,例如可以略过世界观解说的部分(默)。

另外,与第一集比起来,因为人物们都已经建立起自己的形象,脱离作者的意志,任意行走的状况也变多了。对于这个情况,目前我尚未决定到底是该高兴还是担心。

在这次的故事中,面对同样的问题,角色们选择了不同的立场,采取了不同的做法。因为一开始就各自继承了不同的过去,因此,彼此注定是不同的。

这个世界里,是否有完全正确无误的选项呢?

到最后,我跟结尾的约一样,仍然感到困惑,仍然没有找到答案。

后 记

即使如此，也不能放弃思考。

我是这么认为的。

继续想。

继续思考。

那么，虽然想不出答案，但在尝试思考的过程中，可能也会有什么其他的重要事物悄悄滋生吧。

没有什么是理所当然的。

信念也好。准则也好。

就算不能一直牢记在心，还是希望自己能拥有偶尔想起这一点的柔软性。

在后记写这些，或许会被认为是不自量力吧。

我不能否认。

不过，有时候不自量力也是必要的，我同时也这么想。

很多事，是在我多出"久远"这个作者的身份后，才开始尝试的。

长久以来，我都习惯藏在角色背后说话，自己本身对说话这件事则越来越不擅长。然而，在一月底的书展和三月的第二届角川轻小说暨插画大赛颁奖典礼，由于种种因素，导致我必须非常不自量力地，顶着发麻的头皮上台发言。下台后，我的手还是一直不断在抖。虽然责任编辑安慰我说多几次经验就会习惯了，但我对自己的学习能力仍抱着高度怀疑。

不论如何，有在这些场合中听到我本人说话的各位，若是发现任何失误，拜托请睁一只眼闭一只眼。

另外一件不自量力新尝试的事,是开博客。

基本上,我是上岸五秒就会想缩回海平面下的重度潜水人种。这种习性开博客真的没问题吗?我因此考虑了很久。不过最后还是决定试着不自量力看看。

网址是http://eons.blog126.fc2.com

虽然更新速度缓慢,内容也跟荒山差不多,不嫌弃的话,欢迎随时来访。

第二集能够顺利出版,从没有排版可言的单纯文字档,到以书本的形式出现在各位眼前,全归功于以下人士的参与。

忍受我每次先交出名为大纲,实则漫无章法的随笔拼贴后,再交出跟前者毫无关联的成品的责任编辑与编辑部。

根据我随性的人设,一次又一次认真修改讨论,让我收到时,都是已经历经好几个版本的美丽插画的Izumi老师与美术编辑。

以及,愿意阅读这个就各方面而言都有些微妙的故事的读者们。

请允许我以一个渺小的作者身份,再一次不自量力地,在此献上化为有限文字的无限谢意。

谢谢。

2010年6月 久远

(注:以上所述的出版时间为台湾方面的时间。)

◎著者：(日) 竹宫悠由子　◎绘者：(日) 泰

期盼已久的海边别墅之旅即将精彩呈现！外加惊心动魄的洞窟试胆大会，敬请期待！

龙与虎 1~4 待续

暑假到了！龙儿&大河跟着一群人来到亚美家的别墅。两人都想利用这个机会缩短与爱慕的人之间的距离，为了避免同归于尽，他们决定要让一个人全权负责支援。为了决定由谁支援，两人展开一场龙争虎斗……

大受欢迎的超重量级恋爱小说第四弹！

定价：各19.00~22.00元

TIANWEN KADOKAWA　Light Novels　天闻角川

©YUYUKO TAKEMIYA 2007

◎著者：(日) 玩具堂　◎绘者：(日) 笼目

期待已久的小羊不迷路咨询会又回来了！——
这次又是怎样有趣的事件呢？

不迷途的羔羊 两只打转的羊

"小羊不迷路咨询会"在学生中的信赖度急速上升。学生会长的心情大好那是没什么问题，但是这一次她带了一个不管怎么看都不像学生的女仆装女生过来。而且她的咨询是"蛋包饭招来杀戮的怪事件"这样麻烦的内容……

定价：20.00元

Light Novels

TIANWEN KADOKAWA

◎著者：(日)三云岳斗　◎绘者：(日)G Yusuke

教授与修伊的碰面——
书架的故事进入最高潮!!

丹特丽安的书架 1~5 待续

　　修伊二人来到了传说有幽灵列车出没的车站。本应是货运专用的路线上出现了豪华的特别客车，而妲丽安他们跳上去之后，在列车里遇到了一个年幼的少女！谜团的关键是一本列车时刻表？围绕着记载了禁忌知识的恶魔之书，"黑之读姬"妲丽安展开大冒险的人气系列小说第五卷！

定价：各20.00~24.00元

师团长开始怀疑蜜芮儿的真正身份?!
天然的面包少女如何应对卧底试探?

◎著者：(日) 清家未森
◎绘者：(日) 根岸京子

替身伯爵系列 1~7
替身伯爵的求婚 待续

　　蜜芮儿在敌国西亚兰以菜鸟队员的身份持续进行调查，没想到这次她居然要混入剧团，穿着女装以密使的身份潜入神殿！她一边执行任务，一边试图跟被幽禁的神官长接触，可是团长却开始怀疑她的身份，事情往惊人的方向发展！

定价：各20.00~22.00元

Light Novels

TIANWEN KADOKAWA

©Mimori SEIKE 2009

当棋子不受玩家控制，游戏的走向会变得如何？

◎著者：(日)成田良悟 ◎绘者：(日)安田铃人

无头骑士异闻录Durarara 1~6 待续

遭人陷害的酒保服男子，成为绑架目标的逃家女孩，渴望战斗的俄罗斯女子，心怀鬼胎的蓝色平方少年，陷入无措的DOLLARS首领……而同样麻烦缠身的"无头骑士"依旧不顾自己安危，试图搭救友人，但仅凭一人之力的塞尔堤能救下几人？

定价：各24.00~28.00元

TIANWEN KADOKAWA Light Novels TK 天闻角川

©RYOHGO NARITA 2009

◎著者：(日) 葵关南　◎绘者：(日) 狗神煌

后宫王发表『后宫放弃宣言』?!
熟悉的新角色——飞鸟&林檎登场。

碧阳学园学生会议事录 1~7 待续

　　这次将有一名少年为自己以往的行为忏悔，高声宣示："这里不是我的后宫。"——真是惊人的冲击消息。
　　季节更迭，"那个时刻"也逐渐接近，不过我们不能就此逃避现实。于是少年杉崎键，不只是公开对外发表后宫放弃宣言，还说出了更重要的事实……

定价：各19.00~23.00元

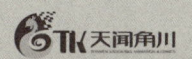

Light Novels

TIANWEN KADOKAWA
天闻角川

©2009 Sekina Aoi, Kira Inugami

图书在版编目（CIP）数据

流光森林.2 / 久远著；Izumi绘. — 长沙：湖南美术出版社，2012.1
ISBN 978-7-5356-4956-0

Ⅰ.①流… Ⅱ.①久… ②I… Ⅲ.①长篇小说－中国－当代 Ⅳ.①I247.5

中国版本图书馆CIP数据核字(2011)第245566号

原著名：《流光森林2》，著者：久遠，绘者：Izumi
©EON 2010
Simplified Chinese copyright © 2012 by Guangzhou Tianwen Kadokawa Animation & Comics Co., Ltd.
本书中文简体字版由广州天闻角川动漫有限公司出品并由湖南美术出版社出版。未经出版者预先书面许可，不得以任何方式复制或抄袭本书的任何部分。
湖南省版权局著作权合同登记号：18-2011-202

本书为引进版图书，为最大限度保留原作特色、尊重原作者写作习惯，故本书酌情保留了部分外来词汇。特此说明。

流光森林 2

广州天闻角川动漫有限公司 出品

著　　者	久远
绘　　者	Izumi
出　　版	湖南美术出版社
地　　址	长沙市东二环一段622号
经　　销	全国新华书店
出 版 人	李小山
出 品 人	刘烜伟
责任编辑	唐竟恩 陈珊珊
美术编辑	苏碧梅
制版印刷	东莞新丰印刷有限公司
开　　本	787mm×1092mm 1/32
印　　张	10.125
版　　次	2012年1月第1版
印　　次	2012年1月第1次印刷
书　　号	ISBN 978-7-5356-4956-0
定　　价	26.00元

版权所有 侵权必究
本书如有印装质量问题，请与广州天闻角川动漫有限公司联系调换。
联系地址：中国广州市黄埔大道中309号 羊城 创意产业园 3-07C
电话：(020) 38031253　传真：(020) 38031253　官方网站：http://www.gztwkadokawa.com/
广州天闻角川动漫有限公司常年法律顾问：广东广信律师事务所